文豪妖怪名作選

東雅夫 編

文学と妖怪は切っても切れない仲，泉鏡花や柳田國男，小泉八雲といった妖怪に縁の深い文人はもちろん，意外な作家が妖怪を描いていたりする。本書はそんな文豪たちの綴る様々な妖怪物語を集めたアンソロジー。雰囲気たっぷりのイラストの入った尾崎紅葉「鬼桃太郎」，泉鏡花「天守物語」，柳田國男「獅子舞考」，宮澤賢治「ざしき童子のはなし」，小泉八雲（円城塔訳）「ムジナ」，芥川龍之介「貉」，檀一雄「最後の狐狸」，日影丈吉「山姫」，室生犀星「天狗」，内田百閒「件」など，全19編を収録。妖怪づくしの文学世界を存分にお楽しみください。

文豪妖怪名作選

東 雅 夫 編

創元推理文庫

MASTERPIECE YOKAI STORIES BY GREAT AUTHORS

edited by

Masao Higashi

装画・扉イラスト　北村紗希

目次

文豪妖怪名作選

鬼桃太郎

尾崎紅葉

苦桃太郎（にがももたろう）

尾崎紅葉の「鬼桃太郎」に登場する剛勇無双の青鬼。夜叉神の奇特により、川を流れ降ってきた苦桃の中から誕生した。毒龍、狒、狼を家来に、桃太郎征伐を志す。

尾崎紅葉（おざき・こうよう）1867-1903

本名は徳太郎（とくたろう）。別号に縁山、半可通人、十千万堂、花紅治史。東京都出身。小説家。著作に『金色夜叉』『伽羅枕』『多情多恨』ほかがある。

幼年文学
第壹輯
鬼もゝ太らう
尾崎もみぢ著

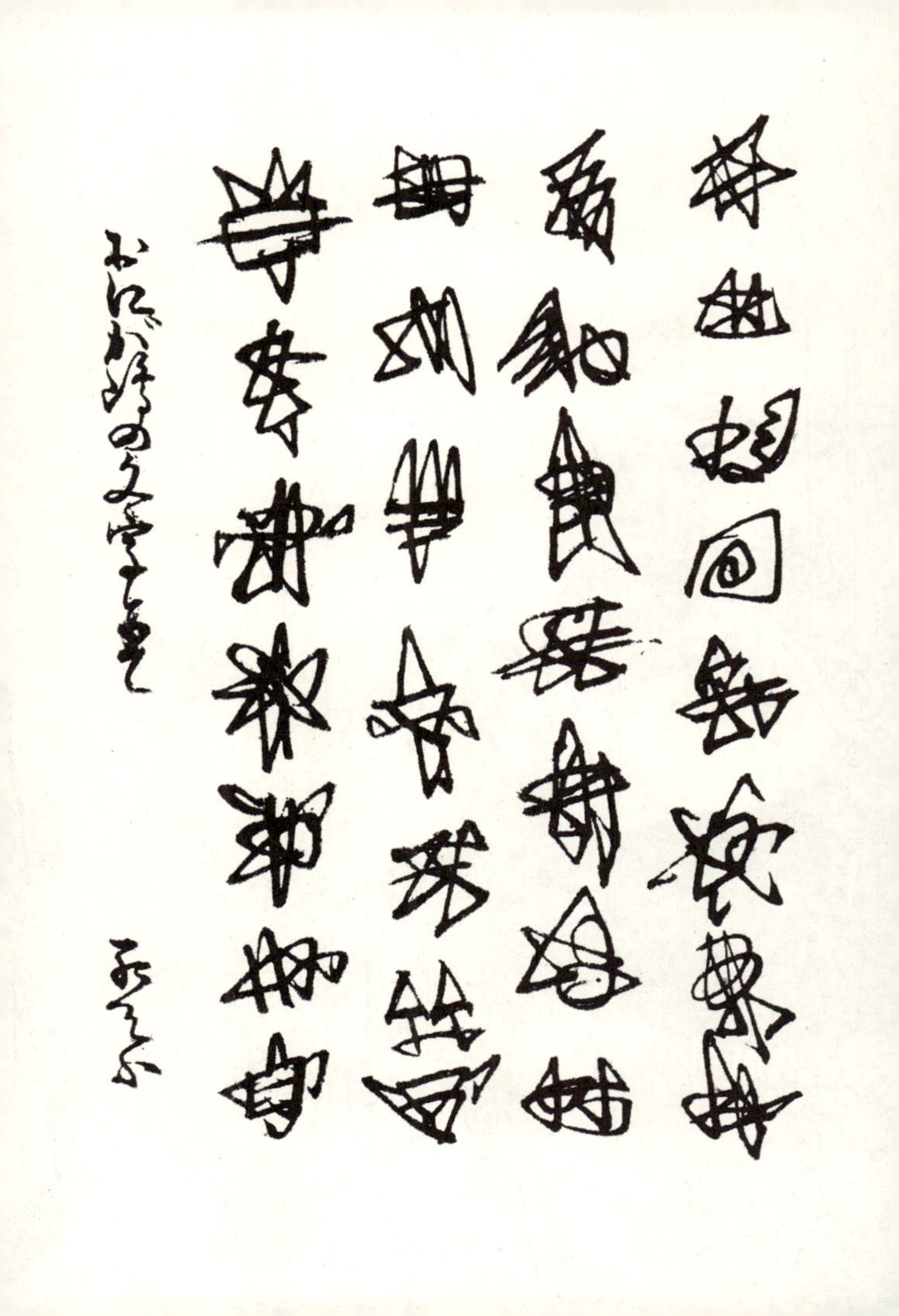

おれだけがよめる字で書き

[illegible]

むかしむかし翁（じじ）は山へ柴刈（しばかり）に、媼（ばば）は洗濯の河にて、拾いし桃実（もも）の裏（うち）より生れ出（い）でたる桃太郎、猿雉子（きじ）犬を引（いん）率（ぞつ）してこの鬼ケ島に攻来（せめきた）り、累世（よよ）の珍宝（たから）を分捕（ぶんどり）なし、勝（かち）矜（ほこ）らせて還（かえ）せし事、この島

末代までの恥辱なり、あわれ願わくは武勇勝れたる鬼のあれかし、其力を藉てなりともこの遺恨霽さばやと、時の王鬼島中に触を下し、誰にてもあれ日本を征伐し、桃太郎奴が若衆首と、分捕られたる珍宝を携え還らんものは、此島の王となすべしとありけ

れば、血気に逸(はや)る若鬼輩(ども)、ひこひこと額の角を蠢(うごめ)かし、我功名せんと想(おも)わざるはなけれども、いずれも桃太郎が技倆(てなみ)に懲(こ)り、我はと名乗(なの)り出づるものもあらざりけり、茲(ここ)に阿(あ)修羅(しゅら)河(かわ)の畔(ほとり)に世を忍びて、侘(わび)しく住みなせる夫婦の鬼ありけり、もとは

鬼ケ島の城門の衛(まもり)司(つかさ)にてありけるが、桃太郎攻入(せめいり)の砌(みぎり)敢(あえ)なくも鉄の門扉(とびら)を打摧(うちくだ)かれ、敵軍乱入に及びし条(じょう)、其(その)身の懈怠(おこたり)に因(よ)るものなりとて、斜(ななめ)ならず王鬼の勘気を蒙(こうぶ)り、官を剝(は)がれ世に疎(うとま)れ、今は漁人となって

余命を送るといえども、何日(いつか)は身の罪を償(あがの)うて再び世に出でんことを念(こころ)懸(が)け、子鬼の角の束(つか)の間も忘るる間(ひま)ぞなかりける、さるほどに此触(このふれ)を聞

く嬉しさ、茨木童子が断落されし我片腕をも見たらん心地して、此時なりと心ばかりは逸れども、嚮に城門の敗戦に桃太郎と亘合わせ、五十貫目の鉄棒もて、右の角を根元より催折れたる創の今に疼むこと頻りにして、不治の疾を得たりければ、合戦なんど思いも寄らず、かかる時子だにあらばと頻りに妻なる鬼を罵りぬ、されば妻の言いけるは、伝聞く日本の桃太郎は、河に流れし桃より生れて武勇抜群の小児なり、尋常なる鬼胎より出でなん

鬼児(おにのこ)にては、彼奴(かれめ)が敵手(あいて)とならんこと覚束(おぼつか)なし、妾(わらわ)夜叉神(やしゃじん)に一命を奉(ささ)げて、桃太郎二倍(ふたつがけ)なる武勇の子を禱(いの)るべしと、阿修羅河の岸なる夜叉神社に参籠(さんろう)し、三七日(さんしちにち)の夜にして始めて霊夢を蒙り、その払暁(あかつき)水際(みぎわ)に立出(たちい)でて見れば、いと大きなる苦桃(にがもも)一顆(ひとつ)浮波々々(ふわふわ)と浮来(うききた)りぬ、扨(さて)はと嬉しく抱還(いだきかえ)れば、待構(まちかま)えたる夫の喜悦(よろこび)たとうる方(かた)なし、割(さ)きて見れば果せるかな、核(さね)おのずから飛(とん)で坐上(ざじょう)に躍ると見えしが、忽焉(たちまち)其長(そのたけ)一丈

五尺の青鬼と変じ、紅皿(べにさら)のごとき口を開き、爛々(らんらん)たる火焔(かえん)を吐(はき)て矗(すつく)と立(たつ)たる其風情、鬼の眼(め)にさえ恐ろしくも、また物凄(ものすご)くぞ見えたりける、苦桃の裏(うち)より生まれたればとて苦桃太郎(にがももたろう)と名乗らせぬ、扨(さて)夫婦所志(おもう)よしを語りければ苦桃大いに喜び、易(やす)き事かな、我一跨(ひとまたぎ)に日本へ推渡(おしわた)り、三指(みつゆび)にて桃太がそっ首引抜き、其国の珍宝(たから)

の有らん限り引攫うて還るべし、これより出陣出陣と勇み立てば、夫婦のいうよう、此条王鬼に届出でずして我儘に出立せば、或いは功も功とならずして、却て咎のあらんも測り難し、夫婦は罪を負う身の拝謁愜わざればとて、苦桃太郎単身して王城に到らしめ、桃太郎征伐の義を言上しければ、王鬼火焔を吐きて悦ぶこと限りなく、八角に削成して二百八十八箇の銀星打たる鉄棒を賜い、爾之を以て桃奴が腰骨微塵に砕けよとありければ、苦桃太郎冷笑い、桃太郎風情の小童十人二十人、虱を拈るよりなお易きに、

安ぞ武器などの入り候べき、仮初にもかかる物を賜う事頗る某が武勇を気遣いたまうに似たり、無礼を御免し候え、これ御覧ぜよ方々と、側なる鉄の円柱を小指もてゆらゆらと盪揺かせば、満座斉しく色を失い、やれ苦桃技倆は見えたり、止めよ止めよと震慄きけり、王鬼近く苦桃を招きて、かかる爾が武勇を以てせば、

桃太郎を滅ぼさん事疑いなし、別に取らすべきものありと、自家穿ぎたりし白虎

の生皮(いきがわ)もて造れる褌(はかま)を解きて投出(なげだ)したまえば取(とつ)て戴(いただ)き、双(そう)の角に引懸(ひきか)け、手振(てふり)足拍子可笑(おかし)く外道(げどう)舞(まい)という舞を舞い、喜び勇んで退出(まかんで)けり、明日(あした)ともなり

ぬれば王城より使者向いて、鉄線（はりがね）の囊（ふくろ）に人間の髑髏（されこうべ）の附焼（つけやき）十箇（とお）を盛りて、かの桃太郎が黍団子（きびだんご）に擬（なぞら）え、之を兵粮（ひょうろう）にとて賜わりぬ、徂々（ゆきゆき）て鬼ケ島の堺（さかい）

に来りたる頃、魔風遽に颯颯と吹荒み、瀑のごとくに暴雨沃ぎて天地鳴動し、坤軸も折るるかと想うばかりなり、あら心地好き光景やと、少時立留って四方を屹と見てあれば、魔王岳の絶頂に当りて、電光の閃く裏に金色の毒龍現われ、此方を目懸けて箭を射るごとく飛来る、やあ小賢しき長虫の通力立、寄らば目に物見せん

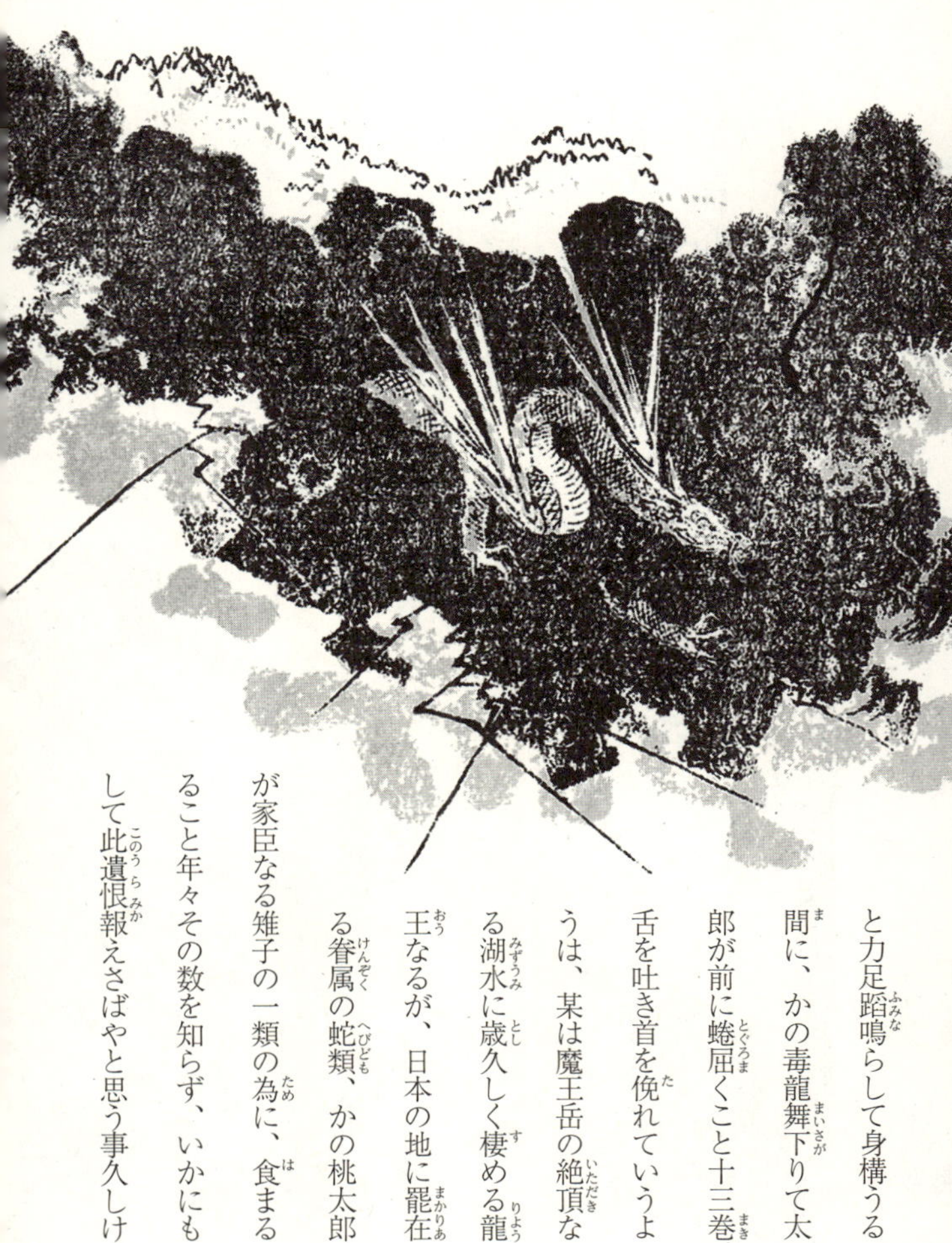

と力足蹈鳴らして身構うる間に、かの毒龍舞下りて太郎が前に蜷屈くこと十三巻、舌を吐き首を俛れていうようは、某は魔王岳の絶頂なる湖水に歳久しく棲める龍王なるが、日本の地に罷在る眷属の蛇類、かの桃太郎が家臣なる雉子の一類の為に、食まるること年々その数を知らず、いかにもして此遺恨報えさばやと思う事久しけ

れど、孤独の力及び難く、無念を呑で瞋恚の炎燄を吐く折から、将軍此度桃太郎征伐のよしを聞及び、願わくは御手に随従して微力を竭し、御威勢を以て一族の積る恨みを散ぜんとて、これまで御出迎い仕つりぬ、あわれ御従軍御許あらば、身の面目之に過じとありければ、苦桃太郎喜

悦浅からず、腰なる髑髏一個取らせて主従の契約を結びぬ、爾時毒龍のいいけるは、往時桃太郎は雉子猿犬の三郎党を従がえて、大勝利を得し例に倣い、将軍も亦好郎党を召たまわずや、某が無

二の交(まじわり)を結べる二頭(にひき)の勇者(つわもの)あり、もし御意(ぎょい)あらば立所(たちどころ)に召寄(めしよ)すべし

との推挙に、千羊(せんよう)の皮は一狐腋(いっこのえき)に如(し)かずの本(ほん)文(もん)、なまじいなる輩(やから)は却(かえ)って足手纏(あしでまとい)なれど、御(おん)身(み)が信じて一方の大将ともなすべき器量ありとせば、早々その者を召寄せた

まえという、恐多き申分には候えども、類は友を以て聚まるの喩、某不肖といえども魔王岳の龍王なり、凡俗なる狐狸の輩を友とせんや、まず召寄せて見参に入れんと、二振三振尾を掉れば響宛然金鈴のごとし、之を合図に北方より忽然として白毛朱面の大狒飛来り、西方よりは牛かと見紛うばかりの狼躍出でて、一斉に太郎が前に額けば、苦桃岩角に腰打懸け、鴆

の羽扇にて麾ねき、実に頼もしき器量骨格、狒は猿の首領にして狼は犬の強敵たり、之に加うるに毒龍あれば、桃太郎を一戦に撃破らん事、鉄槌を以て土器を摧くがごとし、いざ引出物取らせんと、また二箇の髑髏を与え、いでや出陣と立上れば、毒龍再び策を献じていわく、某に飛行自在の術の候、瞬時にして日本国に到るべしと、虚空に向って呼吸を吐けば、不思議や黄雲遽然蒸して眼前に聚りぬ、主従之に打乗り、宙を飛ぶこと西遊記の絵のごとく、一昼夜にして眼界果しなき大洋の上にぞ来りける、苦桃太郎不審を起し、我等神通力を以てかく飛行しながら、未だ日本の地に着かざる理なし、毒龍爰は鬼ケ島を去ること若干里ぞ、さん候、大約十二万三千四百

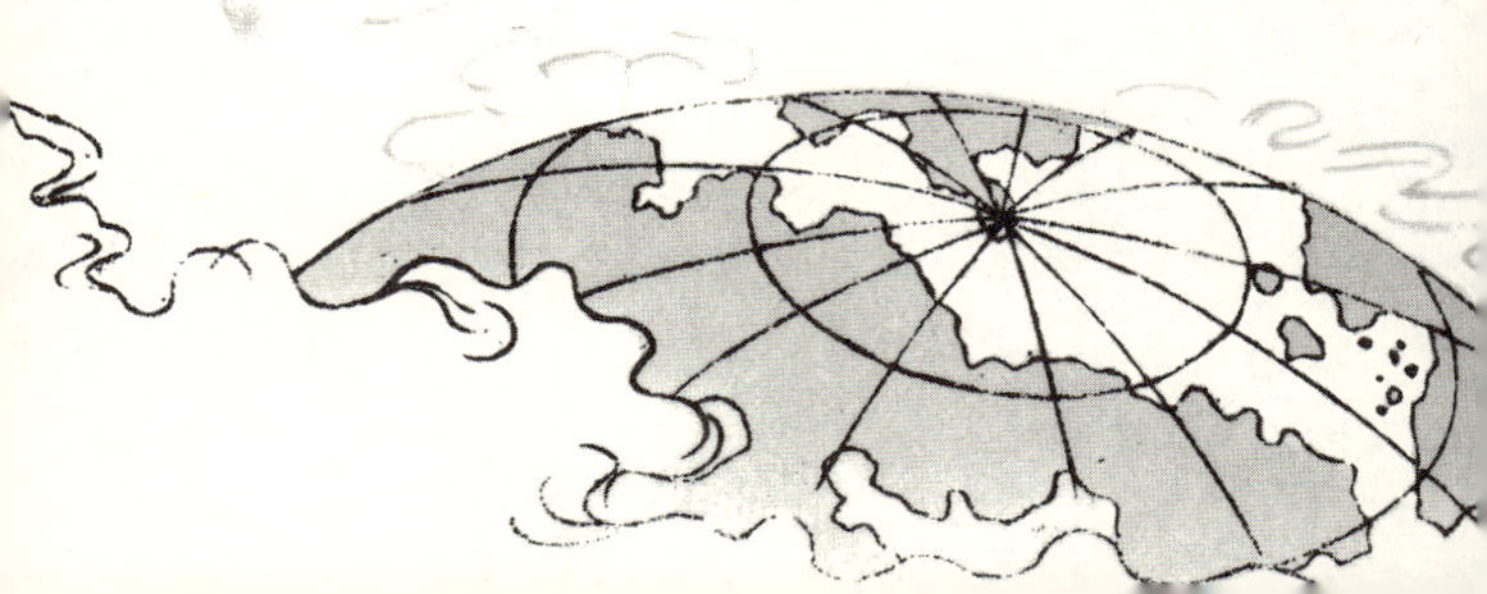

五十六億七千八百九十里、おっと其（それ）は行過（ゆきす）ぎたり、戻せ戻せと逆飛雲の法を行なわせて、無二無三に退（もど）るほどに還るほどに、また戻過（もどりす）ぐること九十八万七千六百五十四億三万二千と一百里、これではならぬとまた出直して、

行けば行過ぎ、戻れば戻過ぎ、行つ戻りつ、戻りつ行きつ、左へ翔り右へ走り、四面八角縦横無尽に飛廻るほどに、流石の毒龍の魔力も限あれば次第に疲れ、雲は弱りて薄れ行き、今は古綿のごとく此処も寸断れ彼所も寸断れて、放下たる空隙より践外して、狒狼は敢なくも泡立海に落入りて、鰐魚の餌食となりけらし。

苦桃太郎之を見るより奮然として怒を為し、おのれ毒龍、爾が魯鈍の故を以て、股肱の臣を喪いたるぞ、軍陣の門出に前徴悪し、憎くき奴と拳を固めて、毒龍の真額砕けよと乱打に撃ければ、もとより暴気

の毒龍は発憤(いかり)の眼(まなこ)に朱を濺(そそ)ぎ、金の鱗(うろこ)を逆(さかだ)てたるは木(この)

葉に風の吹ごとし、やあ小憎きおのれが大将面、いで龍王が本事を見よと、十間余りの尾を風車のごとくに舞わして、苦桃太郎を七巻に巻裹め、骨も微塵と固緊くれば、物々しやと苦桃太郎、惣身にうんと力を籠むれば、さしもの毒龍

弗つと断れ、四段となって仆るれば、
魔力忽ち解けて雲は吹消すごとく
なくなれば、何かは以
て堪るべき、苦桃太郎
迢々の虚空より足場を失い、

小石のごとく真一文字に舞下（まいさが）りて、漫々たる大海（だいかい）へぼかん！

天守物語

泉鏡花

長壁姫（おさかべひめ）

刑部姫とも表記。兵庫県の姫路城天守閣に君臨するとされる女怪。その正体は、刑部親王の娘・富姫ほか諸説あるが、一般には年古りた妖狐と考えられ、刑部狐とも呼ばれる。

泉鏡花（いずみ・きょうか）1873-1939

本名は鏡太郎（きょうたろう）。石川県金沢市出身。小説家。著作に『高野聖』『歌行燈』『草迷宮』ほかがある。

時　不詳。ただし封建時代——晩秋。日没前より深更にいたる。

所　播州姫路。白鷺城の天守、第五重。

登場人物

天守夫人、富姫。（打見(うちみ)は二十七八）岩代国猪苗代、亀の城、亀姫。（二十ばかり）姫川図書之助。（わかき鷹匠）小田原修理。山隅九平。（ともに姫路城主武田播磨守家臣）十文字ケ原、朱の盤坊。茅野ケ原の舌長姥。（ともに亀姫の眷属）近江之丞桃六。（工人）桔梗。萩。葛。女郎花。撫子。（いずれも富姫の侍女）薄。（おなじく奥女中）女の童、禿、五人。武士、討手、大勢。

舞台。天守の五重。左右に柱、向って三方を廻廊下(まわりろうか)のごとく余して、一面に高く高麗(こうらい)べりの畳を敷く。紅(くれない)の鼓の緒、処々(ところどころ)に蝶結びして一条(ひとすじ)、これを欄干のごとく取りまわして柱に渡す。おなじ鼓の緒のひかえづなにて、向って右、廻廊の奥に階子(はしご)を設(もう)く。階子は廻廊の半ばより厚き壁にて、広き矢狭間(やざま)、狭間(はざま)を設く。外面は山嶽の遠見(とおみ)、秋の雲。壁に出入りの扉あり。鼓の緒の欄干外、左の一方、棟甍、並びに樹立の梢を見す。正面おなじく森々たる樹木の梢。

女童三人――合唱――

ここはどこの細道じゃ、細道じゃ、

天神様の細道じゃ、細道じゃ。

――うたいつつ幕開く――

侍女五人。桔梗、女郎花、萩、葛、撫子。各名にそぐえる姿、鼓の緒の欄干に、あるいは立ち、あるいは坐て、手に手に五色の絹糸を巻きたる糸枠に、金色銀色の細き棹を通し、糸を松杉の高き梢を潜らして、釣の姿す。

女童三人は、緋のきつけ、唄いつづく。――冴えて且つ寂しき声。

少し通して下さんせ、下さんせ。

ごようのないもな通しません、通しません。

天神様へ願掛けに、願掛けに。

通らんせ、通らんせ。

唄いつつその遊戯をす。

薄、天守の壁の裡より出づ。壁の一劃はあたかも扉のごとく、自由に開く、この婦やや年かさ。鼈甲の突通し、御殿奥女中のこしらえ。

薄 鬼灯さん、蜻蛉さん。

女童一　ああい。
薄　静にならいよ、お掃除が済んだばかりだから。
女童二　あの、釣を見ましょうね。
女童三　そうね。
いたいけに頷きあいつつ、侍女等の中に、はらはらと袖を交う。
薄　（四辺を眴す）これは、まあ、まことに、いい見晴しでございますね。
葛　あの、猪苗代のお姫様がお遊びにおいででございますから。
桔梗　お鬱陶しかろうと思いまして。それには、申分のございませんお日和でございますし、遠山はもう、もみじいたしましたから。
女郎花　矢狭間も、物見も、お目触りな、泥や、鉄の、重くるしい、外囲は、ちょっと取払っておきました。
薄　成程、成程、よくおなまけ遊ばす方たちにしては、感心にお気のつきましたことでございます。
桔梗　あれ、人ぎきの悪いことを。――いつ私たちがなまけましたえ。
薄　まあ、そうお言いの口の下で、何をしておいでだろう。二階から目薬とやらではあるまいし、お天守の五重から釣をするものがありますかえ。天の川は芝を流れはいたしません。富姫様が、よそへお出掛け遊ばして、いくら間があると申したって、串戯ではありません。
撫子　いえ、魚を釣るのではございません。

桔梗　旦那様の御前に、ちょうど活けるのがございませんから、皆で取って差上げようと存じまして、花を……あの、秋草を釣りますのでございますよ。
薄　花を、秋草をえ。はて、これは珍しいことを承ります。そして何かい、釣れますかえ。女童の一人の肩に、袖でつかまって差覗く。
桔梗　ええ、釣れますとも、もっとも、新発明でございます。
薄　高慢なことをお言いでない。——が、つきましては、念のために伺いますが、お用いになります。……餌の儀でござんすがね。
撫子　はい、それは白露でございますわ。
葛　千草八千草秋草が、それはそれは、今頃は、露を沢山欲しがるのでございますよ。刻限も七つ時、まだ夕露も夜露もないのでございますもの。（隣を視る）御覧なさいまし、女郎花さんは、もう、あんなにお釣りなさいました。
薄　ああ、ほんにねえ。まったく草花が釣れるとなれば、さて、これは静にして、拝見をいたしましょう。釣をするのに饒舌っては悪いと云うから。……一番だまっておとなしい女郎花さんがよく釣った、争われないものじゃないかね。
女郎花　いいえ、お魚とは違いますから、声を出しても、唄いましても構いません。——ただ、風が騒ぐと不可ませんわ。……餌の露が、ぱらぱらこぼれてしまいますから。ああ、釣れました。
薄　お見事。

と云う時、女郎花、棹ながらくるくると枠を巻戻す、糸につれて秋草、欄干に上り来る。さきに傍に置きたる花とともに、女童の手に渡す。

桔梗　釣れました。（おなじく糸を巻戻す。）

萩　あれ、私も……

花につれて、黄と、白、紫の胡蝶の群、ひらひらと舞上る。

葛　それそれ私も——まあ、しおらしい。

薄　桔梗さん、棹をお貸しな、私も釣ろう、まことに感心、おつだことねえ。

女郎花　お待ち遊ばせ、大層風が出て参りました、餌が糸にとまりますまい。

薄　意地の悪い、急に激しい風になったよ。

萩　ああ、内廓の秋草が、美しい波を打ちます。

桔梗　そう云ううちに、色もかくれて、薄ばかりが真白に、水のように流れて来ました。

葛　空は黒雲が走りますよ。

薄　先刻から、野も山も、不思議に暗いと思っていた、これは酷い降りになりますね。

舞台暗くなる、電光閃く。

撫子　夫人は、どこへおいで遊ばしたのでございますえ。早くお帰り遊ばせば可うございますね。

薄　平時のように、どこへとも何ともおっしゃらないで、ふいとお出ましになったもの。

萩　お迎いにも参られませんねえ。

薄　お客様、亀姫様のおいでの時刻を、それでも御含みでいらっしゃるから、ほどなくお帰りでござんしょう。——皆さんが、御心入れの御馳走、何、秋草を、早くお供えなさるが可いね。

女郎花　それこそ露の散らぬ間に。——

正面奥の中央、丸柱の傍に鎧櫃を据えて、上に、金色の眼、白銀の牙、色は藍のごとき獅子頭、萌黄錦の母衣、朱の渦まきたる尾を装いたるまま、荘重にこれを据えたり。——侍女等、女童とともにその前に行き、跪きて、手に手に秋草を花籠に挿す。色のその美しき蝶の群、斉く飛連れてあたりに舞う。雷やや聞ゆ。雨来る。

薄　（薄暗き中に）御覧、両眼赫耀と、牙も動くように見えること。

桔梗　花も胡蝶もお気に入って、お嬉しいんでございましょう。

時に閃電す。光の裡を、衝と流れて、胡蝶の彼処に流るる処、ほとんど天井を貫きたる高き天守の棟に通ずる階子。——侍女等、飛ぶ蝶の行方につれて、ともに其方に目を注ぐ。

女郎花　あれ、夫人がお帰りでございますよ。

はらはらとその壇の許に、振袖、詰袖、揃って手をつく。階子の上より、まず水色の衣の褄、裳を引く。すぐに蓑を被ぎたる姿見ゆ。長なす黒髪、片手に竹笠、半ば面を蔽いたる、美しく気高き貴女、天守夫人、富姫。

夫人　（その姿に舞い縋る蝶々の三つ二つを、蓑を開いて片袖に受く）出迎えかい、御苦労だね。（蝶に云う。）

――お帰り遊ばせ、――お帰り遊ばせ――侍女等、口々に言迎う。――

夫人 時々、ふいと気まかせに、野分のような出歩行きを、……

ハタと竹笠を落す。女郎花、これを受け取る。貴女の面、凄きばかり白く﨟長けたり。

露も散らさぬお前たち、花の姿に気の毒だね。（下りかかりて壇に弱腰、廊下に裳。）

薄 勿体ないことを御意遊ばす。――まあ、お前様、あんなものを召しまして。

夫人 似合ったかい。

薄 なおその上に、御前様、お痩せ遊ばしておがまれます。柳よりもお優しい、すらすらと雨の刈萱を、お被け遊ばしたようにござります。

夫人 嘘ばっかり。小山田の、案山子に借りて来たのだものを。

薄 いいえ、それでも貴女がめしますと、玉、白銀、揺の糸の、鎧のようにもおがまれます。

夫人 賞められてちっと重くなった。（蓑を脱ぐ）取っておくれ。

撫子、立ち、うけて欄干にひらりと掛く。

蝶の数、その蓑に翼を憩う。……夫人、獅子頭に会釈しつつ、座に、褥に着く。脇息。

侍女たちかしずく。

少し草臥れましたよ。……お亀様はまだお見えではなかったろうね。

薄 はい、お姫様は、やがてお入りでございましょう。それにつけましても、お前様おかえりを、お待ち申上げました。――そしてまあ、いずれへお越し遊ばしました。

夫人 夜叉ケ池まで参ったよ。

薄　おお、越前国大野郡(おおのごおり)、人跡絶えました山奥の。
萩　あの、夜叉ケ池まで。
桔梗　お遊びに。
夫人　まあ、遊びと言えば遊びだけれども、大池のぬしのお雪様に、ちっと……頼みたい事があって。
薄　私(わたくし)はじめ、ここに居(お)ります、誰(たれ)ぞお使いをいたしますもの、御自分おいで遊ばして、何と、雨にお逢(あ)いなさいましてさ。
夫人　その雨を頼みに行(ゆ)きました。——今日はね、この姫路の城……ここから視(み)れば長屋だが、……長屋の主人、それ、播磨守(はりまのかみ)が、秋の野山へ鷹狩(たかがり)に、大勢で出掛けました。皆(みんな)知っておいでだろう。空は高し、渡鳥、色鳥(いろどり)の鳴く音(ね)は嬉しいが、田畑と言わず駈廻(かけまわ)って、きゃっきゃっと飛騒ぐ、知行(ちぎょう)とりども人間の大声は騒がしい。まだ、それも鷹ばかりなら我慢もする。近頃は不作法な、弓矢、鉄砲で荒立(あれた)つから、うるささもうるさしさ。何よりお前、私のお客、この大空の霧を渡って輿(かご)でおいでのお亀様にも、途中失礼だと思ったから、雨風と、はたた神で、鷹狩の行列を追崩す。——あの、それを、夜叉ケ池のお雪様にお頼み申しに参ったのだよ。
薄　道理こそ時ならぬ、急な雨と存じました。
夫人　この辺(あたり)は雨だけかい。それは、ほんの吹降(ふきぶ)りの余波(なごり)であろう。鷹狩が遠出をした、姫路野の一里塚のあたりをお見な。暗夜(やみよ)のような黒い雲、眩(まばゆ)いばかりの電光(いなびかり)、可恐(おそろし)い雹(ひょう)も降りました。鷹狩の連中は、曠野の、塚の印の松の根に、澪に寄った鮒のように、うようよ集って、あぶあぶして、あやい笠が泳ぐやら、陣羽織が流れるやら。大小をさしたものが、ちっとは雨にも濡れたが可い。慌てる紋は泡沫のよう。野袴の裾を端折って、灸のあとを出すのがある。おお、おかしい。（微笑む）粟粒を一つ二つと算えて拾う雀でも、俄雨には容子が可い。五百石、三百石、千石一人で食むものが、その笑止さと言ってはない。おかしいやら、気の毒やら、ねえ、お前。

薄　はい。

夫人　私はね、群鷺ケ峰の山の端に、掛稲を楯にして、戻道で、そっと立って視めていた。そこには昼の月があって、雁金のように（その水色の袖を圧う）その袖に影が映った。影が、結んだ玉ずさのようにも見えた。――夜叉ケ池のお雪様は、激いなかにお床しい、野はその黒雲、尾上は、瑠璃、皆、あの方のお計らい。それでも鷹狩の足も腰も留めさせずに、大風と大雨で、城まで追返しておくれの約束。鷹狩たちが遠くから、松を離れて、その曠野を、黒雲の走る下に、泥川のように流れてくるに従って、追手の風の横吹。私が見ていたあたりへも、一村雨颯とかかったから、歌も読まずに蓑をかりて、案山子の笠をさして来ました。ああ、そこの蜻蛉と鬼灯たち、小児に持たして後ほどに返しましょう。

薄　何の、それには及びますまいと存じます。

夫人　いえいえ、農家のものは大切だから、等閑にはなりません。

薄　その儀は畏りました。お前様、まあ、それよりも、おめしかえを遊ばしまし、おめしものが濡れまして、お気味が悪うございましょう。

夫人　おかげで濡れはしなかった。気味の悪い事もないけれど、隔てぬ中の女同士も、お亀様に、このままでは失礼だろう。（立つ）着換えましょうか。

女郎花　ついでに、お髪も、夫人様。

夫人　ああ、あげてもらおうよ。

夫人に続いて、一同、壁の扉に隠る。女童のこりて、合唱す——

ここはどこの細道じゃ、細道じゃ。

天神様の細道じゃ、細道じゃ。

時に棟に通ずる件の階子を棟よりして入来る、岩代国麻耶郡猪苗代の城、千畳敷の主、亀姫の供頭、朱の盤坊、大山伏の扮装、頭に犀のごとき角一つあり、眼円かに面の色朱よりも赤く、手と脚、瓜に似て青し。白布にて蔽うたる一個の小桶を小脇に、柱をめぐりて、内を覗き、女童の戯るるを視つつ破顔して笑う。

朱の盤　かちかちかちかち。

歯を噛鳴らす音をさす。女童等、走り近く時、面を差寄せ、大口開く。

もおう！　（獣の吠ゆる真似して威す。）

女童一　可厭な、小父さん。

女童二　可恐くはありませんよ。

朱の盤　だだだだだ。（濁れる笑）いや、さすがは姫路お天守の、富姫御前の禿たち、変化心備わって、奥州第一の赭面に、びくともせぬは我折れ申す。――さて、更めて内方へ、ものも、案内を頼みましょう。

女童三　屋根から入った小父さんはえ?

朱の盤　これはまた御挨拶だ。ただ、猪苗代から参ったと、ささ、取次、取次。

女童一　知らん。

女童三　べいい。(赤べろする。)

朱の盤　これは、いかな事――(立直る。大音に)ものも案内。

薄　どうれ。(壁より出迎う)いずれから。

朱の盤　これは、岩代国会津郡十文字ケ原青五輪のあたりに罷在る、奥州変化の先達、允殿館のあるじ朱の盤坊でござる。すなわち猪苗代の城、亀姫君の御供をいたし罷出ました。当お天守富姫様へ御取次を願いたい。

薄　お供御苦労に存じ上げます。あなた、お姫様は。

朱の盤　(真仰向けに承塵を仰ぐ)屋の棟に、すでに輿をばお控えなさるる。

薄　夫人も、お待兼ねでございます。
　手を敲く。音につれて、侍女三人出づ。斉しく手をつく。
　早や、御入らせ下さりませ。

朱の盤　(空へ云う)輿傍へ申す。此方にもお待うけじゃ。――姫君、これへお入りのよう、舌長姥、取次がっせえ。

階子の上より、真先に、切禿の女童、うつくしき手鞠を両袖に捧げて出づ。亀姫、振袖、裲襠、文金の高髷、扇子を手にす。また女童、うしろに守刀を捧ぐ。あと圧えに舌長姥、古びて黄ばめる練衣、褪せたる紅の袴にて従い来る。

天守夫人、侍女を従え出で、設けの座に着く。

薄 （そと亀姫を仰ぐ）お姫様。

出むかえたる侍女等、皆ひれ伏す。

亀姫 お許し。

しとやかに通り座につく。と、夫人と面を合すとともに、双方よりひたと褥の膝を寄す。

夫人 （親しげに微笑む）お亀様。

亀姫 お姉様、おなつかしい。

夫人 私もお可懐い。——

——（間。）

女郎花 夫人。（と長煙管にて煙草を捧ぐ。）

夫人 （取って吸う、そのまま吸口を姫に渡す）この頃は、めしあがるそうだね。

亀姫 ええ、どちらも。（うけて、その煙草を吸いつつ、左の手にて杯の真似をす。）

夫人 困りましたねえ。（また打笑む。）

亀姫 ほほほ、貴女を旦那様にはいたすまいし。

夫人 憎らしい口だ。よく、それで、猪苗代から、この姫路まで——道中五百里はあろうねえ、……お年寄。

舌長姥　御意にござります。……海も山もさしわたしに、風でお運び遊ばすゆえに、半日路(じ)には足りませぬが、宿々(しゅくじゅく)を歩(ひろ)いましたら、五百里……されば五百三十里、もそっともござりましょうぞ。

夫人　ああね。（亀姫に）よく、それで、手鞠をつきに、わざわざここまでおいでだね。

亀姫　でございますから、お姉様(あねえさま)は、私がお可愛(かわゆ)うございましょう。

夫人　いいえ、お憎らしい。

亀姫　御勝手。（扇子を落す。）

夫人　やっぱりお可愛い。（その背を抱(いだ)き、見返して、姫に附添(つきそ)える女童に）どれ、お見せ。（手鞠を取る）まあ、綺麗な、私にも持って来て下されば可(よ)いものを。

朱の盤　ははッ。（その白布(しろぬの)の包を出(いだ)し）姫君より、貴女様へ、お心入れの土産がこれに。申すは、差出がましゅうござるなれど、これは格別、奥方様の思召(おぼしめ)しにかないましょう。……何と、姫君。（色を伺う。）

亀姫　ああ、お開き。お姉様の許(とこ)だから、遠慮はない。

夫人　それはそれは、お嬉しい。が、お亀様は人が悪い、中は磐梯山(ばんだいさん)の峰の煙か、虚空蔵(こくうぞう)の人(ひと)魂(だま)ではないかい。

亀姫　似たもの。ほほほほほ。

夫人　要りません、そんなもの。

亀姫　上げません。
朱の盤　いやまず、（手を挙げて制す）おなかがよくてお争い、お言葉の花が蝶のように飛びまして、お美しい事でござる。……さて、此方より申す儀ではなけれども、奥方様、この品ばかりはお可厭ではござるまい。
包を開く、首桶。中より、色白き男の生首を出し、もとどりを摑んで、ずうんと据う。
や、不重宝、途中揺溢いて、これは汁が出ました。（その首、血だらけ）これ、姥殿、姥殿。
舌長姥　あいあい、あいあい。
朱の盤　御進物が汚れたわ。鱗の落ちた鱸の鰭を真水で洗う、手の悪い魚売人には似たれども、その儀では決してない。姥殿、此方、一拭い、清めた上で進ぜまいかの。
夫人（煙管を手に支き、面正しく屹と視て）気遣いには及びません、血だらけなは、なおおいしかろう。
舌長姥　こぼれた羹は、埃溜の汁でござるわの、お塩梅には寄りませぬ。汚穢や、見た目に、汚穢や。どれどれ掃除して参らしょうぞ。（紅の袴にて膝行り出で、桶を皺手にひしと圧え、白髪を、ざっと捌き、染めたる歯を角に開け、三尺ばかりの長き舌にて生首の顔の血をなめる）汚穢や、（ぺろぺろ）汚穢やの。（ぺろぺろ）汚穢やの、汚穢やの、ああ、甘味やの、汚穢やの、ああ、汚穢いぞの、やれ、甘味いぞのう。
朱の盤（慌しく遮る）やあ、姥さん、歯を当てまい、御馳走が減りはせぬか。
舌長姥　何のいの。（ぐったりと衣紋を抜く）取る年の可恐しさ、近頃は歯が悪うて、人間の首や、沢庵の尻尾はの、かくやにせねば咽喉へは通らぬ。そのままの形では、金花糖の鯛でさえ、横噛りにはならぬ事よ。

朱の盤　後生らしい事を言うまい、彼岸は過ぎたぞ。――いや、奥方様、この姥が件の舌にて舐めまするど、鳥獣も人間も、とろとろと消えて骨ばかりになりますわ。……そりゃこそ、申さぬことではなかった。お土産の顔つきが、時の間に、細長うなりました。なれども、過失の功名、死んで変りました人相が、かえって、もとの面体に戻りました。……姫君も御覧ぜい。

亀姫　（扇子を顔に、透かし見る）ああ、ほんになあ。

侍女等一同、瞬きもせず熟と視る。誰も一口食べたそう。

薄　お前様――あの、皆さんも御覧なさいまし、亀姫様お持たせのこの首は、もし、この姫路の城の殿様の顔に、よく似ているではございませんか。

桔梗　真に、瓜二つでございますねえ。

夫人　（打頷く）お亀様、このお土産は、これは、たしか……

亀姫　はい、私が廂を貸す、猪苗代亀ケ城の主、武田衛門之介の首でございますよ。

夫人　まあ、貴女。（間）私のために、そんな事を。

亀姫　構いません、それに、私がいたしたとは、誰も知りはしませんもの。私が城を出ます時はね、まだこの衛門之介はお妾の膝に凭掛って、酒を飲んでおりました。お大名の癖に意地が汚くってね、鯉汁を一口に食べますとね、魚の腸に針があって、それが、咽喉へささって、それで亡くなるのでございますから、今頃ちょうどそのお膳が出たぐらいでございますよ。（ふと驚く。扇子を落す）まあ、うっかりして、この咽喉に針がある。（もとどりを取って上ぐ）大変なことをした、お姉様に刺さったらどうしよう。

夫人　しばらく！　折角、あなたのお土産を、いま、それをお抜きだと、衛門之介も針が抜けて、蘇返ってしまいましょう。

朱の盤　いかさまな。

夫人　私が気をつけます。可うござんす。（扇子を添えて首を受取る）お前たち、瓜を二つは知れたこと、この人はね、この姫路の城の主、播磨守とは、血を分けた兄弟だよ。

侍女等目と目を見合わす。

ちょっと、獅子にお供え申そう。

みずから、獅子頭の前に供う。獅子、その牙を開き、首を呑む。首、その口に隠る。

亀姫　（熟と視る）お姉様、お羨しい。

夫人　え。

亀姫　旦那様が、おいで遊ばす。

間。——夫人、姫と顔を合す、互に莞爾とす。

夫人　嘘が真に。……お互に……

亀姫　何の不足はないけれど、

夫人　こんな男が欲いねえ。——ああ、男と云えば、お亀様、あなたに見せるものがある。

――桔梗さん。

桔梗　はい。

夫人　あれを、ちょっと。

桔梗　畏まりました。（立つ。）

朱の盤　（不意に）や、姥殿、獅子のお頭に見惚れまい。尾籠千万。

舌長姥　（時に、うしろ向きに乗出して、獅子頭を視めつつあり）老人じゃ、当館奥方様も御許され。見惚れるに無理はないわいの。

朱の盤　いやさ、見惚れるに仔細はないが、姥殿、姥殿はそこに居て舌が届く。（苦笑す。）

舌長姥思わず正面にその口を蔽う。侍女等忍びやかに皆笑う。桔梗、鍬形打ったる五枚錣、金の竜頭の兜を捧げて出づ。夫人と亀姫の前に置く。

夫人　貴女、この兜はね、この城の、播磨守が、先祖代々の家の宝で、十七の奥蔵に、五枚錣に九ツの錠を下して、大切に秘蔵をしておりますのをね、今日お見えの嬉しさに、実は、貴女に上げましょうと思って取出しておきました。けれども、御心入の貴女のお土産で、私のはお恥しくなりました。それだから、ただ思っただけの、申訳に、お目に掛けますばかり。

亀姫　いいえ、結構、まあ、お目覚しい。

夫人　差上げません。第一、あとで気がつきますとね、久しく蔵込んであって、かび臭い。蘭麝の薫も何にもしません。大阪城の落ちた時の、木村長門守の思切ったようなのだと可いけれど、……勝戦のうしろの方で、矢玉の雨宿をしていた、ぬくいのらしい。御覧なさい。

亀姫　（鉢金の輝く裏を返す）ほんに、討死をした兜ではありませんね。

夫人　だから、およしなさいまし、葛や、しばらくそこへ。

指図のまま、葛、その兜を獅子頭の傍に置く。

お帰りまでに、きっとお気に入るものを調えて上げますよ。

亀姫　それよりか、お姉様、早く、あのお約束の手鞠を突いて遊びましょうよ。

夫人　ああ、遊びましょう。――あちらへ。――城の主人の鷹狩が、雨風に追われ追われて、もうやがて大手さきに帰る時分、貴女は沢山お声がいいから、この天守から美しい声が響くと、また立騒いでお煩い。

亀姫のかしずきたち、皆立ちかかる。

朱の盤　吉祥天女、御功徳でござる。（肱を張って叩頭す。）

いや、御先達、お山伏は、女たちとここで一献お汲みがよいよ。

亀姫　ああ、姥、お前も大事ない、ここに居てお相伴をしや。――お姉様に、私から我儘をしますから。

夫人　もっともさ。

舌長姥　もし、通草、山ぐみ、山葡萄、手造りの猿の酒、山蜂の蜜、蟻の甘露、諸白もござります。が、お二人様のお手鞠は、唄を聞きますばかりでも寿命の薬と承る。かように年を取りますと、慾も、得も、はは、覚えませぬ。ただもう、長生がしとうござりましてのう。

朱の盤　や、姥殿、その上のまた慾があるかい。

舌長姥　憎まれ山伏、これ、帰り途に舐められさっしゃるな。（とぺろりと舌。）
朱の盤　（頭を抱う）わあ、助けてくれ、角が縮まる。

侍女たち笑う。

舌長姥　さ、お供をいたしましょうの。

夫人を先に、亀姫、薄と女の童等、皆行く。五人の侍女と朱の盤あり。

桔梗　お先達、さあさあ、お寛ぎなさいまし。
朱の盤　寛がいで何とする。やあ、えいとな。
萩　もし、面白いお話を聞かして下さいましな。
朱の盤　聞かさいで何とする。（扇を笏に）それ、山伏と言っぱ山伏なり。兜巾と云っぱ兜巾なり。お腰元と言っぱ美人なり。恋路と言っぱ闇夜なり。野道山路厭いなく、修行積んだる某が、このいら高の数珠に掛け、いで一祈り祈るならば、などか利験のなかるべき。橋の下の菖蒲は、誰が植えた菖蒲ぞ、ぼろぼん、ぼろぼん、ぼろぼんのぼろぼん。

侍女等わざとはらはらと逃ぐ、朱の盤五人を追廻す。

ぼろぼんぼろぼん。ぼろぼんぼろぼん。（やがて侍女に突かれて撞と倒る）などか利験のなかるべき。
葛　利験はござんしょうけれどな、そんな話は面白うござんせぬ。
朱の盤　（首を振って）ぼろぼん、ぼろぼん。

鞠唄聞ゆ。

——私が姉さん三人ござる、一人姉さん鼓が上手。
一人姉さん太鼓が上手。
いっちょいのが下谷にござる。
下谷一番達しゃでござる。二両で帯買うて、
三両で括けて、括けめ括けめに七総さげて、
折りめ折りめに、いろはと書いて。——

葛　さあ、お先達、よしの葉の、よい女郎衆ではござんせぬが、参ってお酌。（扇を開く。）

朱の盤　ぼろぼんぼろぼん。（同じく扇子にうく）おとととと、ちょうどあるちょうどある。いで、お肴を所望しょう。……などか利験のなかるべき。

桔梗　その利験ならござんしょう。女郎花さん、撫子さん、ちょっと、お立ちなさいまし。

両女立つ。

ここをどこぞと、もし人問わば、ここは駿河の
府中の宿よ、人に情を掛川の宿よ。雉子の雌鳥
ほろりと落いて、打ちきせて、しめて、しょのしょの
いとしよの、そぞろいとしゅうて、遣瀬なや。

朱の盤　やんややんや。

女郎花　今度はお先達、さあ。

葛　貴方がお立ちなさいまし。

朱の盤　ぼろぼん、ぼろぼん。此方衆思ざしを受きょうならば。

侍女五人扇子を開く、朱の盤杯を一順す。すなわち立つ。腰なる太刀をすらりと抜き、以前の兜を切先にかけて、衝と天井に翳し、高脛に拍子を踏んで——

戈鋋剣戟を降らすこと電光の如くなり。
盤石巌を飛ばすこと春の雨に相同じ。
然りとはいえども、天帝の身には近づかで、
修羅かれがために破らる。

——お立ち——（陰より諸声。）

手早く太刀を納め、兜をもとに直す、一同つい居る。

亀姫　お姉様、今度は貴方が、私へ。

夫人　はい。

舌長姥　お早々と。

夫人　（頷きつつ、連れて廻廊にかかる。目の下遥に瞰下す）ああ、鷹狩が帰って来た。

亀姫　（ともに、瞰下す）先刻私が参る時は、蟻のような行列が、その鉄砲で、松並木を走っていました。ああ、首に似た殿様が、馬に乗って反返って、威張って、本丸へ入って来ますね。

夫人　播磨守さ。

亀姫　まあ、翼の、白い羽の雪のような、いい鷹を持っているよ。

夫人　おお。（軽く胸を打つ）貴女。（間）あの鷹を取って上げましょうね。

亀姫　まあ、どうしてあれを。

夫人　見ておいで、それは姫路の、富だもの。

蓑を取って肩に装う、美しき胡蝶の群、ひとしく蓑に舞う。颯と翼を開く風情す。

それ、人間の目には、羽衣を被た鶴に見える。

ひらりと落す時、一羽の白鷹颯と飛んで天守に上るを、手に捕う。

――わっと云う声、地より響く――

亀姫　お涼しい、お姉様。

夫人　この鷹ならば、鞠を投げてもとりましょう。――沢山お遊びなさいまし。

亀姫　あい。（嬉しげに袖に抱く。そのまま、真先に階子を上る。二三段、と振返りて、衝と鷹を雪の手に据うるや否や）虫が来た。

云うとともに、袖を払って一筋の征矢をカラリと落す。矢は鷹狩の中より射掛けたるなり。

夫人　（斉しくともに）む。（と肩をかわし、身を捻って背向になる、舞台に面を返す時、口に一条の征矢、手にまた一条の矢を取る。下より射たるを受けたるなり）推参な。

――たちまち、鉄砲の音、あまたたび――

薄　それ、皆さん。

侍女等、身を垣にす。

朱の盤　姥殿、確り。（姫を庇うて大手を開く。）

亀姫　大事ない、大事ない。

夫人　（打笑む）ほほほ、皆が花火線香をお焚き——そうすると、鉄砲の火で、この天守が燃えると思って、吃驚して打たなくなるから。

——舞台やや暗し。鉄砲の音止む——

夫人、亀姫と声を合せて笑う、ほほほほほ。

夫人　それ、御覧、ついでにその火で、焼けそうな処を二三処焚くが可い、お亀様の路の松明にしようから。

舞台暗し。

亀姫　お心づくしお嬉しや。さらば。

夫人　さらばや。

寂寞、やがて燈火の影に、うつくしき夫人の姿。舞台にただ一人のみ見ゆ。夫人うしろむきにて、獅子頭に対し、机に向い巻ものを読みつつあり。間を置き、女郎花、清らかなる小搔巻を持ち出で、静に夫人の背に置き、手をつかえて、のち去る。——

ここはどこの細道じゃ、細道じゃ。

天神様の細道じゃ、細道じゃ。

舞台一方の片隅に、下の四重に通ずべき階子の口あり。その口より、まず一の雪洞顕れ、一廻りあたりを照す。やがて衝と翳すとともに、美丈夫、秀でたる眉に勇壮の気満つ。黒羽二重の紋着、萌黄の袴、臘鞘の大小にて、姫川図書之助登場。唄をききつつ低徊し、天井を仰ぎ、廻廊を窺い、やがて燈の影を視て、やや驚く。ついで几帳を認む。彼が入るべき方に几帳を立つ。図書は躊躇の後決然として進む。瞳を定めて、夫人の姿を認む。剣夾に手を掛け、気構えたるが、じりじりと退る。

夫人　（間）誰。

図書　はっ。（と思わず膝を支く）某。

夫人　（面のみ振向く、——無言。）

図書　私は、当城の大守に仕うる、武士の一人でございます。

夫人　何しに見えた。

図書　百年以来、二重三重までは格別、当お天守五重までは、生あるものの参った例はありませぬ。今宵、大殿の仰せに依って、私、見届けに参りました。

夫人　それだけの事か。

図書　且つまた、大殿様、御秘蔵の、日本一の鷹がそれまして、お天守のこのあたりへ隠れました。行方を求めよとの御意でございます。

夫人　翼あるものは、人間ほど不自由ではない。千里、五百里、勝手な処へ飛ぶ、とお言いなさるが可い。——用はそれだけか。

図書　別に余の儀は承りませぬ。

夫人　五重に参って、見届けた上、いかが計らえとも言われなかったか。

図書　いや、承りませぬ。

夫人　そして、お前も、こう見届けた上に、どうしようとも思いませぬか。
図書　お天守は、殿様のものでございます。いかなる事がありましょうとも、私一存にて、何と計らおうとも決して存じませぬ。
夫人　お待ち。この天守は私のものだよ。
図書　それは、貴方のものかも知れませぬ。また殿様は殿様で、御自分のものだと御意遊ばすかも知れませぬ。しかし、いずれにいたせ、私のものでないことは確でございます。自分のものでないものを、殿様の仰せも待たずに、どうしようとも思いませぬ。
夫人　すずしい言葉だね、その心なれば、ここを無事で帰られよう。私も無事に帰してあげます。
図書　冥加に存じます。
夫人　今度は、播磨が申しきけても、決して来てはなりません。ここは人間の来る処ではないのだから。――また誰も参らぬように。
図書　いや、私が参らぬ以上は、五十万石の御家中、誰一人参りますものはございますまい。皆生命が大切でございますから。
夫人　お前は、そして、生命は欲しゅうなかったのか。
図書　私は、仔細あって、殿様の御不興を受け、お目通を遠ざけられ閉門の処、誰もお天守へ上りますものがないために、急にお呼出しでございました。その御上使は、実は私に切腹仰せつけの処を、急に御模様がえになったのでございます。

夫人 では、この役目が済めば、切腹は許されますか。

図書 そのお約束でございました。

夫人 人の生死は構いませんが、切腹はさしたくない。私は武士の切腹は嫌いだから。しかし、思い掛なく、お前の生命を助けました。……悪い事ではない。今夜はいい夜だ。それではお帰り。

図書 姫君。

夫人 まだ、居ますか。

図書 は、恐入ったる次第ではございますが、御姿を見ました事を、主人に申まして差支えはございませんか。

夫人 確にお言いなさいまし。留守でなければ、いつでも居るから。

図書 武士の面目に存じます――御免。

雪洞を取って静に退座す。夫人長煙管を取って、払く音に、図書板敷にて一度留まり、直ちに階子の口にて、燈を下に、壇に隠る。

鐘の音。

時に一体の大入道、面も法衣も真黒なるが、もの陰より甍を渡り梢を伝うがごとくにして、舞台の片隅を伝い行き、花道なる切穴の口に踞まる。

鐘の音。

図書、その切穴より立顕る。

夫人すっと座を立ち、正面、鼓の緒の欄干に立ち熟と視る時、図書、雪洞を翳して高く天守を見返す、トタンに大入道さし覗きざまに雪洞をふっと消す。図書身構す。大入道、大手を拡げてその前途を遮る。

鐘の音。

侍女等、凜々しき扮装、揚幕より、懐剣、薙刀を構えて出づ。図書扇子を抜持ち、大入道を払い、懐剣に身を躱し、薙刀と丁と合わす。かくて一同を追込み、揚幕際に扇を揚げ、屹と天守を仰ぐ。

鐘の音。

夫人、従容として座に返る。図書、手探りつつもとの切穴を捜る。（間）その切穴に没す。しばらくして舞台なる以前の階子の口より出づ。猶予わず夫人に近づき、手をつく。

夫人 （先んじて声を掛く。穏に）また見えたか。

図書 はっ、夜陰と申し、再度御左右を騒がせ、まことに恐入りました。

夫人 何しに来ました。

図書 御天守の三階中壇まで戻りますと、鳶ばかり大さの、野衾かと存じます、大蝙蝠の黒い翼に、燈を煽ぎ消されまして、いかにとも、進退度を失いましたにより、灯を頂きに参りました。

夫人 ただそれだけの事に。……二度とおいでではないと申した、私の言葉を忘れましたか。

図書 針ばかり片割月の影もささず、下に向えば真の暗黒。男が、足を踏みはずし、壇を転がり落ちまして、不具(かたわ)になどなりましては、生効(いきがい)もないと存じます。上を見れば五重のここより、幽(かすか)にお燈(あかり)がさしました。お咎(とが)めをもって生命(いのち)をめさりょうとも、男といたし、階子から落ちて怪我(けが)をするよりはと存じ、御戒(おんいましめ)をも憚(はばか)らず推参いたしてございます。

夫人　（莞爾(にっこり)と笑む）ああ、爽(さわや)かなお心、そして、貴方はお勇(いさま)しい。燈(あかり)を点(つ)けて上げましょうね。（座を寄す。）

図書　いや、お手ずからは恐多(おそれおお)い。私(わたくし)が。

夫人　いえいえ、この燈(ともしび)は、明星(みょうじょう)、北斗星、龍の燈(ともしび)、玉の光もおなじこと、お前の手では、蠟燭(ろうそく)には点きません。

図書　ははッ。（瞳を凝(こら)す。）

夫人、世話めかしく、雪洞(ぼんぼり)の蠟を抜き、短檠(たんけい)の灯(ひ)を移す。燭(しょく)をとって、熟(じっ)と図書の面(おもて)を視(み)る、恍惚(うっとり)とす。

夫人　（蠟燭を手にしたるまま）帰したくなくなった、もう帰すまいと私は思う。

図書　ええ。

夫人　貴方は、播磨が貴方に、切腹を申しつけたと言いました。それは何の罪でございます。

図書　私(わたくし)が拳(こぶし)に据えました、殿様が日本一とて御秘蔵の、白い鷹を、このお天守へ逸(そら)しました、その越度(おちど)、その罪過でございます。

夫人　何、鷹をそらした、その越度、その罪過、ああ人間というものは不思議な咎(とが)を被(おお)せるものだね。その鷹は貴方が勝手に鳥に合せたのではありますまい。天守の棟に、世にも美しい鳥を視て、それが欲しさに、播磨守が、自分で貴方にいいつけて、勝手に自分でそらしたものを、貴方の罪にしますのかい。

図書 主と家来でございます。仰せのまま生命をさし出しますのが臣たる道でございます。

夫人 その道は曲っていましょう。間違ったいいつけに従うのは、主人に間違った道を踏ませるのではありませんか。

図書 けれども、鷹がそれました。

夫人 ああ、主従とかは可恐しい。鷹とあの人間の生命とを取かえるのでございますか。よしそれも、貴方が、貴方の過失なら、君と臣というもののそれが道なら仕方がない。けれども、播磨がさしずなら、それは播磨の過失というもの。第一、鷹を失ったのは、貴方ではありません。あれは私が取りました。

図書 やあ、貴方が。

夫人 まことに。

図書 ええ、お怨み申上ぐる。（刀に手を掛く。）

夫人 鷹は第一、誰のものだと思います。鷹には鷹の世界がある。露霜の清い林、朝嵐夕風の爽かな空があります。決して人間の持ちものではありません。諸侯なんどというものが、思上った行過ぎな、あの、鷹を、ただ一人じめに自分のものと、つけ上りがしています。貴方はそうは思いませんか。

図書 （沈思す、間）美しく、気高い、そして計り知られぬ威のある、姫君。――貴方にはお答が出来かねます。

夫人　いえ、いえ、かどだてて言籠めるのではありません。私の申すことが、少しなりともお分りになりましたら、あのその筋道の分らない二三の丸、本丸、太閤丸、廓内、御家中の世間へなど、もうお帰りなさいますな。白銀、黄金、球、珊瑚、千石万石の知行より、私が身を捧げます。腹を切らせる殿様のかわりに、私の心を差上げます、私の生命を上げましょう。貴方お帰りなさいますな。

図書　迷いました、姫君。殿に金鉄の我が心も、波打つばかり悩乱をいたします。が、決心が出来ません。私は親にも聞きたし、師にも教えられたし、書もつにも聞かねばなりません。お暇を申上げます。

夫人　（歎息す）ああ、まだ貴方は、世の中に未練がある。それではお帰りなさいまし。（この時蠟燭を雪洞に）はい。

図書　途方に暮れつつ参ります。迷の多い人間を、あわれとばかり思召せ。

夫人　ああ、優しいそのお言葉で、なお帰したくなくなった。（袂を取る。）

図書　（屹として袖を払う）強いて、断って、お帰しなくば、お抵抗をいたします。

夫人　（微笑み）あの私に。

図書　おんでもない事。

夫人　まあ、お勇ましい、凜々しい。あの、獅子に似た若いお方、お名が聞きたい。

図書　夢のような仰せなれば、名のありなしも覚えませぬが、姫川図書之助と申します。

夫人　可懐(なつかし)い、嬉しいお名、忘れません。

図書　以後、お天守下(した)の往(ゆき)かいには、誓って礼拝(らいはい)をいたします。——御免。（衝(つ)と立つ。）

夫人　ああ、図書様、しばらく。

図書　是非もない、所詮活(しょせんい)けてはお帰しない掟(おきて)なのでございますか。

夫人　ほほほ、播磨守の家中とは違います。ここは私の心一つ、掟なぞは何にもない。

図書　それを、お呼留(よびと)め遊ばしたは。

夫人　おはなむけがあるのでござんす。——人間は疑深(うたがいぶか)い。卑怯(ひきょう)な、臆病(おくびょう)な、我儘(わがまま)な、殿様などはなおの事。貴方がこの五重へ上(あが)って、この私を認めたことを誰(たれ)も真個(ほんとう)にはせぬであろう。清い、爽かな貴方のために、記念(しるし)の品をあげましょう。（静(しずか)に以前の兜(かぶと)を取る）——これを、その記念(しるし)にお持ちなさいまし。

図書　存じも寄らぬ御(おん)たまもの、姫君に向い、御辞退はかえって失礼。余り尊い、天晴(あっぱれ)な御兜(おんかぶと)。

夫人　金銀は堆(うずたか)けれど、そんなにいい細工ではありません。しかし、武田には大切な道具。——貴方、見覚えがありますか。

図書　（疑(うたがい)の目を凝(こら)しつつあり）まさかとは存ずるなり、私(わたくし)とても年に一度、虫干の外(ほか)には拝しませぬが、ようも似ました、お家の重宝(ちょうほう)、青龍(せいりゅう)の御兜。

夫人　まったく、それに違いありません。

図書　（愕然(がくぜん)とす。急に）これにこそ足の爪立(つまだ)つばかり、心急ぎがいたします、御暇(おいとま)を申(もう)うけます。

夫人　今度来ると帰しません。

図書　誓って、——仰せまでもありません。

夫人　さらば。

図書　はっ。（兜を捧げ、やや急いで階子に隠る。）

夫人　（ひとりもの思い、机に頬杖つき、獅子にもの言う）貴方、あの方を——私に下さいまし。

薄　（静に出づ）お前様。

夫人　薄か。

薄　立派な方でございます。

夫人　今まで、あの人を知らなかった、目の及ばなかった私は恥かしいよ。

薄　かねてのお望みに叶うた方を、何でお帰しなさいました。

夫人　生命が欲い。抵抗をすると云うもの。

薄　御一所に、ここにお置き遊ばすまで、何の、生命をお取り遊ばすのではございませんのに。

夫人　あの人たちの目から見ると、ここに居るのは活きたものではないのだと思います。

薄　それでは、貴方の御容色と、そのお力で、無理にもお引留めが可うございますのに。何の、抵抗をしました処で。

夫人　いや、容色はこちらからは見せたくない。力で、人を強いるのは、播磨守なんぞの事、真の恋は、心と心、……（軽く）薄や。

薄　は。

夫人　しかし、そうは云うものの、白鷹を据えた、鷹匠だと申すよ。——縁だねえ。

薄　きっと御縁がござりますよ。

夫人　私もどうやら、そう思うよ。

薄　奥様、いくら貴女のお言葉でも、これはちと痛入りました。

夫人　私も痛入りました。

薄　これはまた御挨拶でござります——あれ、何やら、御天守下が騒がしい。（立って欄干に出づ、遙に下を覗込む）……まあ、御覧なさいまし。

夫人　（座のまま）何だえ。

薄　武士が大勢で、篝を焚いております。ああ、武田播磨守殿、御出張、床几に掛ってお控えだ。おぬるくて、のろい癖に、もの見高な、せっかちで、お天守見届けのお使いの帰るのを待兼ねて、推出したのでござります。もしえもしえ、図書様のお姿が小さく見えます。奥様、おたまじゃくしの真中で、御紋着の御紋も河骨、すっきり花が咲いたような、水際立ってお美しい。……奥様。

夫人　知らないよ。

薄　おお、兜あらためがはじまりました。おや、吃驚した。あの、殿様の漆みたいな太い眉毛が、びくびくと動きますこと。先刻の亀姫様のお土産の、兄弟の、あの首を見せたら、どうでございましょう。ああ、御家老が居ます。あの親仁も大分百姓を痛めて溜込みましたね。

そのかわり頭が兀げた。まあ、皆が図書様を取巻いて、お手柄にあやかるのかしら。おや、追取刀だ。何、何、何、まあ、まあ、奥様々々。

夫人 もう可い。

薄 ええ、もう可いではございません。図書様を賊だ、と言います。御秘蔵の兜を盗んだ謀逆人、謀逆人、殿様のお首に手を掛けたも同然な逆賊でございますとさ。お庇で兜が戻ったのに。——何てまあ、人間というものは。——あれ、捕手が掛った。忠義と知行で、てむかいはなさらぬかしら。しめた、投げた、嬉しい。そこだ。御家老が肩衣を撥ましたよ。大勢が抜連れた。あれ危い。豪い。図書様抜合せた。……一人腕が落ちた。あら、胴切。また何も働かずとも可いことを、五両二人扶持らしいのが、あら、可哀相に、首が飛びます。

夫人 秀吉時分から、見馴れていながら、何だねえ、騒々しい。

薄 騒がずにはいられません。多勢に一人、あら切抜けた、図書様がお天守に遁込みました。追掛けますよ。槍まで持出した。（欄干をすると）図書様が、二重へ駈上っておいでなさいます。大勢が追詰めて。

夫人 （片膝立つ）可し、お手伝い申せ。

薄 お腰元衆、お腰元衆。——（呼びつつ忙しく階子を下り行く。）

夫人、片手を掛けつつ几帳越に階子の方を瞰下す。

——や、や、や、——激しき人声、もの音、足蹈。——

図書、もとどりを放ち、衣服に血を浴ぶ。刀を振って階子の口に、一度屹と下を見込む。

肩に波打ち、はっと息して撞となる。

夫人　図書様。

図書　（心づき、蹌踉と、且つ呼吸せいて急いで寄る）姫君、お言葉をも顧みず、三度の推参をお許し下さい。私を賊……賊……謀逆人、逆賊と申して。

夫人　よく存じておりますよ。昨日今日、今までも、お互に友と呼んだ人たちが、いかに殿の仰せとて、手の裏を反すように、ようまあ、あなたに刃を向けます。

図書　はい、微塵も知らない罪のために、人間同志に殺されましては、おなじ人間、断念められない。貴女のお手に掛ります。――御禁制を破りました、御約束を背きました、その罪に伏します。速に生命をお取り下されたい。

夫人　ええ、武士たちの夥間ならば、貴方のお生命を取りましょう。私と一所には、いつまでもお活きなさいまし。

図書　（急きつつ）お情余る、お言葉ながら、活きようとて、討手の奴儕、決して活かしておきません。早くお手に掛け下さいまし。貴女に生命を取らるれば、もうこの上のない本望、彼等に討たるるのは口惜い。（夫人の膝に手を掛く）さ、生命を、生命を――こう云う中にも取詰めて参ります。

夫人　いいえ、ここまでは来ますまい。

図書　五重の、その壇、その階子を、鼠のごとく、上りつ下りついたしおる。……かねての風説、鬼神より、魔よりも、ここを恐しと存じておるゆえ、いささか躊躇はいたしますが、既に、私の、かく参ったを、認めております。こう云う中にも、たった今。

夫人　ああ、それもそう、何より前に、貴方をおかくまい申しておこう。（獅子頭を取る、母衣を開いて、図書の上に蔽いながら）この中へ……この中へ——

図書　や、金城鉄壁。

夫人　いいえ、柔い。

図書　仰の通り、真綿よりも。

夫人　そして、確かり、私におつかまりなさいまし。

図書　失礼御免。

夫人の背よりその袖に縋る。縋る、と見えて、身体その母衣の裾なる方にかくる。獅子頭を捧げつつ、夫人の面、なお母衣の外に見ゆ。

討手どやどやと入込み、と見てわっと一度退く時、夫人も母衣に隠る。ただ一頭青面の獅子猛然として舞台にあり。

討手。小田原修理、山隅九平、その他。抜身の槍、刀。中には仰山に小具足をつけたるもあり。大勢。

九平　（雪洞を寄す）やあ、怪しく、凄く、美しい、婦の立姿と見えたはこれだ。

修理　化るわ化るわ。御城の瑞兆、天人のごとき鶴を御覧あって、殿様、鷹を合せたまえば、鷹はそれて破蓑を投落す、……言語道断。

九平　他にない、姫川図書め、死ものぐるいに、確にそれなる獅子母衣に潜ったに相違なし。

やあ、上意だ、逆賊出合え。山隅九平向うたり。

修理　待て、山隅、先方で潜った奴だ。呼んだって出やしない。取って押え、引摺出せ。

九平　それ、面々。

修理　気を着けい、うかつにかかると怪我をいたす。元来この青獅子が、並大抵のものではないのだ。伝え聞く。な、以前これは御城下はずれ、群鷺山の地主神の宮に飾ってあった。二代以前の当城殿様、お鷹狩の馬上から――一人町里には思いも寄らぬ、都方と見えて、世にも艶麗な女の、行列を颯と避けて、その宮へかくれたのを――とろんこの目で御覧じたわ。此方は鷹狩、もみじ山だが、いずれ戦に負けた国の、上臈、貴女、貴夫人たちの落人だろう。絶世の美女だ。しゃっ摑出いて奉れ、とある。御近習、宮の中へ闖入し、人妻なればと、いなむを捕えて、手取足取しようとしたれば、舌を噛んで真俯向けに倒れて死んだ。その時にな、この獅子頭を熟と視て、あわれ獅子や、名誉の作かな。わらわにかばかりの力あらば、虎狼の手にかかりはせじ、と吐いた、とな。続いて三年、毎年、秋の大洪水よ。何が、死骸取片づけの山神主が見た、と申すには、獅子が頭を逆にして、その婦の血を舐め舐め、目から涙を流いたというが触出しでな。打続く洪水は、その婦の怨だと、国中の是沙汰だ。婦が前髪にさしたのが、死ぬ時、髪をこぼれ落ちたというを拾って来て、近習が復命をした、白木に刻んだ三輪牡丹高彫のさし櫛をな、その時の馬上の殿様は、澄して袂へお入れなさった。祟を恐れぬ荒気の大名。おもしろい、水を出さば、天守の五重を浸して見よ、とそれ、生捉って来てな、ここへ打上げたその獅子頭だ。以来、奇異妖変さながら魔所のように沙汰する天守、まさかとは思うたが、目のあたり不思議を見るわ。——心してかかれ。

九平　心得た、槍をつけろ。

討手、槍にて立ちかかる。獅子狂う。討手辟易す。修理、九平等、抜連れ抜連れ一同立掛る。獅子狂う。また辟易す。

修理　木彫にも精がある。活きた獣も同じ事だ。目を狙え、目を狙え。

九平、修理、力を合せて、一刀ずつ目を傷く、獅子伏す。討手その頭をおさう。

図書　（母衣を撥退け刀を揮って出づ。口々に罵る討手と、一刀合すと斉しく）ああ、目が見えない。（押倒され、取って伏せらる）無念。

夫人　（獅子の頭をあげつつ、すっくと立つ。黒髪乱れて面凄し。手に以前の生首の、もとどりを取って提ぐ）誰の首だ、お前たち、目のあるものは、よっく見よ。（どっしと投ぐ。）

——討手わッと退き、修理、恐る恐るこれを拾う。

修理　南無三宝。

九平　殿様の首だ。播磨守様御首だ。

修理　一大事とも言いようなし。御同役、お互に首はあるか。

九平　可恐い魔ものだ。うかうかして、こんな処に居べきでない。

討手一同、立つ足もなく、生首をかこいつつ、乱れて退く。

図書　姫君、どこにおいでなさいます。姫君。

夫人、悄然として、立ちたるまま、もの言わず。

図書　（あわれに寂しく手探り）姫君、どこにおいでなさいます。私は目が見えなくなりました。姫君。

夫人　（忍び泣きに泣く）貴方、私も目が見えなくなりました。

図書　ええ。

夫人　侍女たち、侍女たち。――せめては燈を――

――皆、盲目になりました。誰も目が見えませんのでございます。――（口々に一同はっと泣く声、壁の彼方に聞ゆ。）

夫人　（獅子頭とともにハタと崩折る）獅子が両眼を傷つけられました。この精霊で活きましたものは、一人も見えなくなりました。図書様、……どこに。

図書　姫君、どこに。

さぐり寄りつつ、やがて手を触れ、はっと泣き、相抱く。

夫人　何と申そうようもない。貴方お覚悟をなさいまし。今持たせてやった首も、天守を出れば消えましょう。討手は直ぐに引返して参ります。私一人は、雲に乗ります、風に飛びます、虹の橋も渡ります。図書様には出来ません。ああ口惜い。あれら討手のものの目に、蓑笠着ても天人の二人揃った姿を見せて、日の出、月の出、夕日影にも、おがませようと思ったのに、私の方が盲目になっては、ただお生命さえ助けられない。堪忍して下さいまし。

図書　くやみません！　姫君、あなたのお手に掛けて下さい。

夫人　ええ、人手には掛けますまい。そのかわり私も生きてはおりません、お天守の塵、煤ともなれ、落葉になって朽ちましょう。

図書　やあ、何のために貴女が、美しい姫の、この世にながらえておわすを土産に、冥土へ行くのでございます。

夫人　いいえ、私も本望でございます、貴方のお手にかかるのが。

図書　真実のお声か、姫君。

夫人　ええ何の。――そうおっしゃる、お顔が見たい、ただ一目。……千歳百歳にただ一度、たった一度の恋だのに。

図書　ああ、私も、もう一目、あの、気高い、美しいお顔が見たい。（相縋る。）

夫人　前世も後世も要らないが、せめてこうして居とうござんす。

図書　や、天守下で叫んでいる。

夫人　（屹となる）口惜しい、もう、せめて一時隙があれば、夜叉ケ池のお雪様、遠い猪苗代の妹分に、手伝を頼もうものを。

図書　覚悟をしました。姫君、私を。……

夫人　私は貴方に未練がある。いいえ、助けたい未練がある。

図書　猶予をすると討手の奴、人間なかまに屠られます、貴女が手に掛けて下さらずば、自分、我が手で。――（一刀を取直す。）

夫人　切腹はいけません。ああ、是非もない。それでは私が御介錯、舌を噛切ってあげましょう。それと一所に、胆のたばねを――この私の胸を一思いに。

図書　せめてその、ものをおっしゃる、貴方の、ほのかな、口許だけも、見えたらばな。
夫人　貴方の睫毛一筋なりと。（声を立ててともに泣く。）
奥なる柱の中に、大音あり。――
――待て、泣くな泣くな。――
工人、近江之丞桃六、六十じばかりの柔和なる老人。頭巾、裁着、火打袋を腰に、扇を使うて顕る。
桃六　美しい人たち泣くな。（つかつかと寄って獅子の頭を撫で）まず、目をあけて進ぜよう。
火打袋より一挺の鑿を抜き、双の獅子の眼に当つ。
――夫人、図書とともに、あっと云う――
桃六　どうだ、の、それ、見えよう。ははは、ちゃんと開いた。嬉しそうに開いた。おお、もう笑うか。誰がよ誰がよ、あっはっはっ。
夫人　お爺様。
図書　御老人、あなたは。
桃六　されば、誰かの櫛に牡丹も刻めば、この獅子頭も彫った、近江之丞桃六と云う、丹波の国の楊枝削よ。
夫人　まあ、（図書と身を寄せたる姿を心づく）こんな姿を、恥かしい。
図書も、ともに母衣を被ぎて姿を蔽う。
桃六　むむ、見える、恥しそうに見える、極りの悪そうに見える、がやっぱり嬉しそうに見える、はっはっはっはっ。睦じいな、若いもの。（石を切って、ほくちをのぞませ、煙管を横銜えに煙草を、すぱすぱ）気苦労の挙句は休め、安らかに一寝入させえ。そのうちに、もそっと、その上にも清い目にして進ぜよう。

鑿を試む。月影さす。

そりゃ光がさす、月の光あれ、眼玉。（鑿を試み、小耳を傾け、鬨のごとく叫ぶ天守下の声を聞く）

世は戦でも、胡蝶が舞う、撫子も桔梗も咲くぞ。——馬鹿めが。（呵々と笑う）ここに獅子がいる。お祭礼だと思って騒げ。（鑿を当てつつ）槍、刀、弓矢、鉄砲、城の奴等。

——幕——

獅子舞考

柳田國男

獅子舞（ししまい）

単身もしくは数名の演者が、木彫の獅子頭をかぶって舞ったり曲芸を披露する芸能。中国から渡来後、各地の祭礼などで豊作祈願や悪魔祓いとして新年の祝賀に舞われるようになった。

柳田國男（やなぎた・くにお）1875-1962

本姓・松岡。兵庫県出身。民俗学者。著作に『遠野物語』『先祖の話』『妖怪談義』ほかがある。

雑賀貞次郎氏の報ぜられた獅子舞の起りに関する故老の物語は（三巻四七三頁）、必ずしも単に古渡の童話の類として取扱うことは出来ぬようである。先ず第一に唐獅子の身体が三つに裂けたのを三国三処に分取したと云う話は、形を色々に変えて弘く行われて居る。例えば近世の俗説であろうが、源三位頼政の射殺した怪獣は其身首手足を斫って堺の海へ流した所が、それぞれ各地へ漂著して猿神犬神蛇神等の根元を為したと云う。前年自分は武蔵相模の境川の沿岸を旅行した時、八王子線の淵野辺停車場の附近に於て、土地の人から下総龍角寺の縁起と頗るよく似た昔話を聴いて珍しく感じたことがある。龍角寺縁起はかの地方の郷土誌に於ては夙に有名なものである。其大略を言うと、今の下総印旛郡安食町大字龍角寺字新房の龍角寺は、天台宗の中本寺で本尊は薬師如来、大昔は寺の名を龍閣寺と呼んで居たが、天平三年の夏、奥州の僧釈命上人此寺に雨を禱りしに、神龍三段に断れて空より落ちた。乃ち其頭を納めて寺号をも今の如く改めた。龍の腹と尾とを納むる所に各之を寺号とする寺がある云々（印旛郡誌)。而して龍腹寺と云う同宗の寺は現に同郡本郷村大字龍腹寺字堂崎に在るが、記録が些しく喰い合わぬ。此寺元の名は延命寺又は龍福寺、承和四年慈観上人の開基である。天平よりは遙か後の延喜十七年の大旱に、釈　名上人なる者風雨順時の大法を修せしかば、一天俄かに曇って一声の雷と共に大雨車軸の如く降り来る。天霽れて後御堂の側に大龍の腹ちぎれて落ちてあり。仍て寺の名とすとあって腹だけを之に蔵納したと言うてない(同上)。尾を納めたと云う寺は新撰佐倉風土記等にも匝瑳の大寺とあるが、是は今の香取郡豊和村大字大寺のことであるらしく、成るほど其地には又龍尾寺と云う古い寺がある(地名辞書)。蓋し龍の一体を三箇の大寺に分配した伝説は、多分は千葉氏の根拠地を中心として発生したものであろうが、他の地方に散在する類似の口碑を比較して見ると、丸々僧侶の智巧に出た種で無いことは明かで、言わば神代紀の迦具土神の系統に属する古譚を近世化し縁起化したものに他ならぬ。

右の類例として最も近いのは八岐大蛇に関する伝説である。天野信景の尾張国神名帳集説、熱田の八剣大明神の条に、杵築社記を引いて曰く、大原郡(出雲国)斐伊郷中簸川の辺に杉八本あり、蛇の頭を祭る、仁多郡尾原村に蛇の尾を祭る、乃ち石壺大明神是なり云々と。尾原の村名はやはり此口碑と関係して居るものであろう。頭の方を祭ると云うのは今の大原郡神原村八口神社のことである。出雲国式社考及び雲州式社集説にも此事を記して、「神原郷草枕　村八口大明神、里俗の伝には、八岐大蛇の首頭を此所に埋めたりと云ふ。此地を草枕と云ふも、大蛇が草を枕としたるより云ふと云へり。祭正月初卯六月及び九月十五日」と述べて居る。草の枕と云うことは何か意味のありそうな点であるがまだ考が付かぬ。但し他の動物に就ても之とよく似た話は伝わって居る。三河国では古く犬頭蚕の由来なども物に見えて居って、或は日本に於けるゲルハート伝説の中心地では無いかとも思われるが、同国碧海郡六ツ美村大字宮地と下和田とに、犬頭霊神及び犬尾霊神の二社あって、身を殺して主人の命を救うた義犬を祀って居たと、犬頭社由来書と題する古記に見えて居る（参河国官社考集説）。名馬生月の生処葬処と称する地が全国に亘って多いことは、曾て備さに山島民譚集巻一に列記して置いたが、相州足柄郡曾我村大字下にも其名馬の首塚胴塚があって、生月酒匂村の鎮守森の東方の小橋から落ちて死んだのを埋めたと称して居る（相中雑志上）。此などは現に繋がって居た筈の首と胴とを切離したもので、愈々以て自分の爰に言わんとする死屍分割の例によく当るのである。

今日の感情から言えば聞くに忍びぬ惨虐であるが、同じ話は独り獣畜にのみ限られては居なかった。越後七不思議の一として世に知らるる堂鳴と云う怪響は、往古兇賊黒鳥兵衛の悪霊の致す所だと云う一説がある。康平年中源義家義綱の兄弟、此国に来って兵衛を誅戮し、今の西蒲原郡黒埼村大字黒鳥に其首を埋めて塚の上に八幡の祠を立て、同郡鎧郷村大字押付に其体を埋めて亦八幡祠を立てた。然るに年を経て霊気消えず。祠中時々鳴動す。鳴動すれば必ず雨がふる。土人之を堂鳴と呼びならわした。一説には堂鳴は実は胴鳴であって、黒鳥兵衛の首が其胴に接がんとして鳴動するのだとも云うて居た（越後野志十九）。悪霊の旗頭とも称すべき平新王将門に就ては、殊に古くから此類の話が多かったようである。現に東京牛込築土八幡の境内に在る明神の社の如きも其一例で、此社もとは田安に在り後飯田町に徙り、更に此地内に借地をして引越して来た。平新王の頭であるとも云い、又体の明神とも飛首の明神とも唱えて居る。正体に至っては区々の説あり、或は将門の冠とも髭とも髑髏とも謂うが、結局秘像であって誰も見た者無く、別当の成就院なる者曾て潔斎の後厨子を開いたが、忽ちにして目が潰れたと云うことである（十方菴遊歴雑記第三編中）。昔は物部守屋も仏敵として一種将門的の待遇を受けて居た。今の河内中河内郡龍華村大字太子堂の勝軍寺は、世に下の太子と称して厩戸王子の尊像を安置する旧寺である。本堂の前に守屋大臣の首洗池と云うあり、其池の東には守屋の頭墳軀墳と称して北と南に二小塚があった（益軒南遊紀行上）。実際誰かの口癖では無いが迷信家に出逢ってはかなわぬ。首塚胴塚は手塚耳塚などと共に此外にも弘く国内に分布して居る。之を前代名士の名に托したのは後世縁起起草者の作為であるかも知らぬ。併し昔の田舎者の信仰心は、右の如き人体の処分法も格別の無礼侵害とは認めて居なかったらしいことは猶段々の証拠がある。曾て本誌に報告せられた甲州の御手の薬師（三巻一八〇頁）、足利の大手権現（二巻三七三頁）の如き霊像分割の例も、随分古くから多かったのである。泉州堺の北荘旅籠屋町の西に七堂の浜と謂う地は、昔七堂伽藍のあった跡と云い、又住吉の神輿奉仕の時七度の潮垢離を取った処とも云うが、猶一説には曾て此浦へ四天王の像が浪に漂うて上ったのを見ると御影七つに分れて居る（三巻二六五頁参照）。之を拾い揚げ継ぎ合せて安置したによって七胴継島と呼ぶのだとある（堺鑑上）。香川県三豊郡一谷村大字吉岡に於ては、字本村に御衣八幡宮、字土居に袖ノ八幡宮とて二社併立して居る。土地の伝に依れば、此地昔は琴弾八幡宮の御旅所であったが、八幡宮を此へ祭らんとして二部落の者御神体を奪い合い、結局本村は御衣を取り土居の者は袖を取って、各々之を斎い祀った。其袖をもぢいたと云う所に別に袖茂知岐と云う祠もあったと云う（西讃府志）。袖もぢきと云う路傍の神に付いては曾て各地の報告もあったが（二巻七〇一頁）、要するに同じ光を以て闡明し得べき古い風習の名残かと思うて居る。それは兎も角も、右二種の神体分割譚の如きはまだ幾分か近世的に上品であるが、只一歩を進めば乃ち首塚胴塚の話になる。例えば国に異変あるに先って鳴動すると伝えられた京都東山の将軍塚と同じ場合に破裂して兇事を予報したと云う大和多武峰の鎌足木像との、ちょうど中間に立って最も肝要なる連鎖を為すものは、摂津三島郡安威村の鎌足塚である。目下史学の大家たちの論争の主題であるから、下手な差出口はきっと慎むべき所であるが、黙って居られぬ不思議な話は、此塚鎌足公の最初の墓処と称しつつ一名を将軍塚とも云う。而も伝うる所によれば、多武峰に改葬せんとする際、土地の者之を悲み惜み、棺を奪わんとして挑み争い終に遺骸を分取した。因って一名を胴墓とも云う。改葬の地再び動くを以て或は又動墓とも云うたとある（摂陽群談九）。偶然かも知らぬが越後の黒鳥兵衛の話と一面は類似し、他の一面には大昔両毛の野人が赴任に先って薨ぜられた将軍宮の御遺骸を、墓から盗み出して奔ったと云う畏多い話にも縁を引いて、結局人体を切り分けて鎮護の用に供したと云う境塚の荒唐なる口碑も（一巻一五八頁）、根底の存外深いものであることを知らしむるのである。

さて立戻って少しく獅子舞の由来を説いて見よう。雑賀君のこの短かい報告が如何なる程度に迄自分の推定を強めるかは、恐らくは読者の想像に超ゆるものがある。蓋し獅子舞の性質を論究した書物は、自分の知る限では喜多村信節の筠庭雑考が最も詳しいようである。此人の説は古来田楽に獅子を舞わしめるのは、本来は西域亀茲国の伎楽を唐土を経由して輸入したもので、神殿仏閣の前面に所謂獅子狛犬を置く風が、獅子舞の今日の如き普及を致した原因だと云うに在るらしい。藤井高尚なども栄花物語布引滝の巻の文に「獅子こま犬の舞ひ出でたるほどもいみじう見ゆ云々」とあるを引いて、同じく二種の獅子の根本を一つと見たようであるが、自分はまだ容易に此等先輩の言に服しない。歌舞音楽の方面に於ては成程支那の影響は顕著であった。殿前の呪像が建築美術と共に外国から来たと云うのも事実であろう。又田楽と云うものが一種漂泊性ある人民の手に掛って、京畿乃至は鎮西の文明を普く辺土に流行させたらしい事も亦否定しない。唯仮に村々の祭礼に出て来る獅子舞の頭が凡て田楽法師の徒の携来に係るものとしても、之を以て直ちに殿前の獅子狛犬の獅子と同じ物だとする説は疑わしく、あの堅苦しく畏まった怪獣をどうしてふらふらと出て舞うものと考えたかと思うと、今更に昔の学者が文字名称に絆されやすかったことを感ぜずには居られない。自分が所謂獅子舞のシシを以て天竺の獅子ではあるまいと思う理由は段々あるが、最初に心付いたのは或地方の獅子舞に用いるシシ頭には鹿同然の角のあることである。陸中附馬牛の獅子踊は実は鹿踊であることは、既に遠野物語にも述べて置いたが、このシシは頭に樹枝を以て鹿角に擬した物を附けて居るのみならず、踊のふりにも歌の章句にも、山中の牡鹿が妻を覓め妻を争う事が明かに現われて居る。此例は決して稀有では無いようだ。東京などの獅子頭は近世次第にライオンの写生に近づいて来たが、もとは今一段顔も長く且つ角のあったことは、山中翁も曾て之に注意せられ、元禄刊行の人倫訓蒙図彙中にあるものは鹿の如き枝角があることを述べられた（共古日録十二）。そう言えば今日の神楽の獅子にも尖った独角があり、且又神社の石獅子にも金の一角を取って附けたものなどがあって、もともと工人の目撃せざる空想の獣であれば、一つや二つの角ぐらいは無造作に加減したろうとも言い得るが、自分の重きを置くのは単に角の有無では無く、如何にも唐獅子の頭上には不向なる枝沢山の角のある点である。前述筠庭雑考には又四神地名録を引いて妙な話を載せて居る。江戸の東郊二合半領の戸ケ崎村に、古く伝うる三つ獅子と云う頭があった。越後獅子の頭ほどで俣ある角二本あり雞の毛を以て飾とす。宝永元年の洪水の際、猿ケ股沿岸の村民等競うて堤防を守り互に対岸の決潰を希望して居た折柄、此村に水練の達者な者があって、夜分潜かに右の獅子頭を被って川向うへ泳いで行くと、水を防いで居た者ども之を大蛇と見誤って悉く逃げ散じたから、其間に安々と先方の堤を切り自村の災難を免かれたと云うのである。此話が尤もらしい一箇の小説であることは、次に言わんとする村境の争の類例を見ただけでも之を認め得られる。つまりは此獅子頭が村の災難を境外に駆逐すると云う威徳を物にした迄である。下総印旛郡豊住村大字南羽鳥字鍛冶内の三熊野神社の南にある花見塚は、一名を金塚とも称して黄金埋蔵伝説を伴うて居るが、塚の上で獅子を舞わしめた近例の一である。今は単に社頭に此舞を奏するばかりであるが、舞童は三人であって之に対して獅子頭も牡中牝の三つある。其頭には角あって龍頭のようだと云い、又舞の歌にも「向ふ小山のあの獅子子獅子は云々」と云うような鹿らしいのが伝わって居る（印旛郡誌後篇）。羽前最上郡では盂蘭盆の頃村々に獅子踊と云うものが行われる。其由来を尋ぬれば、昔最上家全盛の頃、或年豊作にして此郡萩野村の奥なる小倉山で猪が七疋出て踊ったことがある。其後戸沢家の治世にも亦同じ事があった。村民見て之に習うたのが此獅子踊である。それ故に他の村々の踊子は六人であるが萩野は本場だけに七人を以て組とする（俚謡集）。此獅子踊の面には角が無かったのかも知れぬが、野猪ではどうも無いらしい。七人の若者獅子の面に幕を附けたのを被り、腹に太鼓を附け歌いつつ踊るとある。同国東村山郡山寺村の立石寺で、此も毎年七月七日に執行う踊は、鹿子舞と称しつつやはり似たような猪の話を伝えて居る。この寺は例の磐次磐三郎

（一巻一九頁参照）を祀った霊地であるが、両人慈覚大師に帰依して地を献じて寺となし、附近一帯の山が殺生禁断の地となったにより、猪大に之を悦び来って大師に礼を言うと、私よりも磐司に謝するがよいとのことで、夫以来今に至る迄此日は磐司の祠の前に近郷の者集り、燦爛たる盛装をして鹿子舞をなし、次で大師堂の前で舞う古例になった。豊年には十数組の多きに至ると云う（山寺名勝誌）。此等の例を以て見ると、獅子舞のシシと云う語にも少なくも或混同がある。即ち獣肉を宍と云うより転じて、鹿即ちカノシシを単にシシと呼んだ時代もあれば、猪即ちイノシシを単にシシと云う地方もある。万葉のシシは鹿で忠臣蔵のシシは猪だ。是が仏経によく出る天竺の猛獣と音を同じくして居たのは、郷土研究者に取っては一の不幸であったが、幸に角や口碑は辛うじて其事跡の湮滅を取留めたのである。

　第二に注意すべきことは、諸国の獅子頭が往々にして信仰の当体であって、単に一箇の祭具又は伎楽具として見られぬことである。筆者幼時の記憶に依れば、春先伊勢の神楽と称する獅子舞の者が村に来り家々を廻ると、頭痛疝気其他の持病ある者は、之に頼んでそれぞれの患部を獅子に嚙んで貰う。多分は獅子の猛威を以て病魔を駆逐すると云う思想であったろうと思うが、其迷信の由って来る所は必ずしも単純で無い。下総印旛郡公津村大字船形字手黒の村社麻賀多神社に什宝として三箇の獅子面あり、左甚五郎作と称す。毎年の春祈禱には之を被って神前に舞い五穀豊饒の祈をするが、猶此面を水に映して其水を飲めば病気が治ると信ぜられて居た（印旛郡誌）。獅子舞の効験を以て獅子頭其物の威徳に帰せんとする例は外にも少なくはない。村々の祭礼に際し古作の獅子頭を取出し、先ず以て当番の家を浄めて之を安置し、神酒灯明等を供えて之を祭ることはよくあるが、獅子の本国を以て目せらるる伊勢国に在っても、津以北四日市以南の邑落を巡歴する者は、大別保・稲生・郡山・下箕田・中戸等の諸村から出る獅子であった。常は此等の村の社に納め置き、隔年に之を取出し仮屋を構え、社人氏子等物忌して之を祭り、正月七日より三月三日迄諸方へ舞い出たと云う（筠庭雑考）。同国山田の獅子頭は郷内八所の本居社に分ち納めあるもので、正月十五日から十七日迄氏子の家々を廻った。永正の末年飢饉疫癘の流行りし頃、之を作って山田上の家より下町へ追い遣ったことがある。以後其面を疫神と祝い祭ったものと云う（同上所引、年浪草）。正月に氏子の家々で獅子舞に与うる銭餅等を含物と云うのは、本来は之を獅子の開いた口の舌の上に置く風習であったからである（伊勢浜荻一）。武州氷川神社にも古い一箇の獅子面があって、御免天下一角兵衛作之と彫ってあった。近郷の獅子舞には必ず之を借りて舞うたと云う（筠庭雑考）。

さて此等の獅子頭が各社に於て殆ど霊宝の如く取扱われて居る理由は、決して其物が年代の知れぬ古物である為でないことを、自分は又妙な方面から証明せんとするのである。前に挙げた下総麻賀多神社の古面に就ては左の如き話がある。或年此面を箱に納めた時順序を誤った処が、三つの獅子箱の中で噛合いをしたと云うことで、三つとも今は其舌が抜いてある。又曾て氏子の一人産の忌ある者之に触れたと云うことで一つの獅子は眼が破裂して居る云々。触穢の方は兎に角、獅子の噛合いは如何にも奇抜であるが而も類例がある。是も遠野物語の中に出て居るが、奥州では一般に獅子頭のことを権現様と云うようである。陸中上閉伊郡新張と云う処の八幡社のゴンゲサマと、同郡土淵村字五日市の神楽組のゴンゲサマと、曾て途中で争をしたことがある。新張のゴンゲサマ負けて片耳を失ったと云うて今でも無い。毎年村々を舞うてあるく故之を見知らぬ者は無いとある。此地方のゴンゲサマは何れも右の如く各村各家を舞うてあるく故に、組の者は屢々途上で衝突を起すのである。但し獅子同士が噛合って耳を喰切ったと云うなどは、随分奇抜な類の無い話だろうと思うと、決してそうで無い。羽後仙北郡北楢岡村の耳取橋でも、此村龍蔵権現の獅子が神宮寺村八幡社の獅子と闘うて相手の耳を取ったと云う話が残って居る。此時龍蔵権現の獅子は鼻を打欠かれた。之を憤ってか自ら長沼に飛入り其主となった。それより此沼の名を龍蔵沼とも云うとある（月の出羽路四）。耳取と云う地名は此外にもある。同じ郡の金沢西根村字耳取と云う地には如何なる伝説があるか知らぬが、三河額田郡岡崎町大字羽根に、小豆坂の古戦場に近く耳取堤と云う処がある。此地では耳取と称する変化の物が居て日暮れて通れば人の耳を引切ると云う話がある（同上十）。即ち影取沼帯取池同系の口碑である。獅子の争闘と何等の脈絡が無いようであるが、かの讃岐の袖茂知岐祠の古伝と、他国に於ける片袖を取られると云う路傍のあやかしの俗信とを比較して見ると、伝説変化の跡が稍窺われ得るのである。自分の見る所では、右の獅子の耳取の昔話も、結局亦境塚の問題に帰著するらしい。之を説明する材料は即ち諸国の田舎に散在する獅子塚獅子舞塚等の塚名や地名であるが、同じ羽後国には此塚に関する口碑が処々に残って居る。雪の出羽路巻八、平鹿郡浅舞町の獅子塚の条に、「昔此郡大森町に大森獅子舞あり。山田の獅子頭と闘ひて戦負けたれば此所に埋むと云ふ。大森獅子舞の浅舞に入り来りしといふ物語あり。又獅子塚も所々にありて由来同じ。昔此わざ大に募り大にあらび、組合ひ蹈合ひ喧嘩して死する者あり。之を埋めししるしなりとも云ふ」。又同書巻十一同郡河登の条にも、「獅子塚の梨木、周囲五尺余の空木、昔獅子頭埋めし塚と云へり。昔は獅子闘の事ありて、負けたる獅子にや勝ちたる獅子にや、地に埋めて塚として処々に在り。其村へは獅子舞の入り来ぬためしと云へり」とある。之に依って見れば、遠野其他で獅子の嚙合いと伝うる話は即ち獅子舞組の喧嘩の事らしく、耳を喰切られたと言うは打付けて毀れた事を意味するものらしい。而して負けてか勝ってかは知らず、獅子頭を埋めたと云う獅子塚が、他村の獅子舞の舞込むのを防止したと云うのは、疑も無く掛踊の風習に基くものである。掛踊のことは所謂俄の起原として他日更に之に論究するつもりであるが、昔は村に旱魃害虫又は時疫の発生した場合には之を悪霊の所為とし、鉦鼓喧噪して之を村外に駆逐するが常であった。深山大海に接する村は格別、普通は之に由って迷惑するのは隣村であるから、彼も亦直ちに起って駆除に著手するが、言わば手前勝手の衝突であるから、やはり元来た方へ追返すのを便とした。之を当時の語では踊を掛けられたと云い掛け返すと称し、急な催しである故に俄踊とも呼んで居たらしい。だから今でも踊の歌には排他心敵愾心を発露した文句が多く、常は仲の善い隣村でも祭や踊の季節になると吉例のように喧嘩をする。印地打や凧揚げの勝負が所謂年占として重んぜられ、後世に至る迄大人が出て声援をする風のあったのと同様に、全く根底に於ては実際生活上の必要に出たものであって、唯後者は積極的の努力、前者は消極的の防衛だと云う相異があるばかりである。獅子舞も一名を神楽と呼ばれるようになっては、単に神を悦ばしむる社頭の遊戯のように認められるか知らぬが、それでは右に挙ぐる如き遠征的の行為、殊には家々の門を廻って悪魔を払うと云う意味が不明になる。併し此風習は決して所謂ホイト物貰いの徒の発明では無く、今も盆踊が新仏のあった家の前で殊に丁寧に踊るのと同じく、御霊を信じた時代の一種の清潔法としては是非とも欠くべからざる手続に外ならぬ。其証拠には中世の獅子は常に田楽に伴うて居た。田楽は少なくとも御霊会に由って大に起ったものである。後世に於ても遊行門派の念仏聖で獅子を被って念仏踊をする者があった。信州上高井郡高甫村大字野辺の所謂野辺座の念仏なるもの即ち是である。諸国に此類の講多く信濃にも六座まで免許せられて居た（科野佐々礼石十四）。盂蘭盆に鹿踊を行う例は東北には多い。或は陸前牡鹿郡鹿妻村より始まり、昔牡鹿の妻を慕うて死んだのを悼み、鹿野苑の周行に比し功徳勧進の為に謳い出したと云う（新撰陸奥風土記二）。安房では旧長狭郡の不動等、七月七日にフリウと称して獅子舞をする所がある（房総志料）。フリウは即ち風流であって盆踊の古名である。八月十五日に獅子頭を舞わす地方も多い。八月十五日は恐らく亦中元の名残で、此日重い祭を営む八幡神と獅子舞との関係は注意に値して居る。上元即ち正月十五日にも獅子を舞わす処がある。是も悪厲追却の一季節である。甲州では一般に此日道祖神を祭り、若連中獅子頭を舞して人家に押入り、時々乱暴をして花聟花嫁をいじめる（甲斐の落葉）。上州高崎でも羅漢町の道祖神は正月十四日が祭で獅子舞をする（高崎志下）。東京でも獅子舞は松の内の物のように考えて居るが、既に之を職とする一階級あって遠方より巡回し来り、村内又は近在の者が之に預らぬようになれば、十五日前後に来るとはきまらず、山里は万歳おそし梅の花で、春中は日を定めずに村をあるき、又疫病や不時の天災のみでは生活に足らぬから、何と無く広汎に悪事災難を攘うと云う。故に伊勢桑名在の所謂太夫村等の代神楽は組を作って諸国を巡り竈払いをしたと云い（筠庭雑考引、伊勢名所図会）、寺社奉行の書留にも、舞太夫の家職として、一獅子面を持ち釜の毒を払い候事とあるのである（寺社捷径）。それもこれも結局我々の住宅内から悪気を搬出するが唯一の目的で、西の海へさらりならば猶結構だが、それが成らずば村外迄でもよろしかった。而して山田郷に所謂含物、或はおひねりとか初穂とか云う金品は、耶蘇教のアルムスなどとは又別で、盆の御迎々々の蓮葉の飯や節分の辻の豆の如く、一種の贖物と見るべきかと思う。

さて最後に猶明かにせねばならぬのは、雑賀氏報告にも見えた死屍分割譚の結末である。何故に特に獅子の頭を霊物視し、村内の戸々を経由して之を村境まで持って行ったかと云う問題は、自分の尤も肝要とする所である。是も東北の実例であるが、陸奥南津軽郡黒石町の附近でシシガ沢と云う地に、百年前まで奇なる石上の彫刻があった。周囲五六尋の岩石の面に、大小数多の鹿の顔がひしひしと彫ってある。又木の中にある小さな岩にも同じく鹿の首が彫ってある。いつの世誰の所業とも知れず、神わざであって毎年七月七日にはきっと新たに二つずつ彫り添えられると云う話。而も此近村では鹿踊の獅子頭の古びたものがあれば、常に此岩の周辺へ持って来て掘埋めるのが常であったと云う。此事実は真澄遊覧記巻十三の記する所であるが、二葉の挿画が之に添えられてある。一は其所在地の有様で山中蕭条の地に此珍しい碑は立って居る。他は碑面の図であるが、上下左右に一定の方角も無く彫られた鹿の頭は正しく写生で、決して天竺の獅子と紛れようもない。自分は此に由って斯う仮定する。石面に鹿の頭を彫り始めた今一つ前には、本物の鹿を屠って此地で神を祭ること恰もアイヌの熊祭のようでは無かったか。牲に捧ぐる獣を邑内を曳き廻すことは他民族にも例がある。又鹿を牲にして其首を供えることは諏訪などに例もある。讃州三豊郡麻村大字下麻の首塚では昔は毎年鹿の頭を切って諏訪の神に供えたのが、或年鹿を得ずして牛の頭を奉った処、神殿鳴動したによって永く此祭が止んだとある（西讃府志二十九）。京の清水観音の鹿間塚は、開基の時霊鹿来って地を夷げたと云う口碑あり、鹿の頭が寺宝として永く伝えられて居たと言えば（ツギネフ三）、此殺伐な慣行も元は決して所謂東夷（いわゆるあずまえびす）にのみ限られて居なかったものらしい。（十二月十日夜）

ざしき童子のはなし

宮澤賢治

座敷童（ざしきわらし）

岩手県など東北地方に伝わる童形の妖怪。男児・女児両様の目撃例がある。枕返しなどの悪戯をしたり、屋内の怪音の原因とされる。ザシキワラシが居つく家は栄え、立ち去ると没落するともいわれる。

宮澤賢治（みやざわ・けんじ）1896-1933

岩手県出身。詩人、童話作家。著作に『銀河鉄道の夜』『風の又三郎』などの童話や詩集『春と修羅』ほかがある。

ぼくらの方の、ざしき童子(ぼっこ)のはなしです。

あかるいひるま、みんなが山へはたらきに出て、こどもがふたり、庭であそんで居(お)りました。大きな家にたれも居ませんでしたから、そこらはしんとしています。

ところが家の、どこかのざしきで、ざわっざわっと箒(ほうき)の音がしたのです。

ふたりのこどもは、おたがい肩(かた)にしっかりと手を組みあって、こっそり行ってみましたが、どのざしきにもたれも居ず、刀の箱(はこ)もひっそりとして、かきねの檜(ひのき)が、いよいよ青く見えるきり、たれもどこにも居ませんでした。

ざわっざわっと箒の音がきこえます。

とおくの百舌(もず)の声なのか、北上川(きたかみ)の瀬(せ)の音か、どこかで豆(まめ)を箕(み)にかけるのか、ふたりでいろいろ考えながら、だまって聴(き)いてみましたが、やっぱりどれでもないようでした。

たしかにどこかで、ざわっざわっと箒の音がきこえたのです。

も一どこっそり、ざしきをのぞいてみましたが、どのざしきにもたれも居ず、ただお日さまの光ばかり、そこらいちめん、あかるく降って居りました。

　こんなのがざしき童子です。

「大道めぐり、大道めぐり」

　一生けん命、こう叫びながら、ちょうど十人の子供らが、両手をつないで円くなり、ぐるぐるぐるぐる、座敷のなかをまわっていました。どの子もみんな、そのうちのお振舞によばれて来たのです。

　ぐるぐるぐるぐる、まわってあそんで居りました。

　そしたらいつか、十一人になりました。

　ひとりも知らない顔がなく、ひとりもおんなじ顔がなく、それでもやっぱり、どう数えても十一人だけ居りました。その増えた一人がざしきぼっこなのだぞと、大人が出てきて云いました。

　けれどもたれが増えたのか、とにかくみんな、自分だけは、何だってざしきぼっこだないと、一生けん命眼を張って、きちんと座って居りました。

　こんなのがざしきぼっこです。

　それからまたこういうのです。

　ある大きな本家では、いつも旧の八月のはじめに、如来さまのおまつりで分家の子供らをよぶのでしたが、ある年その中の一人の子が、はしかにかかってやすんでいました。

「如来さんの祭へ行くたい。如来さんの祭へ行くたい」と、その子は寝ていて、毎日毎日云いました。

「祭延ばすから早くよくなれ」本家のおばあさんが見舞に行って、その子の頭をなでて云いました。

　その子は九月によくなりました。

　そこでみんなはよばれました。ところがほかの子供らは、いままで祭を延ばされたり、鉛の兎を見舞にとられたりしたので、何ともおもしろくなくてたまりませんでした。あいつのためにめにあった。もう今日は来ても、何たってあそばないて、と約束しました。

「おお、来たぞ、来たぞ」みんながざしきであそんでいたとき、にわかに一人が叫びました。

「ようし、かくれろ」みんなは次の、小さなざしきへかけ込みました。

　そしたらどうです、そのざしきのまん中に、今やっと来たばかりの筈の、あのはしかをやんだ子が、まるっきり瘠せて青ざめて、泣き出しそうな顔をして、新らしい熊のおもちゃを持って、きちんと座っていたのです。

「ざしきぼっこだ」一人が叫んで遁げだしました。みんなもわあっと遁げました。ざしきぼっこは泣きました。

　こんなのがざしきぼっこです。

また、北上川の朗明寺の淵の渡し守が、ある日わたしに云いました。

「旧暦八月十七日の晩に、おらは酒のんで早く寝た。おおい、おおいと向こうで呼んだ。起きて小屋から出てみたら、お月さまはちょうどおそらのてっぺんだ。おらは急いで舟だして、向こうの岸に行ってみたらば、紋付を着て刀をさし、袴をはいたきれいな子供だ。たった一人で、白緒のぞうりもはいていた。渡るかと云ったら、たのむと云った。子どもは乗った。舟がまん中ごろに来たとき、おらは見ないふりしてよく子供を見た。きちんと膝に手を置いて、そらを見ながら座っていた。

お前さん今からどこへ行く、どこから来たってきいたらば、子供はかあいい声で答えた。そこの笹田のうちに、ずいぶんながく居たけれど、もうあきたから外へ行くよ。なぜあきたねってきいたらば、子供はだまってわらっていた。どこへ行くねってまたきいたらば更木の斎藤へ行くよと云った。岸に着いたら子供はもう居ず、おらは小屋の入口にこしかけていた。夢だかなんだかわからない。けれどもきっと本当だ。それから笹田がおちぶれて、更木の斎藤では病気もすっかり直ったし、むすこも大学を終ったし、めきめき立派になったから」

こんなのがざしき童子です。

ムジナ

小泉八雲
（円城塔訳）

ノッペラボウ

ヌッペラボウなどとも。目も鼻も口も耳もない、つるんとした卵のような頭部の妖怪。狐狸や狢が化けたものとされることも多い。

小泉八雲（こいずみ・やくも）1850-1904

出生名はパトリック・ラフカディオ・ハーン（Patrick Lafcadio Hearn）。ギリシアのレフカダ島に生まれアイルランドで育つ。ジャーナリスト、小説家、随筆家。著作に『知られぬ日本の面影』『妖魔詩話』『怪談』ほかがある。

円城塔（えんじょう・とう）1972-

北海道出身。小説家。著作に芥川賞受賞の『道化師の蝶』や『Self-Reference ENGINE』『烏有此譚』ほかがある。

トーキョーのアカサカ街には、キイ地方の坂という意味で、キイ・ノ・クニ・ザカと呼ばれる坂がある。キイ地方の坂と呼ばれる理由をわたしは知らない。坂の一方には、深く広い古びた堀があり、なんとかという庭園に繋がる緑の土手が立ち上がっており——もう一方には、皇宮の塀が長く高々と続いている。街灯とジンリキシャが現れる以前、このあたりは日暮れとなると寂しい限りで、帰りの遅くなった住人たちは、日没後に一人でキイ・ノ・クニ・ザカを越えるくらいなら、何マイルか無駄をしても遠回りをすることを選ぶのだった。

このあたりにはよくムジナが出たからである。

ムジナを見た最後の男はキョーバシ区の年寄りの商人で、三十年前に死んでいる。この話は、彼の語ったものである。——

ある晩遅くに、彼がキイ・ノ・クニ・ザカを急いでいると、堀の傍らで婦人が一人きりでしゃがみ込み、激しく泣いているのに行き当たった。堀に身投げをするのではないかと心配になり、何かできることや力になれることはないか訊ねようと足を止めた。婦人はほっそりとして品があり、きちんとした身なりをしており、良家の子女のような髪型をしていた。「オ・ジョチュー[1]」と彼は声をかけて婦人に近づき、――「オ・ジョチュー、そのようにお泣きなさるな!――どうなさいました、何かできることがありましたら、是非お手伝いさせて頂きましょう」(彼は本当にそう考えていた。善良な男なのである。)しかし婦人は泣き続け、――長い袖の一方で顔を彼から隠している。「オ・ジョチュー」と彼はできる限り気持ちをこめて繰り返し、――「どうか、どうか聞いて下さい!……ここは夜分に娘さんがいるようなところではありません! お願いです!――、わたしにできることを教えて欲しいだけなのです!」。彼女はゆっくりと顔を上げたが、しかし彼に背を向けたまま、相変わらず袖に顔を隠して哀しげに啜(すす)り泣いている。彼は婦人の肩に軽く手を乗せ、懇願した。――「オ・ジョチュー!――オ・ジョチュー!――オ・ジョチュー!……聞いて下さい、ほんの少しでも!……オ・ジョチュー!」……すると、オ・ジョチューは振り返り、そうして袖を下ろしてみせると、手で顔を撫でてみせ、――そこで男が見たものは、目も鼻も口もない女の顔で、――彼は叫び声をあげ、逃げ出した。

キイ・ノ・クニ・ザカを走りに走り上り、あたりは闇一色となり、行く手に何も見えなくなった。決して振り返ろうとはせずに足を止めずに走り続けていくうちに、ようやく彼の目にランタンの光が映り、遠くから見るそれは蛍のようにちらついていて、彼はその光を目指した。近づくとそれはただの巡回ソバ売り[2]のランタンで、店主が道の脇にスタンドを構えているのだったが、あんな出来事のあとでは、どんな灯りであろうと人であろうと有り難く、ソバ売りの足元へ崩れるように転げこんで叫び声を上げ、「ああ!――ああ!!――ああ!!!」……

「コレ！　コレ！」ソバ売りは無骨な大声を出した。「これは！　何がありましたか？　誰かに襲われでもしたのですかな？」

「いえ——誰にも襲われませんでした」喘ぎながら、——「ただ……ああ！——ああ！」

「——ただ、脅された？」その行商人は不審そうにそう訊ねた。「強盗かね？」

「強盗ではないのです——強盗ではない」怯えきった男は息も絶え絶えに言った。「見た……女の人を見たのです——堀の脇で、——そうして彼女はわたしに……ああ！　そこで見たのです、いや、見ることができなかった！」……

「ほう！　その女が見せたものとは『こういう』ものではなかったですかな」ソバ売りが声を張り上げ、自分の顔を拭ってみせると——その顔は卵のようになっていた……。そうしてそこで、灯りが落ちた。

注

（1）オ・ジョチュー（良家の子女）は、見知らぬ若い女性に話しかける際の、公的な用法である。

（2）ソバは、バックウィートの加工品であり、バーミチェリ類似の食品である。

貉

芥川龍之介

貉（むじな）

一般にはアナグマの異称とされるが、地域によっては狸と混同されることも多い。狐狸と同じく、人を化かす獣とされる。

芥川龍之介（あくたがわ・りゅうのすけ）1892-1927

別号に澄江堂主人（ちょうこうどうしゅじん）、俳号は我鬼（がき）。東京都出身。小説家。著作に『鼻』『妖婆』『河童』ほかがある。

書紀によると、日本では、推古天皇の三十五年春二月、陸奥で始めて、狢が人に化けた。尤もこれは、一本によると、化レ人でなくて、比レ人とあるが、両方ともその後に歌之と書いてあるから、人に化けたにしろ、人に比ったにしろ、人並に唄を歌った事だけは事実らしい。

それより以前にも、垂仁紀を見ると、八十七年、丹波の国の甕襲と云う人の犬が、狢を噛み食したら、腹の中に八尺瓊曲玉があったと書いてある。この曲玉は馬琴が、八犬伝の中で、八百比丘尼妙椿を出すのに借用した。が、垂仁朝の狢は、ただ肚裡に明珠を蔵しただけで、後世の狢の如く変化自在を極めた訳ではない。すると、狢の化けたのは、やはり推古天皇の三十五年春二月が始めなのであろう。

勿論狢は、神武東征の昔から、日本の山野に棲んでいた。そうして、それが、紀元千二百八十八年になって、始めて人を化かすようになった。――こう云うと、一見甚だ唐突の観があるように思われるかも知れない。が、それは恐らく、こんな事から始まったのであろう。――

その頃、陸奥の汐汲みの娘が、同じ村の汐焼きの男と恋をした。が、女には母親が一人ついている。その目を忍んで、夜な夜な逢おうと云うのだから、二人とも一通りな心づかいではない。

男は毎晩、磯山を越えて、娘の家の近くまで通って来る。すると娘も、刻限を見計らって、そっと家をぬけ出して来る。が、娘の方は、母親の手前をかねるので、ややもすると、遅れやすい。ある時は、月の落ちかかる頃になって、やっと来た。ある時は、遠近の一番鶏が啼く頃になっても、まだ来ない。

そんな事が、何度か続いたある夜の事である。男は、屛風のような岩のかげに蹲りながら、待っている間のさびしさをまぎらせるつもりで、高らかに唄を歌った。沸き返る浪の音に消されるなと、いらだたしい思いを塩からい喉にあつめて、一生懸命に歌ったのである。

それを聞いた母親は、傍にねている娘に、あの声は何じゃと云った。始めは寝たふりをしていた娘も、二度三度と問いかけられると、答えない訳には行かない。人の声ではないそうな。――狼狽した余り、娘はこう誤魔化した。

そこで、人でのうて何が歌うと、母親が問いかえした。それに、貉かも知れぬと答えたのは、全く娘の機転である。――恋は昔から、何度となく女にこう云う機転を教えた。

夜が明けると、母親は、この唄の声を聞いた話を近くにいた蓆織りの媼に話した。媼もまたこの唄の声を耳にした一人である。貉が唄を歌いますかの――こう云いながらも、媼はまたこれを、蘆刈りの男に話した。

話が伝わり伝わって、その村へ来ていた、乞食坊主の耳へはいった時、坊主は、貉の唄を歌う理由を、仔細らしく説明した。――仏説に転生輪廻と云う事がある。だから貉の魂も、もとは人間の魂だったのかも知れない。もしそうだとすれば、人間のする事は、貉もする。月夜に歌を唄うくらいな事は、別に不思議でない。……

それ以来、この村では、貉の唄を聞いたと云う者が、何人も出るようになった。そうして、しまいにはその貉を見たと云う者さえ、現れて来た。これは、鷗の卵をさがしに行った男が、ある夜岸伝いに帰って来ると、未だ残っている雪の明りで、磯山の陰に貉が一匹唄を歌いながら、のそのそうろついているのを目のあたりに見たと云うのである。

既に、姿さえ見えた。それに次いで、ほとんど一村の老若男女が、ことごとくその声を聞いたのは、寧ろ自然の道理である。貉の唄は時としては、山から聞えた。時としては、海から聞えた。そうしてまた更に時としては、その山と海との間に散在する、苫屋の屋根の上からさえ聞えた。そればかりではない。最後には汐汲みの娘自身さえ、ある夜突然この唄の声に驚かされた。——

娘は、勿論これを、男の唄の声だと思った。寝息を窺うと、母親はよく寝入っているらしい。そこで、そっと床をぬけ出して、入口の戸を細目にあけながら、外の容子を覗いて見た。が、外はうすい月と浪の音ばかりで、男の姿はどこにもない。娘は暫くあたりを見廻していたが、突然つめたい春の夜風にでも吹かれたように、頰をおさえながら、立ちすくんでしまった。戸の前の砂の上に、点々として貉の足跡のついているのが、その時朧げに見えたからであろう。

……

この話は、たちまち幾百里の山河を隔てた、京畿の地まで喧伝された。それから山城の貉が化ける。近江の貉が化ける。ついには同属の狸までも化け始めて、徳川時代になると、佐渡の団三郎と云う、貉とも狸ともつかない先生が出て、海の向うにいる越前の国の人をさえ、化かすような事になった。

化かすようになったのではない。化かすと信ぜられるようになったのである——こう諸君は、云うかも知れない。しかし、化かすと云う事と、化かすと信ぜられると云う事との間には、果してどれほどの相違があるのであろう。

独り貉ばかりではない。我々にとって、すべてあると云う事は、畢竟するにただあると信ずる事にすぎないではないか。

イェエツは、「ケルトの薄明り」の中で、ジル湖上の子供たちが、青と白との衣を着たプロテスタント派の少女を、昔ながらの聖母マリアだと信じて、疑わなかった話を書いている。ひとしく人の心の中に生きていると云う事から云えば、湖上の聖母は、山沢の貉と何の異る所もない。

我々は、我々の祖先が、貉の人を化かす事を信じた如く、我々の内部に生きるものを信じようではないか。そうして、その信ずるものの命ずるままに我々の生き方を生きようではないか。

貉を軽蔑すべからざる所以である。

狢

瀧井孝作

狸（たぬき）

前出の狢や狐と同じく、人を化かすとされる獣。特に腹鼓を打ったり、お囃子に似た音を立てるなど、原因不明の音にまつわる怪に関連づけられることが多い。

瀧井孝作（たきい・こうさく）1894-1984

岐阜県出身。小説家、俳人。著作に『無限抱擁』『折柴句集』ほかがある。

貉(むじな)の話をしたい。むじなは言海に、古く又ウジナ、狸の属性、善く睡る、頭尖り、鼻出で眼黒し、毛は黄黒褐色にして、深厚温滑(おんかつ)裘(かわごろも)とすべし、曲穴を作りて穴居(けっきょ)し、昼は睡(ねむ)り、夜出でて食を窃(ぬす)む。とある。動物園へゆくと檻からこすそうな眼で人間を物色し、飄軽な物腰で歩いて居る。

芥川龍之介君の「貉(むじな)」と云う小説に——書紀の推古記に、陸奥の貉が人間に化し歌をうたった事が記してあるが。之(これ)はこんな事から伝えられた話であろうと前置して、陸奥の或汐汲(あるしおくみ)の娘が男とちぎり男は娘の許(もと)へくる時はいつも歌をうたうのだったが、或晩娘は母親の傍で忍男の来た気配を母の居る手前気兼して貉が歌うと云うた故、正直な母は言を真にうけた。で、貉が歌をうたったと信ぜられてしまったのだ——と、左様な短篇小説がある。

私が一昨年田端に居た頃、芥川君の許へよく出掛け、色々話した。飛騨日報と云う日刊新聞が私の郷里の高山町から届き、面白い記事が出ているとそれを芥川君の前で私は話材にした。茲(ここ)に書こうと思う貉の話も同君に聞いて貰った事がある。

飛騨の新聞にでていた貉の話をする前に、私自身直接土地の人から聞いた、貉の事——習癖の一端を書いておきたい。

　飛騨の丹生川村字法力のうちに平曾ケ原と云う処がある。有名な狢の栖でよくその歩いて居る形を見かけると云う。平曾原の狢は秋の末から春先まで冬中人家へ居を移し、床下に巣を造り己れの仔を生むのである。百姓屋には庭と称し農仕事をする低い板の間がある。穀類の粒の漏らぬよう隙間なく拵えた板敷である。狢は板敷の下、人の手の届かぬ真中に位置を占めて、巣を造り仔を生む。土台にすぐ框がついて居る低いがっしりした造りの床だから、人は此床下に狢が仔を殖していても何する事もならぬのである。狢の啼くのや獣の臭気などが分る。或時人が土台の下の土を掘って通路をこしらえて狢の巣へ犬を逐い込んだが、犬は狢の最後屁というのを食べてひょろひょろとして出て来たが、見て居る間に二三回くるくると回転して尻尾を捲いてそこへ倒れてしまった相である。その後犬はもう狢に構わなくなってしまった。人は冬中床下の狢に聞えるように「去ってくれ去ってくれ」と頼むのだそうである。左うすると狢は立退くと云う。併し狢は春になり温うなって去ったので、また寒い晩秋がくれば人の床下の古巣へ立戻って、己れの仔を生むのである。之はむかしからずっと極って居るのである。

　狢の事を書こうと思って、此程高山の町から見えた人に話したら、其人は、この間の晩妙な事があった、と前置して

「隣の石黒の櫸へ梟が来て鳴くんじゃあ、すると私共の土蔵の塀の方では狢が一緒に啼くのよ。妙な事があると思って暫く聴いていたが。――梟はその晩上みの方の産業銀行の辺でも鳴いたそうじゃが、狢の声はしなかったらしいけれど」

と左う云う話があった。之は聞く人の有情だが、人家に栖む狢の話故、つけ加えて置く。狢は家畜ではないが、人間にまじる習癖のある獣らしい。私は幼時祖母の膝の上でお伽に聞いた、狢の話も数々あるが、之は容易く幼時の気持になれぬ故なかなか書けない。

扨、飛騨日報に掲げてあった狢の話は、――その新聞が手許になし古い新聞紙を取寄せる閑もない故詳細にはかけないが――大正十一年の或日の記事になって居たのである。高山の町から三四里在の村の出来事であった。村にやもめ暮しの老婆があって、七十近い年寄で一軒に独りで粗末な生活をして居た。淋し相故村の者はよく話に行ってやっていた。此婆さまが或日こんな事を頼んだ。此間から、皆が戻った跡、遅く入って来て毎晩泊のゆく者がある始は村の衆だろうと思って泊めて居たが、段々腑に落ちない処があるので、体を探ると非道く毛深い或は狢でも来るのじゃあ、ないかと思うが、よく分らんから、狢であっても俺は逐い出すだけの力はないから頼むのじが、若い衆にそっと一遍見に来て貰えまいか。左う事づけた。

事を聞いて、此年寄が嘘をつくとも思えぬ故、村の青年は老婆の言に疑をはさまなかったらしい。で、夜更けて各々支度して様子を窺いに往った。覗くと火燵のまわりにいびきをかいて寝込んでいる者がある。老婆の寝た姿も見える。青年は表から入って往き、寝間へ灯りをさしつけると、案の定、大きな狢が寝込んでいるのであった。で、それから縄で縛り外へ曳出して皆で打殺してしまった。皮を剝いて、肉は煮て食べ、皮は残っていると云う。

――この新聞の記事を芥川君に話をした訳だが、この狢は同君の小説「貉」の反証になるわ

けである。芥川君はこの事を聞とってから

「飛騨日報には何時も愉快な記事があるね僕も飛騨日報の購読者になろうか」

と、笑った。芥川君は、狢の記事を飛騨人の創作話とするのだ。

最後の狐狸

檀一雄

狐（きつね）

イヌ科の野生動物で、人に化けたり、人を化かしたりするとされ、狐憑き、狐火、狐の嫁入りなど様々な怪異現象の元凶とも考えられている。稲荷神の使いとなる霊獣でもある。

檀一雄（だん・かずお）1912-1976

山梨県出身。小説家、作詞家。著作に直木賞受賞の『真説石川五右衛門』や『リツ子・その愛』『火宅の人』ほかがある。

私は三十八歳の今日に至るまで、まだついぞ、その妖怪というものを見たためしがない。地域の広がりの上から言うならば、死者と生者の間をよろめきながら、私ほど深く遠く旅したものは少かろうから、その妖怪という奴が、かりに東京には居なくても北京にはいるだろう、などというような安心はないわけだ。いや、北京にも、海拉爾(ハイラル)にも、桂林にも、基隆(キールン)にも、この妖怪の種族は棲み絶えた。更にいちいち日本の町々を数えるなら、おそらく読者から嗤(わら)われるだろう。

だから私の妖怪譚は、彼等の種族の滅亡を語る最後の文献になるかも知れない。一口に妖怪というが、単純に幽霊を例にとって考えて見ても、私は疑う——彼等の発芽(もし、幽霊が発芽するものならば、だ)の環境が次第に消え失せて終ったものだろうか?

いつであったかは忘れたが、たしかアメリカの新聞記事で、細菌戦恐ルルニ足ラズと言うのを読んだことがある。つまりバクテリアというものは、彼等の棲息するに足る温湿の特別の環境があって、これを人工的に撒布しただけでは、そうそう一国を滅ぼしつくす程の威力は発揮出来ない、というような主旨だった。

そう言えば、私は支那の戦野を三千里近く歩いている。戦場の到る処に、彼我兵士達の遺棄死体が恨を嚥んで横臥し、腐爛しているさまを見た。私はその周囲に蝟集する、犬、蠅、蛆の類いは見たが、その界隈にまだ幽霊の立迷っているのを見たことがない。まるでもう、日本側の戦歿兵士はまっすぐ靖国神社に入社し、また中国側の戦歿者は抗日建国廟にでも入廟して終ったとでもいったようなあんばいである。

そういえば、私の第二夫人（時間上の第二番目ということだ）は、例のその、戦争未亡人であるが、未だ先夫の幽霊を見た、という話をきかない。私もまた、亡妻の幽霊にうなされたことがない。つまり、単純に私の家を例にとってみても、幽霊の発芽する状況が、なくなったわけだろう。身辺の、さまざまの、系累を考えてみても遂に見霊者あるをきかない。

いや、いや、たった一度だけ、その見霊者にゆきあった。先妻を失うたあとで、四歳の小児をかかえ、九州の山中、栄光寺という破れ寺の庫裡の二階に起臥していた頃だ。丁度階段の上り口の所に、間借りしていたこれまた戦争未亡人が、折々私や太郎を大声に呼んで、

「いま、幽霊が来ましたばーい」

「いまさき、火の魂の流れましたばーい」

「どこへ？」

「どっちの方角へ？」

と、私はそのおばさんの後ろからあわてて走り出すならわしだったが、幽霊が私に顔をみせるのを恥らいでもするのか、ついぞ、火の魂をも、幽霊をも、実見するに至らなかった。

もっとも、今考えてみると、このおばさんの挙動そのものは、いささか妖怪じみていた。終日、階段の下の板の間に端坐して、配給の米を、一粒一粒と選り分けていた。一等米、二等米、土砂、を分類するのである。陽のある間は、終日その選米作業に従事して、夜は、火の魂や、幽霊と対面するふうだった。

私は、子供と一緒に、二階の板の間二十畳を借り、その上に二畳だけ、畳を敷いて終日杜詩(とし)に読み耽っては、意味もなくこれを私流に現代詩に訳したりしていたが、上り下りの度に、この選米作業に従事している、戦争未亡人とすれ違うのは、わずらわしかった。だから、私は再三少しく階段の下り口間際から離れた所に、起居して貰うように、嘆願したけれども、この見霊者は頑として肯(がえん)じなかった。

相変らず、階段の上り口の真下の処に端坐して、一粒、一粒と、米の選別作業に、従事しているのである。彼女の足には、顕著な坐りダコが出来ていた。目は青白い皮膚の間に落ち窪んで、しかし、その指先は、鋭敏な電波探知器の先端とでもいったふうだった。その指先で配給米を丹念に、一粒一粒と、形状にしたがって、分類するわけである。

丁度、敗戦間もなくの事であり、旁々(かたがた)先妻を失うた直後のことだったから、魯迅の言葉をかれば、寂寞が丁度巨大な蛇のふうに私にからみついてしまっていたのだろう。階上の二畳だけ敷いた破れ畳の上に、ゴザを敷き、終日空漠の妄想に耽っていた。階下の彼女は私達親子に格別の親近をでも感ずるのか、毎夜きまって私達が眠りにつく間際頃、丁度階段を上りきった手摺の処まで上ってくると、例の、

「幽霊の出ましたばーい」

「火の魂の流れましたばーい」

「何処へ？」

「どっちの方角へ？」

と、私はあわてて、今様ハムレットのように、気負いながら彼女の後にしたがってゆくのだが、

「ここんとこでしたばーい」

「あっちさん流れたですばーい」

と、障子を開いて指さす木々の間を、みつめるだけで、いつも幽霊は立ち消えたあとだった。

若し、私が当時彼女と同一の部屋にでも眠っていたならば、私の妖怪談は、あるいは最後の光輝ある幽霊を描出する事が、できたかも知れないが、残念ながら、立ち消えしたあとの木々のざわめきを見たばかりである。

つまり、私は幽霊の側近く伺候しながら、肝心の拝顔をゆるされなかった。

私の四歳の息子の方は、感情が私よりも鋭敏にでも出来上っているのか、

「ユウレイ」

という言葉を、ここで初めて覚えもし、また階下の彼女の手引きによって、実見もしたようだった。

「チチー、ユウレイ」

と、よくいう。

「太郎、見たのか幽霊を？」

「ウンウン」

と、笑ってうなずく。

「幽霊、どんなに大きい？」

「チイチャイ、チイチャイ。こんなにチイチャイ」

と、目を細めて、親指と人差指との間に、芥子粒(けしつぶ)程の空間をつくってみせるのである。

「チチ、見たい？」

「うん、見たい」

「じゃ、おばちゃんから貰ってきて上げるね」

笑いながら、トントンと走り出して階段を下りてゆくから、珍らしいその幽霊という奴に我が子の導きで会えるのかと、心をはずませていると、

「ほら、チチ。ユウレイ持ってきたよ」

拳の中に、しっかりと何かを握りしめて上ってくる。

「幽霊、貰ってきたのか？」

「ウン、ウン」

と、嬉しそうにまたうなずいてみせながら、

「ホラ」

私の目のところで、小さい拳を開いてみせる。

砂だった。おそらく、米の中から選り出された透明な砂粒である。それを太郎は、光りの方に透しながら、

「ホラ、ホラ、ね、ユウレイ」

「おう、おう、幽霊上等ね」

親子は相好を崩して、近代の幽霊が、苔のむす巌とならず、あらかた芥子粒ほどの砂粒に縮小していった有様を、たしかめ喜ぶわけである。

かくの如くして、私はついに幽霊のインタービュウを取る事には成功しなかった。

*

しかし、狐狸は、これは満更覚えがないわけでもない。疑わしいが、しかし私が、想像した正真正銘の妖怪に近いから、これを語って私の妖怪談を結ぶことにする。

さて、狐は幼時よく見かけたものだ。自殺した私の母方の祖母が、郷里の別墅の椋の大木の下に、

「ホラ狐が」

と指さすと、素早くチロリと逃げかくれる、不吉な動物の影があった。夜はまた、ケーンケーン、と、あの物さびた原始の啼き声を今だに忘れない。

同じく私の母方の祖父が、私の六七歳の時に、狐の釣り方を教えてくれたことがあったから、私は鼠を黒焼きにし、それに祖父からつくって貰った鉤針を通して、太い麻の紐に結え、櫨の

木の頂上から、夕方遅くまで、狐釣りをやった事がある。しかし、残念なことに、狐は一度も釣れなかった。

「一雄は釣りきらんばいね。俺達が、一雄ぐらいの時は、何匹でん、釣りよったがね」

ワハハハ……と父は、幼年の日の私の自負と幸福を吹きとばしてしまったものである。

後日、私は芭蕉の遍歴の故地を弔って、松島から石の巻に抜け、例の奥の細道の「金華山海上に見渡し」とある金華山を探しながら、沖つ辺にしきりに風波の立騒ぐのに誘われて、思いもよらず田代島という昔の流人の島に渡ったが、全島月を浴びた山の道には、そこここから不思議な寝息の声が立っていた。

後で聞くと、狸が大繁殖をしているのだそうで、島の宿では珍らしく狸汁を馳走になったりした。

「ねえ、母さん。こんな鼾でしたよ」

と、私は帰宅の後、つくり声で老母に狸の啼真似を聞かせてみると、

「そうそう。それはたしかに、狸の鼾声ですよ。私も子供の頃、よく聞いたことがあります。でも、そんなに大勢、狸がいたのに、よく化かされなかったことね」

「狸が多過ぎて、化けるのが莫迦莫迦しくなったんじゃないかしら」

「そうかも知れませんね」

母は可笑しそうにそう答えて笑ったが、島の月明りの起伏は、くっきりとした旅の寂寥を私の心に植えつけたばかりで、けだものの鼾声もその明暗の旅情を乱しはしなかった。

*

若し憑きもののことを言うならば、私は幼少の日から狐憑きの話を屢々聞く。例えば、私の父方の旧家（柳河である）にはよく、踊の吉つぁんがやってきて、まあ、幼年の日の私の幻想を際限もなくあおるふうの古老の譚を語ってきかせられたものだった。

「そりから、くさんも、一雄坊っちゃん」

とこの吉つぁんが顔を上げると、もうそれだけで、私の眼の中には様々の変異がチロチロと跳躍する。

「憑きもんな、こりゃエスカ（怖い）ばんも」

吉つぁんの話を綜合すると、私の村にもたしかに三人は憑かれているようだった。

一人は狐、一人は鶏、一人は鰻であるから驚いた。踊りの師匠である吉つぁんは、この憑き具合をいちいち踊りの所作のように、立上って懇切に見せてくれたから、全く私は震撼された。

鰻に憑かれたのは丑公である。鰻掻きの丑公が（というのは柳河では入江の潮の中を鉤と金網のついた鰻掻きで鰻を捕獲するならわしだ）地獄の釜の蓋も開くという盆の十六日にまで鰻を掻いて、これを十八年つづけたところ、遂に鰻に取憑かれてしまったらしかった。

「丑つぁんが、やあ？」

と私はいぶかしく面を上げると、

「憑きもんが憑いたチ言うたっちゃ、朝から晩まではついとらんばんも。坊っちゃんが見とり召すような時にゃ憑かん。知り召さん時たんも。こげんかふう（こんなふう）ばんも」

　吉つぁんは立上って、鰻の憑いた丑公が鰻のふうに捻転するさまを見せてくれたが、生涯私はあのような怪異の有様を見ることはまたとむずかしかろう。

　吉つぁんは両頰を鰻の息づくあんばいにパクパクとふくらまして、それから空間の中を泳いでいった。若し第三次元という世界があると想定するなら、正しくその第三次元に泳ぎこんでゆくふうだった。

　但し丑公そのものは、ひどく凡庸で、私はその吉つぁんの物語のあとには、それとなく注意して、おそるおそる追いかけて見たが、吉つぁん程の斬新な憑かれ方の片鱗をも見せず、ただ口辺に日干しになりかけた鰻のような涎（よだれ）をたらしているだけだった。

　然し吉つぁんの言をかれば、彼が憑かれるのは私の知らない時だから、と私は、その破れ戸一枚の貧寒の家に、仲々恐ろしくて近寄れなかった。

「そりから、くさんも」

と吉つぁんは或夜また、つづけた。

「芸ばするごたる（ような）人は、大抵憑かるるごたるのも。太か声じゃ言われんばってん、くさんも」

　大工の謙ちゃんの弟は、私達幼少の頃にも聞き知った木彫りの名人である。ゆくゆくは左甚五郎にも越えるだろうという噂（うわ）さだった。その今様甚五郎は、五箇庄に分け入って神願をたて、数々名品を刻んでいるのだが、この人が吉つぁんの言によれば憑かれないといいものが出来ないらしい。憑かれると食を断ち、口中に水をふくんで槌をふるうわけである。

「何に憑かれたかーん？」

「そ、そ、そりがくさんも」

と吉つぁんは少しどもる癖で、

「ケ、ケ、ケーンち言いまっすると、出来上りまっするげなたんも」

「狐たいね？」

「いいえ、いいえ、そ、そ、そりが、狐じゃい、ムササビじゃい、何ん解ろかんも。ただ、あなっつぁん（貴方様）。口の水ば吐きだしてくさんも、ケ、ケ、ケーンち言いまっすると、立派に出来上ってしまいまっするげな。そりまでは一言でん物ば言いまっせんげな。芸の出来まっするちゃ、何でん（も）不思議事のも」

かくの如くして芸の神秘をつくづくと語ってくれた、吉つぁんは早く他界して、私は今日凡庸の文芸の境を脱け得ないが、考えれば、吉つぁんが一番憑かれた人だったように思えてくる。その踊りは非凡だったし、事妖怪の談に及ぶと、奇想、変異の真髄にまで私達の心を誘なった。

或は私は吉つぁんの余光を浴びて、文芸の世界に入りこんでいるのかも知れない。

私に憑きものは憑いていない。私は文章を書く際に口中に水をふくむわけでもなく、
ケ、ケ、ケーン
と啼くこともない。ただ、いささか己を励ます為に酩酊の酒を呼ぶだけのことである。然しもともと凡庸の徒輩であるから、神想無く、深夜自分の描く創造の世界のみすぼらしさに悲しく

なって、屢々、

　ケ、ケ、ケーン

とでも啼いて、雄大な架空の天地を召喚してみたいのだが、人工の憑き物では、何、鼠一匹葡(は)いだすわけも無いだろう。

*

　とはいうものの、私も激越な青年の日には、ちょっと狼と蜜蜂には憑かれかけた。

　新京に住んでいた頃の話である。哈爾賓(ハルビン)にいた友人がやって来て、ヤブロニイに蜜蜂が七十箱売りたてにでているということだ。養蜂の一切の道具が完備しているばかりか、ロシヤ人の立派な（?）家屋がついているという。そればかりかロシヤ人の養蜂作男一人つきだといった耳よりな話だった。価格は三千円である。

　ヤブロニイといったら大変なところだ。東満の密林地帯で、その友人の話によると、ヤブロノイというのがそもそも林檎(りんご)というロシヤ語だから山林檎が沢山あるに相違ない。

「君、冬は宿願の小説でも書いて、時々鬱(う)さ晴らしに猟でもやるさ」

「オ、オーカミか?」

と私はあわてた。

「狼だって、虎だって沢山いるさ」

「うむ」

と私はうめいたものだ。

「君、あの辺りに行ったらね、家の外の白樺に鶏でも一匹つるしとくんだね。そうしてさ、昼の間に鉄砲でその鶏の下に狙いをつけておく。夜になって狼の啼声が集ってきたら、ドカンと散弾をぶっぱなす、一晩に二三頭の狼ぐらい、たやすいよ」

「ト、トラも居るのか？」

「当り前だバイコフの『偉大なる王』の現場だぜ」

「うむ」

と私は愈々狼に憑かれてしまったわけだった。逸見猶吉の世話で入った会社にはこの頃怠け通しだったのだが、これで大義名分も立派に立った。会う人毎に、

「おい、ヤブロニイに行く」

「出張か？」

「馬鹿を言え、入山だ、蜜蜂を飼う」

「蜜蜂を？」

「うむ、冬は狼と虎を撃つ」

先ず、親しい先輩友人には入山の智慧をかり集めた。逸見猶吉が酒卓を叩いて喜ぶのである。

「そいつはいい、うらやましい。俺も行きたいね。然し入るからには、檀君、女房を貰えよ。ロシヤ人の」

「要るかね？」

「要るさ。日本人なんて一人もいないんだよ。いいかい。後ろは東満の大密林地帯だ。淋しくなるよ。淋しくても、いいがね。逃げて帰ってきたくなるよ」

「よし、貰おう」

と答えたが、私が申込んで承諾しそうな知合いのロシヤ人の女の子は一人も居なかった。

「日本人じゃ、駄目かな？」

「駄目だよ。そりゃ。行くもんがいないよ、君。もっとも、どうしても君について行きたいという女の子が、もういるのなら、別だがね」

いや、いない。これには弱った。然し蜜蜂と狼の呼声は段々強くなるばかりである。もう憑いている。私が丑公なら、さしずめ、蜜蜂のように羽搏かねばならないとこだ。日本人の女の子が皆市民生活だけにしか耐えられないとなると、情ない。然し実情は実情だ。逸見先生の言が正しいだろう。

私はあれこれと思いめぐらして、はたと一少女に思い当った。可憐な朝鮮人の少女である。それでなくても、私は一度貰って見ようかとも思ったこともあったが、何しろ、相手は種族が違う。郷里の母なんぞが承知すまいと、案外、私はまだ家郷への未練を棄てきれなかったことがある。

が、今は事情が違う。もう、生涯、東満の密林に入山の決心だ。まさか、一生を独身でくらせとは母親だって言い張るまい。

ヤブロニイ入植のことは、もう母宛に何通も電報や手紙を出している。遂に、来た。三千円送るという母からの電報だ。私はこおどりした。早速少女のところへ電報を持って出かけていった。電報を持つ手がしきりに顫えた。

「ねえYさん。実は僕は今度ヤブロニイという東満の密林で、蜜蜂飼いになろうと思っているのだよ。冬は狼を撃つ」

「聞きました、お友達から。素晴らしいわね」

少女はそう言って、眼を輝かせたが、やがてまた悲しそうに眼を伏せた。

「ところでね、Yさん。一緒に僕とついてゆかないか」

信じ切れぬような、しかし、それを乗り越える信頼の歓喜の表情が波立った。

「まあ、私でよくって?」

「行く?」

「ええ」

と少女は簡潔に肯いた。私はもうわめき出したかった。蜜蜂の羽音と、狼の遠吠えが耳になりつづけた。私は少女に、無闇と興奮しながら、その話をつづけたが、肯きながら黙って聞いていた少女の幅広い胸と、乳の辺りの健康な隆起を今でも妙に忘れない。私はその夜、少女を連れて月の中央公園を歩いたけれども、狼の幻影に熱中して、肝心な愛の証(あか)しの方は、すっかり忘れ果ててしまっていた。

ただ、木柵の上から、私が手を差のべると、その手につかまって、ヒラリと少女が飛降りたことだけを覚えている。

楊柳の青さやあるじ棲みかわる

と私は独身社宅の荷物をひきはらって、馬車に揺られながら楊柳のそよぐ寛城子に越していった。間もなくヤブロニイに出かけるだろう。少女を連れ、二連発の猟銃を買いそれからフリュートかピッコロ風の簡単な西洋ラッパを買って、入山する——。馬車の上でその限りない夢想をひろげるのはたのしかった。

ところで、この私の壮図は実現出来なかった、と言ったなら読者はさぞかし失望するだろう。然し、当時の私の落胆にくらべれば、たかが紙上の物語だ。

私の憑き物を追い払うのには、甚だしい飲酒と、その少女の愛情への不態な冒瀆をまで必要とした。

原因は簡単なのだ。関東軍から北方への移動禁止が達せられた。それでも日本人男子一人なら、何とか潜入の方法もついたろう。然し、朝鮮人の少女との移動は、これは、全く希望が無くなった。

すると妙なものである。さしもの狼と蜜蜂の憑きものは、あとかたもなく消え失せて、私は小心翼々たる日本市民に舞い戻った。もう母親にも朝鮮人の少女と結婚するなどとは言いだせない。こそこそと、急がしく、私は日本に逃げて帰ってしまったのであった。

＊

さて少女の影がちらめくと、何といっても感傷に堕しやすい。私の狐狸譚は甚だしく逸脱して、林房雄先生提唱するところの例の中央文学風潮に溺れかけてきた。

よしさらば、毒を制するに毒を以てすという古人の言が私をあざむかぬなら、少女を以て少女を制し「最後の狐狸」譚に大団円を与えてみたいものである。

私が高校在学の頃、私達にハウフの童話を教えて下さった秋山六郎兵衛教授は、Zwerg Naseという童話の講義の冒頭に、この題名を解題して

「Zwerg イクオル Nase だ。小人の鼻。鼻の小人。鼻も小人もこれは同一人格であって、(の) は形容でも所有格でもない」

というようなことを習った記憶がある。(もっとも、この記憶あまりあてにならないから、間違っていても、秋山教授に責任を持ってゆかれたら困る)

私の物語の、最後の少女は少女イクオル狐であって、少女が狐に化けたのでも、狐が少女に化けたのでもなかったろう、という結論に、今は達した。

然し当時の輿論は、私が狐に化かされた、狐が少女に化けていた、ということになっていたし、私も亦、その少女が狐狸の変化ででもあるように疑わしく、憂悶した。

実は兵隊の頃である。昭和十二年の七月に召集を受け、久留米の独立山砲兵第三聯隊というのに入営していた。私は鈍感であるのか、それとももともと没個我の性情であるのか、あまり兵隊は苦にならなかった。少くも文学の妄念に追いこまれて、日々空漠の焦躁に耽るより、たしかに百倍も気楽だった。今でも時々兵隊になりたくなる。但し戦う兵隊ではない。(戦わぬ兵隊なぞあるもんかと坂口安吾先生からまた叱られそうだが) 山砲の砲身でもかついでヤケク

ソで山の中をでも走った方が、書くよりはまだましだ。

ところでその鬱陶しいが、小説を書くよりはましであった時代に、外泊を許可されて、時々、柳河の郷家に帰っていった。

家に帰ってみると、村ではこの頃西部電車の中に夜な夜な狐の出る噂が、ひろがっているということだった。妹の話である。女子美術を出た妹だ。

私は、それは是非一見に及びたいと、例の好奇心が波立ったが、然しそう、簡単に狐に会える筈はない。殊に私は書くよりは楽な兵士であるから、腰に刀を吊っている。切れはしないが、狐は鞘の中身の透視が出来るかどうか、疑わしいだろう。

ところが、或夜、やっぱり外泊を許可されて久留米から電車にのり、椅子にかけてうつらうつらと揺られながら、余りの混雑に、気がついてみると、すぐ前に目の醒めるような少女が立っていた。

私に軽い会釈をする。私は驚いた。いや、疑った。

頭に白いテニス帽をかぶっている。服はワンピースだ。飴色の平底靴。私にとって申し分のない美しさで、私はこの少女の幻影を後に「誘惑」という小説の中で描写したから、その表情の詳細は、小説について見られたい。

私はあれこれと郷家の近傍に住む親戚知友のお嬢さんを考えてみた。全く思い当らない。

少女は手に夥だしい包装の買物包みを抱えていた。軽い会釈は私を知っていての会釈であったか。それとも私の前に立つというだけのほんのささやかな少女の礼儀か。これまた、考えて困惑した。

少女は西牟田の駅で降りていった。東側の田圃の道に、先ずその白いテニス帽がぽっかりと浮ぶ具合であったが、そのまま闇にまぎれていった。電車は発車した。

私は、幸福を感じた。生きるということは甚だ不安なものである。心の中には宇宙の空漠とサイフォンをでも通じているふうの空虚があって、そこへその白帽子が浮んで流れた。こんな空漠の中に明るんでくるような事情は、人様には通じないから黙るに限る。

郷家に帰っても誰にも秘めていた。例の狐の噂（うわ）さなどと混同されたら迷惑至極なことである。

隊に帰っても、この少女の幻影がちらついてかなわなかった。しかし正直に言えば、美しいなどという感傷は、甚だ唐突に、不作法な形であらわれる。私は厩（うまや）当番で、馬糞を手摑みに拾いながら、この傷心をつぶさに味わった。

更に、馬の肛門が裂開して、柘榴（ざくろ）状に馬糞が放出される空虚な美学を眺めながら、行衛（ゆくえ）の知れぬ愛のかたちに臍（ほぞ）の緒を嚙んだ。「物心有情」と、即ちこの排泄される馬の糞塊の、滴々と空間に轟き墜ちる、無間奈落の悲みを悲んだ。

私は中隊長に願い出て、無闇と外泊を嘆願した。

次の外泊の時は無駄だった。その次の外泊の時に、彼女は座席に腰をおろしていたが、私をみとめると、ふっと面をあげるふうだった。

私は軽く会釈をした。少女も心持肯いた。今日も大きな包装のボール箱の買物を抱えている。そこから足がすっきりと延びて垂れていた。

西牟田の一つ手前の駅で立上った。掛けよ、というふうだ。然し言葉はない。私は少女を追おうと思ったが、彼女が軽く会釈して戸口の方に立去りかけたから、私もあわてて敬礼をかえしてしまって、もう化石した。

けれども、決心は決っている。晩い夕食に、酒を一本整えてくれる妹を前にして、

「俺は、結婚したいがね」

「え？　どなたと」

「狐かも知れないけど、電車の中で会った、少女だよ」

「あら、電車？　じゃ、狐よほんとうに。こんな女の方じゃ、なくって？」

妹は笑いながら、紙と筆を持ってきたが、サラサラと少女の姿を描いていった。驚いた。全く同一の少女である。この時ばかりは妹が、狐狸ではないかと、仰天した。

「頼む。そいつだ。何だ、お前知っているのか？」

「駄目よ、駄目。訊いて御覧なさい、村の人に。狐は西牟田で降りるのですから」

妹は益々狐狸の風情で、嬌然と打笑った。とりつくしまがない。

「ふざけるなよ。頼むよ。申し込んでくれ」

「でも、ほんとうに駄目なことよ。狐ですもの」

私は立腹した。お勝手に立っていって、手摑で一升瓶から酒をうつした。ガブガブとそれをあおって、妹をにらみつけた。妹はさっさと部屋に帰っていった。でも酔うと、私は他愛なく眠るたちだ。

翌朝である。遅くおきて味噌汁をすすっていた。私の食卓の側に、おスエさんが坐って給仕してくれている。家代々の七十の老婢だった。

「兄さん」

と妹が現れた。

「昨日の晩、おこらせてしまって、御免なさい。でも、電車でお逢いになった方、やっぱり狐ですもの。どうにもならないわ」

「何かんも。狐と逢い召した？　西牟田の」

と老婢が私の顔をいぶかしげに見上げるのである。

「ええ」

と妹が愁わしげに、然し何処か女の冷やかさでそう言った。私は激怒した。すぐさま帰隊していった。

然しもう、私は家には帰らなかった。妹とは絶交状態である。それにしても少女には逢いたいから、外泊は乱打した。相変らず電車に乗って、従弟（いとこ）の家に泊ることにした。けれども、少女には会えなかった。そればかりか、村中私が狐にとりつかれた噂がひろがった。

発端は妹だが、噂の中心はおスエという婆あである。こいつは村一切の話題の根源だ。例えば、丑公のおかみさんのキネさん（亭主が臼だから女房は杵だと村ではこういう簡便な呼名はざらにある）が、お稲荷さんにあげた油揚を盗んだとおスエが言いだしてから、キネさんは五年ぐらいの間、何処にも顔出しが出来なくなったことがある。おスエが発見したのか、どうか。このおスエの口は、村の私設倫理裁判所だからどうにもならぬ。

私はあきらめた。噂の拡大するままに放任した。もう家にも帰らない。郷党の噂話は聯隊にまで伝播（でんぱ）した。

幸い聯隊に動員が下令されて、隊は一切外部と遮断されたからよかったものの、噂の消滅する迄、約一年かかった。勿論少女とは、絶えて逢わなかった。

これだけの話である。皆目、私には見当のつかない出来事だ。妹とはもう決して少女の話はしなかった。

さて、上京の折、佐藤春夫先生のところへ御挨拶にまかりでて、四方山の話の末に、私が体験したこの驚くべき狐狸の幻妖譚を言上した。先生は例の如く、耳を両手でこすったり、膝をさすったりして聞いておられたが、

「うむ、それは狐に間違いないようだ」

事もなげに仰言った。私は平生、とめどないということを重大な天才の様相に数えている。従って、私の先生に対する長年に亘る畏怖と尊敬は、この先生のとめどない寛容の精神に震撼されるからだ。

「やっぱり心うつろなるところに忍びこんできた狐でしょうか？」

「ああ、狐だ。僕も汽車でなら、一度狐に会ったことがある。近代の狐狸はやっぱり、交通の機関を利用するものだろうかね」

「汽車ですか？」

と私は、先生の狐の方は少しあやしいと疑わしかったが、

「ああ、汽車だ。二匹でね」

「どちらにおいでになる時でしょうか？」

「甲州から帰京する時だったがね、僕の前の席に、二人、美人が坐ったのだよ。その美人が代る代る言うのには、先生の作品を平生、大変に愛読している、それでお話も伺いたいし御指導もお願いしたいことが沢山あるがよろしいか、などというから、じゃ、来なさい。どこに住っているのかね、と訊くと甲州のこれこれというところだと言う。深くも気にとめないで、その儘家に帰ったが、音沙汰ないね」

それは先生を尊敬申し上げている数多い女性に過ぎないと、私は口に迄出かかったが、申し上げるのはやめにした。

「来るといって来ないし、どこどこに住っているというのに、探して見たが、それらしい人は全く居ない。やっぱり狐だ」

と先生は、体をゆすぶりながら煙草の煙りをあたかも狐の幻影をはらうふうに、濛々と吐き出された。

先生の狐狸譚は、それだけである。

さて、それから二三年も過ぎた日のことだったろうか。それは太宰の家だったか、高橋幸雄の家だったか今忘れたが、甲州のとある旧家の若主人という人に紹介された。

四方山の話の末に、実は佐藤先生から不思議な手紙をいただいた、とその男は言った。

「狐かも知れないが、どこどこにこういう二人の女性が居るかどうか調べて見てくれ、という先生の御手紙で、随分探し廻ったが、見つからない。然し、何のことか、私にはさっぱり見当がつかないのですがね」

この話を聞いて私は、愕然とした。今迄半信半疑であったが、やっぱり先生が見られたのも間違いのない狐のようである。

この、先生を翻弄した二匹の狐と、私が翻弄された一匹の狐をもって、地球上の妖怪は絶滅したと私は確信する。

民主・自由・平和の代には既に絶えて狐狸の譚をきかず、路上にはパンパンと肉体の談議が喧しい。

私は、屢々妹を召喚して、今一度私が見た狐が、真実狐であったかどうかを確めたいと思うのだが、妹は二人ながら中国共産党に入党したまま、消息を絶っている。

かりに帰ってきたとしても、それこそ、私の狐などという感傷は他愛なく吹きとばしてしまうほどの、モスコー流儀の人間復興談だろう。

かくの如くして、今日ではコンパルタ・マニフェストの所謂（いわゆる）妖怪が世界を蔽っている以外は、神も妖怪も棲み熄（た）えて、目出度い太平の御代である。

山姫

日影丈吉

山姫（やまひめ）

山女とも。山奥で目撃される美しい娘。渓流で唄を歌っていたり、遭遇した男の生き血を吸ったりするなどと伝えられる。

日影丈吉（ひかげ・じょうきち）1908-1991

本名は片岡十一。東京都出身。小説家、翻訳家。著作に『応家の人々』や〈ハイカラ右京〉シリーズ、翻訳にルルー『黄色い部屋の秘密』ほかがある。

狼という動物は日本にはいない、いや、いる、という論争が、忘れたころに復活して、話題になることがある。日本の狼は、豺狼（さいろう）という豺の方で、ヤマイヌともいう。狼は犬科の動物だが、犬とは違うもので、耳や四肢のつりあいが、犬にくらべると小さい。明治のころには日本狼はまだ、各地の山にたくさん生息していたが、そのころに絶滅したというのが、定説になっている。

だが、いまでも、それは見つからないだけで、必ずどこかにいると信じて、ツチノコを捜すのと同様に、狼を捜している人もいる。

豺狼という言葉は、豺狼当路などといって、青面（あおづら）の、いかにも恐ろしい形相をしているように思えるが、実物の狼を見ると、犬とそっくりで、優しい眼をした動物だ。が、私達の眼には、漫画の狼のような狂暴な顔つきの方が浮かびやすい。

私には子供のころ母親から、小法師の送り狼の話を聞いたのが、ふしぎに強く記憶に残っている。その話の内容は、江戸時代を通じて人びとが事実だと信じていたことらしく、母がしてくれたのも、職人だった母の父で、関八州（かんはっしゅう）に弟子がいた関係から、いろんな地方へ旅をした経験のある人の、実験談だった。

送り狼というのは本来の意味と違い、小法師嶽の嶽の社へお参りした人が、帰りに山を降って来ると、神さまのお使い姫の狼が、途中まで送って来ることをいうので、江戸時代に登山した人は、みな狼を見た経験を語っている。母の父の私の祖父にあたる人も、明治のはじめに死んだ、江戸時代の人だった。

小法師嶽は関東に多い、あまり高くもないのに、高山のような形をした山のひとつである。あんな登りにくい山に登ったのは、はじめてだった、と祖父は母にいったそうだ。祖父が山頂で一服して、小法師権現に参詣し、山を降りようとしたときには、そろそろ日が暮れかけていたという。

山を半分降りたころ、せっかちな秋の日は暮れるのが早くて、もうあたりは暗くなっていた。祖父がふと振り返ると、闇の中に炎が二つ並んで、きらきら光っているのが見えた。何だろうと思ったが、あまり気にもせず、またすたすたと歩いて、しばらく行ってから振り返ると、さっきの並んだ火の玉は数が増えていた。さっきは一組だったのが、今度は三組あった。それがおなじ大きさで、彼のあとをつけて来るように見える。

祖父は、お山へ来る前に聞いた送り狼の話を、ふいに思いだした。その話は感電のように彼の心に染みた。振り返ると、二つ並んだ火は、もう六組か七組に増えていた。祖父は身顫いがしたという。奮い立つ、というのは、こういうときにも使える表現だ。なるほど、こんな連中に送ってもらえば、生半可な野盗や追剝ぎなんかに、手を出せるわけもない、と思ったが、祖父の恐怖は泥棒などよりも、やはり後からついて来るものの方に、あったのに違いない。彼の足は思わず速くなっていたそうである。

送り狼というのは、私が母から、はじめて聞いた語彙だった。そして、母もその存在を信じていた。それは、その話をしたときの、眼の色でわかった。私も、子供ではあったけれども、その話を信じた。そして山の神の従者であるヤマイヌが、むかしたくさん山にいた状況を空想した。

父が同郷の青年を養って、一人前の商人にしあげた四、五人の中の一人が、父の死後、ほろ酔いでやって来て、家の中を物色し、父のたくわえの書画や書籍の中から、目ぼしいものを引っぱり出し、おかみさん、これ頂いて行きます、などといって、ウンともスンともいわないうちに、持って行ってしまった、といったこともあったのだが、それでも私が大人の仲間に加わるころまで、父の郷土に関係のある、関係のない者は誰も読まないような、青表紙の地誌など五、六冊は残っていて、当然そういう、おもしろ味もない漢文の本も、一度は読んでみる機会が私にはあった。

その中で、まるで期待もしなかったことだが、小法師嶽の名に私はふと巡り合って、びっくりもし、懐かしくもあった。しかも、そこには、江戸時代には有名な話だったのか、それとも著者だけが聞いた珍しい事実だったのか、私の捜していたような、奇妙なことが書いてあった。

小法師大権現の神官の家には代々、娘を一人、巫女にするという、きまりがあって、それが守られていた。娘が年頃になり、いよいよ巫女になる誓いを立てる日が来ると、一匹のヤマイヌが社の庭にあらわれ、それ以来、生涯、彼女の護衛の任につくという。もっともヤマイヌは、ふつうの犬とは違って、いつも人の眼につくとは限らない。だが、たとい眼に見えなくても、そこにいたことには間違いがなかったそうだ。

神官の家には、二百年ほどのあいだに、何人かの娘が生れて巫女になったが、そのうちの二人が父(てて)なし子を生んだと、その本には書いてある。生まれた子供は異常に耳が大きく、大きな歯が生えて来たりして、ふしぎな甘えるような声を出し、庭先に誰かが嚙(か)み砕いたような、生の小鳥の骨が散らばっていたりするのを、見たこともあるという。

おもしろい話でないこともないが、事実として信じるほど私も単純ではなかった。むかしの記録は、おもしろいものほど信じにくい、といえるようである。小法師の送り狼は、むかしから有名で、送る送らないは別としても、明治以前にはヤマイヌは、たくさんいたというのだから、小法師でそれを見た人が、いたとしても、ふしぎはないわけだ。

この地誌の本に出ている、新しい小法師伝説では、巫女になった娘が狼にまもられて、共生(シムバイオシス)という状態になっていたのだから、その娘が狼の子を生んだというのも、いかにも昔の人らしい想像で、八犬伝(はっけんでん)などにも類話があるのは誰でも知っていることだ。水滸伝(すいこでん)から着想した八犬伝の、人獣相姦(そうかん)の見本が中国に見あたらないとしても、いかにも日本人らしい思いつきだから、この巫女と狼の関係は、とにかく送り狼の派生的伝説と見てよさそうである。

そういうわけで、その地誌に出ているのは、送り狼説話の続きみたいな珍しい話で、好奇心をそそるけれども、登山などに関係のなくなった世代の私には、やはり遠い山の出来事に過ぎなかった。それが、例の狼の実在するしないの論争が、また起り、私が地誌で読んだことを、うっかり洩らしてから、是非、現地へ行ってしらべてもらえないか、現実性があれば、テレビの実地調査をやりたい、という話になって、私としても興味のある問題だったから、近県旅行のスケジュールに、小法師を入れることにして、引きうけたのだった。

出かける前に、駅の観光案内でしらべてもらうと、小法師神社の神官が宿泊設備も持っていて、参拝者の希望に応じるというので、どうせ、一、二泊は止むを得ないだろう、と思っていた私は早速、電話で宿泊の申しこみをしてもらった。ことわられることはないかと思ったが、案内所の若い係りの男は笑って、それほど流行りの観光地というわけでもありませんから、といった。

小法師嶽は秩父古生層の中では、二番目ぐらいに高い山である。その程度の低山には、若いころ、たくさん登った経験があるので、私は小さな鞄ひとつ持って出かけたが、山の登り口が既に丘陵地帯の中にあり、そこを入ると道が急に細く険しくなったりして、その鞄がやがて重荷になるしまつだった。そういうわけで、バスもないし、馬も駕籠もない、結局、自分の脚にたよるほかのない、登山の山に数えられる山のひとつだったのである。

別に急ぐこともないので、私はゆっくり登って行ったが、天気もよく空がすっきり晴れていたのは、歩くには好い条件だった。紅葉の季節には、まだちょっと早かったが、楮や七竈はもう藪の中で、真赤に燃えていた。

頂上に着いたのは、午後の日がおとろえかける頃だったが、そこのかなり広い平地に、屋根の裾を張った古い、大きな本殿と、平たい屋根の講堂が立ち、一段ひくいところに神官の家があった。神官は櫟さんといって、土地では古い家柄で、代々、神主をつとめているそうだが、民宿のようなことをやっているといっても、観光案内所の若い男がいったように、観光客の集まる場所でもないから、御師の家が全部、講中の宿泊の世話をしている流行りのお山などと違って、講堂の一部を客が泊れるようにしてあるだけで、泊り客も私のほかに、若い画学生が一人いるきりだった。

私が最初に親しく口をききあうようになったのも、この画学生である。彼はもう一週間も、たった一人で講堂の改造部屋に泊っていたそうだ。大柄で色白な、子供のような顔をした青年で、群馬あたりの訛りがある。彼に聞いた話では、神官の櫟さんの家は、おくさんのほかに、娘が一人いて巫女をしているのと、巫女が生んだ女の子の四人家族だという。その女の子の父親は誰だか、わからないそうです、と画学生は声をひそめて、つけ加えた。

この家族のほかに、巫女の姉にあたる娘が、生まれたばかりの女の子を連れて、帰って来ているそうで、嫁ぎ先との折合いが悪くて、帰って来たのか帰されたのか、いわゆる出戻りだと画学生はいった。

櫟さんも、おくさんも、出戻りの姉娘も、気のいい人たちだという。だが、巫女の娘だけが、すこし違っている、と若い画学生はいうのだ。何か、とっつきにくく、顔を合わしても、まだ口をきいたことがない。自分は巫女でも神主でも、坊さんでも、別に普通の人と変わりのない人間だと、思っていたのだが、もし、かれらが自分の職業を意識して、それに添うような生き方を心がけたならば、話は違って来るかも知れない。

たとえば、むかしの記録に残っている坊さんたちのように、僧侶が僧侶としての自覚を持つことは、現代にも沢木興道とか、ほかにもそういう人はいるし、誰も知らなくても、自覚的な志向を持つ者は、ほかにもかなりいるのではなかろうか。だが、巫女などがシャマンの自覚を持ったら、どういうことになるのか想像もつかないけれども、櫟家の巫女にしても超自然的な能力の自覚があり、その実践のために、世の中の方を振りむかないようなところがあるのではないか、というのが画学生の感じたことだった。

「要するに普通の娘とは違うんですね。ぼくと顔を合わしても、ぼくの顔を見てるという自覚があるのか、どうかわからない。もちろん、にこりともしません。彼女の心は別の方へむいていて、だから眼はそっちへ向きっきりで、ほかのものは何も見えない。そういう一向専心みたいなものが、巫女さんには必要なんですかね。ぼくが前に知っていた巫女さんは、普通の女の人だった。いっしょに物を食い、いっしょに笑った。だが、ぼくはここの家で、まだ巫女さんとだけは口をきいていないのです」

「それで、その巫女の娘というのを、きみは見たことがおありですか」と、私はきいてみた。

「ええ、ありますとも」画学生は何となく眼を見はった。「こわい子供です」と、うっかり口を滑らしたように、いった。

「こわい？」

「いや、見ようによっては、この上なく美しい子ですよ。四歳だと家の人はいってますね。色常です」

「いや、そういう感じじゃない。そんな、あたりまえじゃなく、何に似てるのか、とにかく異
「外国人の子と間違えられそうな……」
「いろいろな点がね。まず金髪で眼が青い」
「どんな風に」
白で大柄で、だが変ってます」

画学生ははじめて巫女の女の子を見たとき、ひどく感動して、ここの裏山のすがたを背景に、その子の立像を描いてみたいと思ったそうだ。では、彼女のスケッチぐらいはしたのか、ときくと、画学生は首を横に振った。

「いきり立った猛犬が、鎖につながれているそばに寄って、その犬をスケッチする気になれますか。あの子には、そういう強烈なものがあるんですよ」

私はまだ見たことのない、その童女に、ひどく興味を感じたが、画学生がその子から強烈な感じを受けたのには、ほかにも理由があるのか、知りたいと思った。たとえば、この山の送り狼の伝説などを、画学生が知っていたか、といったこともだ。

「むかしは、この山にも狼がたくさんいたと思いますよ。ヤマイヌですか。だが、いまはもう絶滅してしまいました。ここへ来てから夜、一度、ヤマイヌのような遠吠(とおぼ)えを聞いたような気がしたんですが、たぶん普通の犬の声だったんでしょう。神主さんにも質問したら、笑ってましたからね」

私はそのとき、地誌で読んだ巫女と狼の話を、画学生にして聞かせた。この話はたぶん彼も聞いたことはないだろうし、聞けば興味を持つと思ったからだ。鬱蒼とした山気の沁みる人獣相婚談、狼の血をひく童女。だが、画学生は笑って受けつけなかった。

「あの娘は巫女になる前に、アメリカ軍がどっとやって来た神奈川県の基地へ、はたらきに行ってたそうですよ。女の子の金髪や眼の色は、そんなところに原因があるんじゃ、ないのですか」

結局、画学生は女の子の強烈な野性に、気がついてはいたが、それを伝説に結びつけるような、思考習慣は持たなかったのだろう。この画学生と話をしたおかげで、私は櫟さん一家を包む山の生活の基礎知識を、いちはやく持てたわけだが、神主の櫟さんとは、宿泊の交渉以来、口をきいているし、おくさんにも挨拶した。神官の夫婦は、この山の幻怪な伝説とは関係のない、平凡なお人好しのひと組にすぎない感じだった。

出戻りの姉娘も、ぼんやりしたような口数の少ない女で、自分の方から文句をつけて、嫁に行った家を飛び出して来そうな、ようすは見えず、いいかげんにあしらわれて、追い出されて来たのではないかと思えた。

巫女の妹娘の方は、画学生がいうように、ひどく素っ気ない女で、すれ違った相手に眼もむけない。自分の中に閉じこもって、外のものには見向きもしないといった、話しかける気にもなれないほど、つめたい顔をしていた。巫女は自分が生んだという女の子にも、無関心なようすだった。まといつく子供に、うるさそうに手を振って、追いはらっているのが、ふと眼についたことがある。巫女は女の子を、うとましく思ったり、憎んだりしているのではなくて、彼女には専念する必要のあるものがあり、そこから眼がはなせられなくて、自分の娘にもかまけていられない、というふうに私には見えた。

ところで、その女の子は、あまり可愛い子供とはいえなかった。マシマロのような、ふっくらした顔に大きな眼は、可愛いはずなのだが、その眼があまりにも、かっきりと坐っている。彼女にも母親同様、人を寄せつけないところがあった。誰もが気軽に声をかけられる年頃なのに、櫟の家の者がそうしてるのを、見たことはなかった。

姉娘の子供は、まだ生まれたばかりで、母親がおんぶしていたり、家の中のどこかに寝かされていたはずだが、たまにはお祖母さんにあたる櫟のおくさんが、ねんねこで背負っていたこともある。だが、お祖母さんが巫女の女の子に、かまっているのを見たことはなかった。御飯ですよ、とか、家にお入り、とか、彼女には誰もが遠くから声をかけている感じだった。

私がこの女の子に、はじめて会ったのは、お山へ来てから三日目の朝だったろうか、そのとき私は、ぎょっとしたのだ。はじめて見た彼女の顔が、ぎゅっと歪んで、紅を塗ったような唇が両耳のはたまで拡がり、そのために急に顔が三角になった。大きな眼は外国人のような澄んだ空色ではなくて、海の水のような、どんよりとした緑色だ。

画学生のいう金髪ということにしても、外国人の金髪にも色の段階があって、栗色などといわれているのには、獣の体毛にそっくりなのがある。髪の色や腋毛などが、獅子のたてがみなどを思わせたりする。櫟家の女の子も、そのときまでどんな遊び方をしていたのか、逆立った頭の毛は獣毛のようで、土の上を転げまわって遊んでいた孤りぼっちの野獣が、ふいに立ちあがったように見えた。

そこは神社のうしろの、裏山を見はるかせる、日のよくあたる場所で、私と女の子は二人きりで、ふいに顔を合わせたのだが、人に馴（な）れない猟犬などのように、女の子は私に、敵意を示したのではなかった。鋭い眼つきだが、怒っている眼ではない。むしろ獅子の眼のような余裕があった。にもかかわらず、私は彼女を見たとき、ぎょっとして立ちすくんだ。その眼に敵意はなくとも、急に気が変って、飛びかかって来そうな獰猛（どうもう）さを感じたからだと思う。

だが、よく見ると、彼女は曲りなりにも、やっと走りまわれるようになったばかりの、幼い女の子に過ぎなかった。山の上の空気はもう、うそ寒く感じられたが、いまの子供はたいがい薄着だから、彼女も花模様のプリントの木綿のワンピースの上に、ギンガムの上っ張りを着ているだけだった。元気そうだが、幼い子供で、可愛いといえないこともない。私は、やはり或る種の先入観で、彼女を見ていたのかも知れなかった。

私が女の子を、野獣にちかづけて考え勝ちだったのは、当然、地誌の伝説の影響に違いなかった。送り狼ではなく、護り狼の話のせいだった。いまの私なら、狼の威力そのものも、それほど恐ろしいものなのか、疑ってみるだろうが、そのころの私は、しかも山の上の異境に、はじめてつきあう人たちと、いっしょにいる私は、そんな迷信にとらわれやすくなっていたといえるだろう。

それに同宿の画学生がした話にも、妄想をかき立てる効果があったかも知れない。たとえば、画学生はときどき櫟の姉娘の、赤ん坊のお守りをしてやった。子供が好きだからだといっていたが、彼は食事つきの宿泊料も、多少はまけてもらっていたようだから、そういう意味のサービスのつもりだったとも考えられる。

巫女の女の子は、画学生に敵意を示さないが、好意も持っていないらしく、彼女の方から彼に、ちかづいて来ることはなかった。ところが、画学生が赤ん坊を抱いて歩いていると、女の子はどこからともなく、あらわれて、すこし離れて彼のあとからついて来る。彼はふと振り返って女の子を見つけ、例の緊張した彼女の、すさまじい眼の光に気がついて、ぎょっとしたのである。

その緊張は何故おこったのか知らないが、ペルシア猫のような彼女の緑色の眼は、内側から底光りがして、彼をにらみつけているように、画学生は感じた。彼の足は早くなった。女の子は執拗(しつよう)について来た。歩幅の小さな彼女は、走るというのでもなく、としより女などがよくやるように、背を曲げ首を突き出し、腰を引き脚を屈めて、ぴょこぴょこ歩くのだが、それがかなり速い。社のまわりを、ぐるぐる廻って、画学生は汗をかいた。

ある時などは、不意に眼の前にあらわれ、いきなり赤ん坊の脚をつかんだ。画学生はびっくりして叫んだ。

「赤ん坊に乱暴しちゃ、だめだ。赤ん坊は弱いんだから」

だが、女の子は眼を光らせて、赤ん坊が大声で泣きだすまで、手をはなさなかった。画学生は急いで逃げ出し、母親に赤ん坊を返しに行ったという。

結局、私は予定よりも長く、六日も山上の神社の厄介になったことになるが、限られた、別に面白味もないところに長居したのは、やはり、その女の子のことが気になったからに違いなかろう。だが、その思いがけない滞在のうちに、私はいろいろ考えたこともあった。

たとえば、江戸時代あるいは、それよりも前から信じられていた、送り狼だが、いい伝えによると――私が母親から聞いた祖父の話でも、そうだが――日が暮れて山を降りて来ると、二つ並んで光る火の玉が後をつけて来る、ということに狼の姿は極限されている。二つ並んだ、おなじ大きさの火の玉。それはもちろん狼の眼なのである。だが、実際に狼の形を見たというのでもなし、狼の声を聞いたというのでもない。狼だという証拠は、その火の玉だけなのだ。

火の玉の出現という場合には、狐火などというものもある。狐は火を吐くそうで、そこから来ているのだというが、実際にそんなことがあるものかどうか。錦絵で有名な王子の狐火などは、たいへんな陰火の集合で、絵には――絵だから――狐の姿が描いてあるが、実際に画家が見た現象は、おびただしい火の玉の乱舞だけで、狐はいなかったのではなかろうか。

狐火の正体は、いまではわかっているが、むかしも人間の眼に触れたのは、空を飛ぶ火の玉、空中で燃える炎だけであって、狐も狼もその場に見えなかったのではないかと思う。われわれの祖先の想像力が、その不思議な自力で飛ぶ火を、狐や狼の神秘性に結びつけたと考える方が、よさそうである。

それに狼や狐のような野獣の眼が、闇の中で光るのは、われわれのような現代の都会生活者には珍しいが、むかしの人はよく知っていた。そこから送り狼のような、光る眼の話も誘導されたのに違いない。

人間に於ける獣性の転位という問題でも、むかしの人はやはり想像を逞しくした。いまだから、想像といっているけれども、その山の上の異境では私自身も、かなり真剣に、その問題を考えなければならなかったのだ。

犬の乳を飲んで育った男が、夜の闇の中でも物が見えるようになる、という話が、やはりむかしの本の中にある。あの女の子を、はじめて見た日のことだと思うが、その子のことを画学生と話しているうちに、彼女にもし獣性があるとすれば、夜でも眼が見えるかどうか、見えるとすれば、彼女の眼は闇の中で光るはずだ、ということに話が及んだ。

「なるほど、それがわかれば、あの子が狼の血を引いてることは、明白になるが、ただ、どうやって試してみますかね。あの子が夜、外に出て来ることは、ほとんどないし」と、画学生は首をひねった。

「あの子が眠っているところへ、忍びこんで行っても、瞼をつぶっていたんじゃ、眼の光は見えないしな」と、私も当惑していった。

「待てよ、忍んで行くのはいいな」と、画学生はうなずいて、「あの子が、どこに寝ているか、ぼくは知ってます。お祖父さんの部屋に、お祖父さんと床を並べて寝てるんです。だから彼女の眼だけを、さまさせれば、光るか光らないか、見分けられるわけですよ」

そんなことができるのか、といおうとしたけれども、画学生があまり自信あり気なので、やめて、彼が何をやるか、しばらく見ていることにした。

翌日、午後になると、画学生は山を降って行き、一時間たらずで帰って来た。ワイシャツに包まれた彼の腹は、異様にふくれて、よく見ると、もそもそ動いている。やがてボタンがひとつ外れて、そこから小さな烏猫がまっくろな頭をにゅっと出した。

「五合目の茶店で、写生に使いたいといって二日間、借りて来たんです」と、画学生は説明した。

小法師は富士山などとおなじように、麓から山頂までの登山道が、すべて嶽の神社の参道とされている。山の高さからいって、さのみ長い道のりでもないが、合目の区分はちゃんとつけられていて、気をつけて見ると、富士山のような石の道標ではないが、木に墨でなぐり書きしたのが、雨に打たれ消えそうになって、ところどころに残っているのを、見ることができる。五合目かどうか知らないが、小さな茶店があって、ひどく古風な爺さんがいたのは、私もおぼえていた。

ほんとうに写生に使うのかと聞くと、画学生は首を横に振って、目くばせしながら、女の子を試すのに使うのだ、といった。

その晩、私は画学生に起こされた。彼と約束してあったのを忘れて、眠りこんでいたところを、彼の方は約束どおり、午前一時ごろに起こしに来たのだ。画学生は昼間とおなじ恰好だったが、私は寝巻きの上にキルトのガウンを着て、彼のあとについて行った。山上の土は、歩くと軋む音を立て、頭の上は見事な、もう都会に住む者が忘れてしまっている、降るような星空で、私は寒さに身顫いした。

画学生は日の暮れ方に、神官の家に行って、勝手口の扉の鍵を、はずしておいたという。私たちは彼の先導で、そこへ行き、寝静まった家の中へ、あまりためらいもしないで侵入した。その大きな家の中には、神官夫婦と姉娘とその赤ん坊、妹娘の巫女とその女の子の、六人が眠っているはずだった。画学生のしらべたところでは、巫女の子供は神官の部屋に寝ているということだった。

　暗くてよく見えなかったが、画学生は昼間のように、ワイシャツの腹をふくらませていて、そこに手を突っこんで、烏猫を引っぱり出す。猫は黒いので闇の中で形が見えず、黄色い眼の光で存在がわかるだけだった。

「櫟さんの部屋は、この廊下のいちばん奥にあるんです」と、画学生は説明した。

「そこへ行って、その猫をどうするんだね」と、私はきいてみた。

「むかしの忍者は寝室を探るのに、鼠（ねずみ）を使ったそうだが、ぼくは鼠のかわりに猫を使うことを考えたんです」

「寝室に猫をほうりこんで、櫟さんの方が眼をさましたら、どうするんだ」

「大丈夫。女の子の方が神主さんより、ずっと神経が鋭いですからね」

　それから私が画学生の忍者的行為に、つきあうことになるのだが、猫のやつが、どういうものか障子（しょうじ）のすきまから、平気で部屋の中へ入って行った。だが、中はまっくらで、私には何も見えない。すると画学生が急に小さな声で、「光った！」と、いった。「見えたのか、きみ」と、私はきいた。私には何も見えなかったからだ。「光った、光った」と、画学生は続けていった。

「海の水のように、緑色に光る眼でしたよ」と、画学生はいった。

あくる日、私たちが起きて、講堂の前で深呼吸をしていたときだ。前の晩、私たちは誰にも発見されず、無事に猫を回収して帰って来た。だが、私は画学生のいう、光る眼を見ていなかったのだ。

「そういわれると、あの女の子の眼も、たしか緑色をしているんだが……ひょっとしたら、きみが光るのを見たのは、あの烏猫の眼じゃないのかな」

「そんなことないでしょう」と、画学生は、やや自信をなくした声で、こたえた。

「ねえ、きみ、このごろ私はすこし考えを変えてるんだが、あのくらいの年の子供が恐ろしい狂暴性を発揮するのは、野獣が憑いてるんじゃなくて、ほかに説明がつくんじゃないかな。たとえば、遺伝性かも知れないが、ある種の精神病の発作とか。つまり、そういう野獣性が人間には、はじめからあるんだね」

「そうでしょうかね」と、画学生は反撥した。「それなら人間の中に、夜、眼の見える者が、かなりいても、不思議はないはずですがね」

「まあ、光る眼のことは別にしても、そういう現象には何か、ほかの説明が考えられるんじゃないのかな」

そのとき、私は画学生に強く腕をにぎられ、はっとして立ちすくんだ。

女の子が、いつの間にか境内に出て来て、私たちの前に立っていたのだ。あいかわらず、花模様のプリントの木綿のワンピースの上に、ギンガムの上っ張りを着た、かわいいかっこうで。だが、やはり眼が坐っていた。海の水のような緑色の眼が、私たちをにらんでいた。だが、野良犬が人に出会ったときのように、私たちを気にしているのではなかった。それは私たちの存在を意に介しない、野獣の自信みたいなものかも、知れないのだ。

彼女が片手に何かぶら下げているのは、私たちにもすぐわかったが、それが姉娘の赤ん坊とわかるまでには、数秒かかった。人形のように、生気もなく、それはぶらんとしていただけだったからだ。だが、そうだとわかると、私たちはうろたえた。彼女が赤ん坊を、どうしようとするのか。なんとか赤ん坊の安全をはからなければ、と私たちは思った。

だが、声が出なかった。画学生がやっと、「おい」と声をかけたとき、女の子が私たちにむけたのは、ほとんど無邪気な顔だった。そして片手で軽軽と赤ん坊を持ちあげると、もらったお菓子でも見せびらかすように、振って見せた。それから大きな口を、あんぐりあけて、赤ん坊の頭をかじった。がりがりと骨の砕ける音がひびいた。

屋上の怪音
赤い木の実を頰張って

徳田秋聲

神隠し（かみかくし）

夕暮れどき、おもに女性や子供が急に失踪する怪現象。多くは天狗の仕業とされ、無事に帰還することもあれば二度と戻らないこともあり、人間界と異界を往還するケースもある。

徳田秋聲（とくだ・しゅうせい）1872-1943

本名は末雄。石川県出身。小説家。著作に『黴』『仮装人物』『縮図』ほかがある。

西南戦争で世の中が何んとなくざわついていたのをかすかに憶えている。近処の原っぱで子供が日の丸の旗なんかたてて、戦争の真似をしているのを、姉の手にひかれて見に行ったのを思い出したが、五つか六つの時だから、それ以上の事はもうボンヤリして了った。

それに私はひどく泣き虫だったので、戦争ごっこだって遠い処から見るだけで、一緒になってワイワイやった事はない。遊ぶのはいつも女の子ばかりだった。身体の弱かったせいも無論あるが、一体に子供時代の甘い追憶と云うものを私は少しも持っていない。

私の父は女房運の悪い人だったので、私は父の三人目の後妻に生れた。と云っても家庭は円満だったが、父も母も子供には大した感心は持っていなかったのではないかと思う。そして本なんか余り読まなかった人のようだし、カチカチ山だの桃太郎の話はコタツの中で聞いた様に思うが、その外の話はして貰ったかも知れないが、今は憶えていない。

どうも話が散漫だが、子供時代の事で忘れられないばかりではなく、今だって不思議に思うのは天狗の話だ。……尤もこれは泉鏡花の畠で、泉は随分天狗の話を知っているし、またあれに聞いたらもっと面白い話をするかと思う。

これは私が聞いた話ではなく、実際見た話だから忘れないのかも知れない。天狗……突飛な様だが、実際に金沢地方では「天狗にさらわれる」と云って、狐や狸に化かされるのを云うのではなく、あくまで天狗にさらわれると云って、私なぞも随分恐ろしい思いをしたものである。

私の家のすぐ裏に、たしか十七八だったと思うが、余り頭のよくない男の子がいた。これが夕方御飯をたべてから、どこへ行ったのか、十時頃になっても帰って来ない。さあ大変だと云うので近処の者が集まって、大騒ぎをして探しまわったが、さっぱり行辺が知れない。その家の妙見さんにはお灯が夜更にアカアカとついていたのを私は兄に連れられて見に行ったので憶えている。私も子供心に大変な事になったものだと思った。そして大人の人も天狗にさらわれたのではないかと云ってみんな心配して方々を探しまわっていた様だったが、十一時になっても十二時になっても分らない。

その内に屋根の上で沢庵石を落した様な凄い音がしたので、ソレ天狗だと云うので皆んな青くなったものだ。

私の兄が近処の勇気のある男と二人で、屋根へ上って見る事になって、ハシゴをつたって上って行った。

ところが、屋根の上に探しまわっていた息子が、……たしか秋の事、いや初秋だったかも知れない。その息子が口一ぱいに赤い木の実や草の葉なんかをほうばって「天狗の伯父さんに御馳走になっておいしかった。又行くんだ」と云って中々降りると云わない。で兄が紐で背負って降りたのだが、家の中へ連れて来てからも正気にかえる迄は時間がかかった様に思っている。

実に今思うとたわいのない話の様だが実際私の子供時代にはこんな事が沢山あった。殊に今云った様な天狗の話はまだまだ沢山にある。

前田家に出入りしている人で長山と云う人がいるが、この人が子供の時友達がやはり天狗にさらわれて大騒ぎをやった事がある。

丁度端午の節句の時分で、笹餅をこしらえるので、長山さんは友達四五人連れで、医王山――土地の人はお山と云うが――へ笹をとりに行った。弁当を山でたべて、沢山笹もとれたので、サア帰ろうと云う時になって、友達の一人が見えない。いくら探しても見つからないので、先へ帰ったのだろうと思って、お山をおりてその友達の家へ行つて見るといない。

又八方へ手分けして探してもどうしても見つからない。一月たち、二月たち、たしか半年もたってからだったと思うが、越後路をトボトボと帰って来るのを見かけた人があって、いや大変な騒ぎだった。

夜、二階を地震の様に天狗がゆすぶったとか、雨戸へ石をぶつけたので表へ出て見ると何にもいなかったとか、愛宕山の麓にある天狗を祠ってある社の番小屋に、毎晩天狗がお酒をのみに来るとか、いやまだある。

円八と云う「あんころもち屋」が金沢の市中にあった。一寸うまいあんころを売る店で、今では停車場なぞでも売っているが、その円八の奥座敷に、天狗が来る室があって、そこへお酒だの御馳走なぞを並べておくと、いつの間にかそれがなくなって了うのだ。………どう云うものだか、金沢にはこの天狗の話が沢山あるが、誰一人その姿を見たものがないのだから面白い。然し姿を見た者がないからと云って、その話を全部笑ってしまえない事があるから、未だに私は不思議だと思っている。

今の子供達に、こんな話をして聞かせても本当にしないだろうが、私達の子供時代には大人までがこんな話をまことしやかに信じていた様だ。

子供時代の思い出と云うと、どうもこの天狗の話と、身体が弱かったので、おこりと云う一種の風土病に毎年きまったように冒された恐ろしい記憶と辛い記憶が、最先によみがえってくる。

だから私には甘い揺籃時代の楽しい思い出がどうもはっきりしないのだと思う。

天狗

室生犀星

天狗（てんぐ）

深山に棲息する怪。多くは山伏姿で、赤ら顔に巨大な鼻と翼をもち、神通力を有するという。天狗倒し、天狗笑い、天狗礫といった山中の怪異現象は、天狗の仕業とされる。

室生犀星（むろう・さいせい）1889-1962

本名は照道（てるみち）、別号に魚眠洞（ぎよみんどう）。石川県出身。詩人、小説家。著作に『愛の詩集』『性に眼覚める頃』『魚眠洞随筆』ほかがある。

一

城下の町なみは、古い樹木に囲まれていたため、よく、小間使いや女中、火の見仲間などが、夕方近い、うす暗がりのなかで、膝(ひざ)がしらを斬(き)られた。何か小石のようなものに躓(つま)ずいたような気がすると、新月がたの、きれ傷が、よく白い脛(すね)に紅(あか)い血を走らせた。それは鎌(かま)いたちに違いないと人々は言っていたが、その鎌鼬(かまいたち)という名のことで、赤星重右(あかぼしじゅうう)のことが、どういう屋敷うちでも、口の上にのぼった。

城下の北はずれの台所町に、いつごろから流れ込んだものか、赤星重右という、名もない剣客が住んでいた。ふしぎなことには、かれが通り合せると、必ず彼の不機嫌なときには、きまって向脛(むこうずね)を切られた。というより不意に、足や額に痛みを感じ、感じるときは既(も)う額ぎわを切られていた。——それ故(ゆえ)城下の剣客は誰一人として立向うことができなかった。大桶口(おおおけぐち)、犀川(さいかわ)口(ぐち)を固めている月番詰所の小役人達も、かれが通るとなるべく、彼を怒らせまいとしていた。それほど、女子供は云(い)うまでもなく、中家老、年寄を初め、いったい彼が何故にあれほど剣道に達しているかということを不思議がった。が、誰一人として小脛を払うものさえ、広い城下にはいなかった。

それ故、かまいたちという、薄暗がりの樹の上にかがんでいる鼠のような影が、いかにも赤星重右に似ていたから、人々は、鎌いたちとさえ云えば、なりの低い、重右の姿を思い出した。——晩方、重右の屋敷へ忍び込んで見たものの話では、かれは何時ものように普通の人なみに寝ていたが、しかし、得体のわからない陰気な顔をしていたと答えた。かまいたち其物が、ひょっとしたら赤星重右ではあるまいかと、人々は、蒼白い晩方の店さきや詰所などで、噂し合って気味わるく感じた。が、べつに赤星重右は不思議な人物ではない。なりの矮い、骨格の秀でた、どこか陰気な煤皺の寄ったような顔をしていた。

二

城内では、得体のわからない赤星に盾衝く剣客がいなかったので、かれをどうかして他の藩に追い遣るか、召抱えるかしなければならなかった。が、召抱えるということは、性の分らないこの剣客には、家老達も不賛成をした。何かの理由のもとで、何処かへ封じてしまったらという発議が、城内役人の間に起っていた。というのは、どう考えても、彼自身が何かしら憑きものがあるような、よく町裏の小暗いところを歩いていたりしている様子が、どこか普通の人間離れしたところをあらわしていた。ことに、高塀や樹の上へ攀じ上ることが、殆ど目にとまらないくらい迅かった、たとえば、彼の右の手のかかった土塀では、その手が塀庇につかまると同時に、もう、塀を越えてしまっていたからである。——そういう噂がつたわるほど、大手さき御門から西町や、長町の六番丁までの椎の繁った下屋敷では、鎌鼬が夕刻ばかりではなく、明るい白昼の道路にも、ふいに、通行人の脛か腰のあたりを掠めた、と、話すひとびとは必らずそのあたりの通りに、うす汚ない重右の姿を見ないものはなかった。では、この赤星は内弟子でも取っていたかというと、そういうものは一切とらなかった、どうして食っているかさえ分らなかった。台所町の彼の住居は、六畳の仲間部屋しかなかった。昼も晩も寝通ししている事があるかと思うと夜中にふいに出て行くことがあった。

　地震の珍らしいこの城下では、よく赤星が樹の上にのぼり、樹をゆすぶっていたというものさえ居た。そして地震の来るのを恐がりながら、緑葉の間から叫んでいた、と。

　ともあれ、城内では、赤星重右を西方の、大乗寺山の奥峰にあたる、黒壁という山頂の小さい社を中心にして九万歩の地所をあたえるという名義で、この赤星を封じることに決議された。なぜというに、この決議からして赤星を憑きもの扱いにしていて重右がそれを承諾するかどうかを試めしたのだった。ところが重右は却って喜んで、この黒壁の権現堂に上った。——が、それきり二年も三年も誰もかれの姿を見たものがなかった。雪の深いこの地方の冬をどうして越すだろうとさえ云う者も居なかった。

　年に二度あて、村役人はべつに黒壁へ行きもしないで、彼の無事であることを報告するだけで、役人自身も登山しようともしなかった。いつの間にか忘れるともなく、人々は赤星重右のことを口にしなかった。というのは、れいの鎌鼬に脛を切られるものが、それと前後して居なくなったのであるから——、が、やはり重右の話が出ると、ひとびとは、憑きものより外に、どうという特別新しい考えを述べなかった。

三

黒壁権現は、断岩の上にあって、流れを徒歩でわたると、二条の鉄鎖が下りてあった。誰が云うとなく、権現には天狗が住んでいるというものが、次第にその数を殖してきた。雪の多い朝、雪を下ろしに屋根へ上った小者が、それきり吹雪のなかに行方知れずなったことや、いまのいままで居た老婆が、ふいに縁側から、辷り落ちたように見えなくなったことさえあった。それと同時に、誰がいうとなく黒壁の権現に詣るものが多かった。えやみや足なえ憑きものの類が、ふしぎに願をかけると癒るということだった。そして供物や供米を権現堂にそなえてゆくばかりでなく、人々は、荒廃した堂宇に、多くの天狗の額を奉納した。それは土人形のような天狗の面を形作った額面だった。が、ふしぎなことに、その額面に金網をかけたものに限って取下ろされてあったから、人々は天狗を、金網に封じることを恐れた。

が、ここに不思議なことは、権現堂で白鼠の姿を見たものは、きまって病気がなおると云われていたことと、決ってその白鼠がちょろちょろと蝕んだ板の間を這い歩いていることだった。いつのころと云うこともなく、白鼠が堂宇に充ちていたのである。

が、一つ不思議なことは、その人気のない堂宇に、れいの赤星重右がいつも供米や神酒に酔い痴れて寝ころんでいた。が、滅多につとめて自分の姿をあらわすということがなかっただけ、人々は却って赤星重右を天狗か何かのように敬まっていたのである。なぜというに、かれは決して饒舌るようなことがなかったし、特に起きて働くということがなかった。かれは、ただ、暇さえあれば蹲んで唾を吐きながら居たのである。――ことに最っと不思議なことは、晩、登山したものが、この堂宇の裏から陰気な犬の遠吠えのような唸りが絶え間なく漏れてくること、それが月夜の晩などには殊に酷く吼えたけっているということが村人につたわっていた。実際堂守である赤星重右がおかしなことには、月夜になると断岩や樹の下へ蹲んで、その蒼白い顔を空に向けて、まるで犬のように吼えているということが、しばしば村人の目にさえ留るようになっていた。それがために、権現の霊顕に対してこれを疑うものはなかった。

　その年の秋に、赤星重右が断岩の陰ったところで、蠅のうずまきの中に、死体となっているのを村人は見つけた。お城下の蘭医派の菊坂長政は、それを一種の病毒不明の、併しながら何等かの犬畜に犯されたらしい診断をしただけ、別に取り立てて噂するものがなかった。が、村人はこれを丁寧にその堂宇のかたわらに碑を立てた。それと前後していつの間にか神の使者であるべき白鼠の姿は次第に影をかくしてしまった。それ故、村人は赤星重右を一種の、何かふしぎな天狗の一種のような、決しておろそかにできないもののような考えを持ち、それを祠のなかに加えたのである。

四

――私はここまで話すと、客はすぐ微笑い出し、それは詰らない極くありふれた話だと云った。

「それは全然恐犬病なんだ。はじめから特殊な精神異常者にすぎないんだ。むかしの狐憑きとかいう奴はみないまの恐犬病なんだから。」私もそれに同意した。

「恐犬病はたしかなんだ。ところが今でもその黒壁には、権現堂があって天狗がまつってあるのだ。ことに僕の国の方ではその天狗というものが、実に流行っているのだ。」子供の時分に、すこし外が暗くなると、すぐこの天狗が出るということを、母親や近所のものから教えられた。実際どういう神社へ行っても必っと天狗の額がかかっていたのである。

「だから古い樹にはきっと天狗が棲んでいると云われたものだ。」

「では今でも君はそういうことがあると思っているのかい。」そういう客に、私は頭を振って見せ、これを否定んだ。

「いや、ただそういう古い樹には古いと云う事丈が人間に何かしら陰気な考えを持たせる丈なんだ。その外には何んでもない。」

私はそういうと客と二人で、黙って対い合った。古い樹というものの沈鬱な、おおいかぶさるような枝ぶりが、私の目には暗いかげを作り、だんだん郷里の町の方へ、私の考えを連れ込んで行った。

一反木綿

椋鳩十

一反木綿（いったんもめん）
鹿児島県の大隅地方に伝わる、飛行する怪。一反（長さ約一〇・六メートル、幅約三四センチ。成人の衣服一着分の布をいう）ばかりの白い布状で、宙を「ひらひらとして夜間人を襲う」（柳田國男「妖怪名彙」）という。

椋鳩十（むく・はとじゅう）1905-1987
長野県出身。本名は久保田彦穂（くぼたひこほ）。小説家、児童文学作家。著作に『大空に生きる』『孤島の野犬』『マヤの一生』ほかがある。

享保年間のことである。

大隅の国高山の村はずれに、ひとかかえもある杉が、うっそうと茂った峠があった。

宇都宮信重は、所用あっての帰りみちであった。途中、日はとっぷり暮れてしまったが、月が出ていた。

春の夜である。なやましいような、春もやが、しんめりと立ちこめていた。先方で飲んだ酒が、ほどよくまわって、二十三歳の若い信重の心を、なんということなく、ぼうとあたたかくふくらめるのであった。

信重は二十三歳、鹿児島独特の示現流の剣法の達人でもあり、また高山きっての美男子でもあった。

その信重、春もやの月夜を、胸をややそりぎみにして、謡曲を唄いながら、歩いて来る姿は、一幅の絵のようであった。

彼はやがて、例の杉木立の峠にさしかかった。が、ふと足を止めて、きき耳を立てた。

うめき声がする。まことに苦しげな、今にもたえ入りそうな声である。信重は、片ひざついて前方をすかしてみた。と、人間らしいものが、大地に横たわって、うごめいている。彼は、たたっと、かけよった。

「どうなされた。」

声をかけた信重は、はっとした。

十八、九のぞっとするほど美しい娘であった。よほど苦しくて、夢中でうごめいているらしく、すそもしどろに乱れて、赤いものの間から、可愛らしい、ひざっ小僧が、なまめかしく、むき出している。

「いかがめされた。」

「おお、苦しい。お助け下さりませ。」

娘は、助けをもとめた。

信重は、夢中で、その娘をだきかかえた。と、娘は、安心したのか、「ううーん」といって、気絶してしまった。

娘は、ぞくぞくするほど、美しい顔をしていた。おぼろ月が、木の間を通して、その顔の上に光って流れて、カグヤ姫もかくやと思われるほどであった。信重は、しばらくぼんやりして娘を抱いていたが、はっと気がついたように谷間にかけおりて、口いっぱい水をふくんで来ると、娘を膝(ひざ)の上に仰向(あおむ)けて、口うつしに、娘のノドに水を流し込んだ。と、娘は、信重のうなじに、しなやかな腕をぐるっとまきつけて、若いキュウリのような美しい瞳(ひとみ)を、かすかに開いて、にっこりとほほえみかけた。そして、その紅(あか)い唇にあてられている信重の唇を、ちゅーと強く吸うのであった。

信重は、なんともいえぬ恍惚とした気持ちになって、娘の体を、ぎゅっと抱きしめた。と、あたりがにわかに、ずしんと暗くなって、ヒッヒッヒという、無気味な笑い声とともに、膝の上から、何か、ヒュッと飛びたったたと思うと、闇の中に、中空から、真っ白い一反木綿が、ざらぁ、とぶら下ったのである。

「さては妖怪め！」

彼は、示現流の早業で、その一反の木綿を切りつけたが、何の手ごたえもなく、股間に、やけつくような痛味を感じたのである。

はっと気がつくと、なさけなや、彼は、大切なものを根元から、掻きむしられていた。

——その後、われと思わん勇士の面々が一反木綿退治に出掛けたが、みな、それぞれに痛手を負わされるのみであった。

さて、ここに、故あって京都より、この大隅の国に流れ来て、肝付家に仕える、桑木春之助という真蔭流の達人があった。彼の妻は二十五歳、遠く鹿児島の城下まで聞えた美人であったが、その妻の止めるのも聞かず、一反木綿退治に出掛けて行った。

陰暦七月のことである。やはり明るい月が出ていた。例の峠にさしかかると、ぱたぱたぱたと、はだしで、駆け下りて来るものがある。みると、二十三、四の、ぬけるほど色の白い、ふとりじしの女である。

「一反木綿に追いかけられまして……」

女は胸を押えた。みると、うすものに、べっとりと血がにじんでいる。「おお」彼は思わず女の胸をはだけた。どきりとするほど大きな白い乳房だ。その真下をえぐられて、とっくとっくと血がふき出している。「お待ちなさい」彼は、こういって、腹帯をとくと、傷の上を強くきりきりと巻きあげた。女は、しゃがんでいる春之助の上に、ぐったりともたれかかった。大きな張りのある乳房が、彼の鼻と口をぐっとふさいだ。強い女の匂いが、しびれるように、彼の心にしみた。とその時、

「妖怪でござりまする。お気をたしかに。」

という叫び声がした。その方をふり向くと、これはまた何としたことか、一丈もあろうと思われる女のかくしどころが、口をあいて物をいっているのである。

「小癪な。」

彼は、抜く手もみせず、それに切りつけた。手ごたえがあって、ぎゃあ、という叫び声がした。と、彼は茫然として立ちすくんでしまった。

そこに倒れているのは、まぎれもなくあの美しい彼の妻であったのだ。

妻は、夫の身を案じて、そっと後からついて来たのだ。そして、美しい女の前をみせれば魔物が退散するという、この地方の言い伝えを信じてそれを実行したのである。が長く連れそった彼には、美人の評判高い妻も、美人にはみえなかったのかもしれない。

あたりが、急に暗くなって、「ウッ、フッフッ」という、しゃがれた笑い声がした。

春之助が、きっと見上げると、血のにじんだ一反木綿が、夜目にも、はっきりと、音のない

滝のように、ざわあ、と宙に掛っていた。

件

内田百閒

件（くだん）

人面牛身の獣妖。牛の胎中から生まれ落ちてすぐに人語による予言をなし、直後に死するという。その予言は的中するとされる。

内田百閒（うちだ・ひゃっけん）1889-1971

本名は榮造（えいぞう）。別号は百鬼園（ひやつきえん）。岡山県出身。小説家、随筆家。著作に『冥途』『百鬼園随筆』〈阿房列車〉シリーズほかがある。

黄色い大きな月が向うに懸かっている。色計りで光がない。夜かと思うとそうでもないらしい。後の空には蒼白い光が流れている。日がくれたのか、夜が明けるのか解らない。黄色い月の面を蜻蛉が一匹浮く様に飛んだ。黒い影が月の面から消えたら、蜻蛉はどこへ行ったのか見えなくなってしまった。私は見果てもない広い原の真中に起っている。軀がびっしょりぬれて、尻尾の先からぽたぽたと雫が垂れている。件の話は子供の折に聞いた事はあるけれども、自分がその件になろうとは思いもよらなかった。からだが牛で顔丈人間の浅間しい化物に生まれて、こんな所にぼんやり立っている。何の影もない広野の中で、どうしていいか解らない。何故こんなところに置かれたのだか、私を生んだ牛はどこへ行ったのだか、そんな事は丸でわからない。

そのうちに月が青くなって来た。後の空の光りが消えて、地平線にただ一筋の、帯程の光りが残った。その細い光りの筋も、次第次第に幅が狭まって行って、到頭消えてなくなろうとする時、何だか黒い小さな点が、いくつもいくつもその光りの中に現われた。見る見る内に、その数がふえて、明りの流れた地平線一帯にその点が並んだ時、光りの幅がなくなって、空が暗くなった。そうして月が光り出した。その時始めて私はこれから夜になるのだなと思った。今光りの消えた空が西だと云う事もわかった。からだが次第に乾いて来て、背中を風が渡る度に、短かい毛の戦ぐのがわかる様になった。月が小さくなるにつれて、青い光りは遠くまで流れた。水の底の様な原の真中で、私は人間でいた折の事を色色と思い出して後悔した。けれども、その仕舞の方はぼんやりしていて、どこで私の人間の一生が切れるのだかわからない。考えて見ようとしても、丸で摑まえ所のない様な気がした。私は前足を折って寝て見た。すると、毛の生えていない顎に原の砂がついて、気持がわるいから又起きた。そうして、ただそこいらを無暗に歩き廻ったり、ぼんやり起ったりしている内に夜が更けた。月が西の空に傾いて、夜明けが近くなると、西の方から大浪の様な風が吹いて来た。私は風の運んで来る砂のにおいを嗅ぎながら、これから件に生まれて初めての日が来るのだなと思った。すると、今迄うっかりして思い出さなかった恐ろしい事を、ふと考えついた。件は生まれて三日にして死し、その間に人間の言葉で、未来の凶福を予言するものだと云う話を聞いている。こんなものに生まれて、何時迄生きていても仕方がないから、三日で死ぬのは構わないけれども、予言するのは困ると思った。第一何を予言するんだか見当もつかない。けれども、幸いこんな野原の真中にいて、辺りに誰も人間がいないから、まあ黙っていて、この儘死んで仕舞おうと思う途端に西風が吹いて、遠くの方に何だか騒騒しい人声が聞こえた。驚いてその方を見ようとすると、又風が吹いて、今度は「彼所だ、彼所だ」と云う人の声が聞こえた。しかもその声が聞き覚えのある何人かの声に似ている。

それで昨日の日暮れに地平線に現われた黒いものは人間で、私の予言を聞きに夜通しこの広野を渡って来たのだと云う事がわかった。これは大変だと思った。今のうち捕まらない間に逃げるに限ると思って、私は東の方へ一生懸命に走り出した。すると間もなく東の空に蒼白い光が流れて、その光が見る見る内に白けて来た。そうして恐ろしい人の群が、黒雲の影の動く様に、此方へ近づいているのがありありと見えた。その時、風が東に変って、騒騒しい人声が風を伝って聞こえて来た。「彼所だ、彼所だ」と云うのが手に取る様に聞こえて、それが矢っ張り誰かの声に似ている。私は驚いて、今度は北の方へ逃げようとすると、又北風が吹いて、大勢の人の群が「彼所だ、彼所だ」と叫びながら、風に乗って私の方へ近づいて来た。南の方へ逃げようとすると南風に変って、矢っ張り見果てもない程の人の群が私の方に迫っていた。もう逃げられない。あの大勢の人の群は、皆私の口から一言の予言を聞く為に、ああして私に近づいて来るのだ。もし私が件でありながら、何も予言しないと知ったら、彼等はどんなに怒り出すだろう。三日目に死ぬのは構わないけれども、その前にいじめられるのは困る。逃げ度い、逃げ度いと思って地団太をふんだ。西の空に黄色い月がぼんやり懸かって、ふくれている。昨夜の通りの景色だ。私はその月を眺めて、途方に暮れていた。

夜が明け離れた。

人人は広い野原の真中に、私を遠巻きに取り巻いた。恐ろしい人の群れで、何千人だか何萬人だかわからない。其中の何十人かが、私の前に出て、忙しそうに働き出した。材木を担ぎ出して来て、私のまわりに広い柵をめぐらした。それから、その後に足代を組んで、桟敷をこしらえた。段段時間が経って、午頃になったらしい。私はどうする事も出来ないから、ただ人人のそんな事をするのを眺めていた。あんな仕構えをして、これから三日の間、じっと私の予言を待つのだろうと思った。なんにも云う事がないのに、みんなからこんなに取り巻かれて、途方に暮れた。どうかして今の内に逃げ出したいと思うけれども、そんな隙もない。人人は出来上がった桟敷の段段に上って行って、桟敷の上が、見る見るうちに黒くなった。上り切れない人人は、桟敷の下に立ったり、柵の傍に蹲踞んだりしている。暫らくすると、西の方の桟敷の下から、白い衣物を著た一人の男が、半挿の様なものを両手で捧げて、私の前に静静と近づいて来た。辺りは森閑と静まり返っている。その男は勿体らしく進んで来て、私の直ぐ傍に立ち止まり、その半挿を地面に置いて、そうして帰って行った。中には綺麗な水が一杯はいっている。飲めと云う事だろうと思うから、私はその方に近づいて行って、その水を飲んだ。

　すると辺りが俄に騒がしくなった。「そら、飲んだ飲んだ」と云う声が聞こえた。

「愈飲んだ。これからだ」と云う声も聞こえた。

　私はびっくりして、辺りを見廻した。水を飲んでから予言するものと、人人が思ったらしいけれども、私は何も云う事がないのだから、後を向いて、そこいらをただ歩き廻った。もう日暮れが近くなっているらしい。早く夜になって仕舞えばいいと思う。

「おや、そっぽを向いた」とだれかが驚いた様に云った。

「事によると、今日ではないのかも知れない」

「この様子だと余程重大な予言をするんだ」

そんな事を云ってる声のどれにも、私はみんな何所となく聞き覚えのある様な気がした。そう思ってぐるりを見ていると、柵の下に蹲踞んで一生懸命に私の方を見ている男の顔に見覚えがあった。始めは、はっきりしなかったけれども、見ているうちに、段段解って来る様な気がした。それから、そこいらを見廻すと、私の友達や、親類や、昔学校で教わった先生や、又学校で教えた生徒などの顔が、ずらりと柵のまわりに並んでいる。それ等が、みんな他を押しのける様にして、一生懸命に私の方を見詰めているのを見て、私は厭な気持になった。

「おや」と云ったものがある。「この件は、どうも似てるじゃないか」

「そう、どうもはっきり判らんね」と答えた者がある。

「そら、どうも似ている様だが、思い出せない」

私はその話を聞いて、うろたえた。若し(も)私のこんな毛物になっている事が、友達に知れたら、恥ずかしくてこうしてはいられない。あんまり顔を見られない方がいいと思って、そんな声のする方に顔を向けない様にした。

いつの間にか日暮れになった。黄色い月がぼんやり懸かっている。それが段段青くなるに連れて、まわりの桟敷や柵などが、薄暗くぼんやりして来て、夜になった。

夜になると、人人は柵のまわりで篝火(かがりび)をたいた。その焔(ほのお)が夜通し月明りの空に流れた。人人は寝もしないで、私の一言を待ち受けている。月の面を赤黒い色に流れていた篝火の煙の色が次第に黒くなって来て、月の光は褪せ、夜明の風が吹いて来た。そうして、また夜が明け離れた。夜のうちに又何千人と云う人が、原を渡って来たらしい。柵のまわりが、昨日よりも騒騒しくなった。頻りに人が列の中を行ったり来たりしている。昨日よりは穏やかならぬ気配なので、私は漸く不安になった。

間もなく、また白い衣物を著た男が、半挿を捧げて、私に近づいて来た。半挿の中には、矢張り水がはいっている。白い衣物の男は、うやうやしく私に水をすすめて帰って行った。私は欲しくもないし、又飲むと何か云うかと思われるから、見向きもしなかった。

「飲まない」と云う声がした。

「黙っていろ。こう云う時に口を利いてはわるい」と云ったものがある。

「大した予言をするに違いない。こんなに暇取るのは余程の事だ」と云ったのもある。

そうして後がまた騒騒しくなって、人が頻りに行ったり来たりした。それから白衣の男が、幾度も幾度も水を持って来た。水を持って来る間丈は、辺りが森閑と静かになるけれども、その半挿の水を私が飲まないのを見ると、周囲の騒ぎは段段にひどくなって来た。そして益頻繁に水を運んで来た。その水を段段私の鼻先につきつける様に近づけてきた。私はうるさくて、腹が立って来た。その時又一人の男が半挿を持って近づいて来た。私の傍まで来ると暫らく起ち止まって私の顔を見詰めていたが、それから又つかつかと歩いて来て、その半挿を無理矢理に私の顔に押しつけた。私はその男の顔にも見覚えがあった。だれだか解らないけれども、その顔を見ていると、何となく腹が立って来た。

その男は、私が半挿の水を飲みそうにもないのを見て、忌ま忌ましそうに舌打ちをした。

「飲まないか」とその男が云った。

「いらない」と私は怒って云った。

　すると辺りに大変な騒ぎが起こった。驚いて見廻すと、桟敷にいたものは桟敷を飛び下り、柵の廻りにいた者は柵を乗り越えて、恐ろしい声をたてて罵り合いながら、私の方に走り寄って来た。

「口を利いた」

「到頭口を利いた」

「何と云ったんだろう」

「いやこれからだ」と云う声が入り交じって聞こえた。

　気がついて見ると、又黄色い月が空にかかって、辺りが薄暗くなりかけている。いよいよ二日目の日が暮れるんだ。けれども私は何も予言することが出来ない。だが又格別死にそうな気もしない。事によると、予言するから死ぬので、予言をしなければ、三日で死ぬとも限らないのかも知れない、それではまあ死なない方がいい、と俄に命が惜しくなった。その時、馳け出して来た群衆の中の一番早いのは、私の傍迄近づいて来た。すると、その後から来たのが、前にいるのを押しのけた。その後から来たのが、又前にいる者を押しのけた。そうして騒ぎながらお互に「静かに、静かに」と制し合っていた。私はここで捕まったら、群衆の失望と立腹とで、どんな目に合うか知れないから、どうかして逃げ度いと思ったけれども、人垣に取り巻かれてどこにも逃げ出す隙がない。騒ぎは次第にひどくなって、彼方此方に悲鳴が聞こえた。そうして、段段に人垣が狭くなって、私に迫って来た。私は恐ろしさで起ってもいてもいられない。夢中でそこにある半挿の水をのんだ。その途端に、辺りの騒ぎが一時に静まって、森閑として来た。私は、気がついてはっと思ったけれども、もう取り返しがつかない、耳を澄ましているらしい人人の顔を見て、猶恐ろしくなった。全身に冷汗がにじみ出した。そうして何時迄も私が黙っているから、又少しずつ辺りが騒がしくなり始めた。

「どうしたんだろう、変だね」

「いやこれからだ、驚くべき予言をするに違いない」

そんな声が聞こえた。しかし辺りの騒ぎはそれ丈で余り激しくもならない。気がついて見ると、群衆の間に何となく不安な気配がある。私の心が少し落ちついて、前に人垣を作っている人人の顔を見たら、一番前に食み出しているのは、どれも是も皆私の知った顔計りであった。そうしてそれ等の顔に皆不思議な不安と恐怖の影がさしている。それを見ているうちに、段段と自分の恐ろしさが薄らいで心が落ちついて来た。急に咽喉が乾いて来たので、私は又前にある半挿の水を一口のんだ。すると又辺りが急に水を打った様になった。今度は何も云う者がない。人人の間の不安の影が益濃くなって、皆が呼吸をつまらしているらしい。暫らくそうしているうちに、どこかで不意に、

「ああ、恐ろしい」と云った者がある。低い声だけれども、辺りに響き渡った。気がついて見ると、何時の間にか、人垣が少し広くなっている。群衆が少しずつ後しさりをしているらしい。

「己はもう予言を聞くのが恐ろしくなった。この様子では、件はどんな予言をするか知れな

い」と云った者がある。

「いいにつけ、悪いにつけ、予言は聴かない方がいい。何も云わないうちに、早くあの件を殺してしまえ」

　その声を聞いて私は吃驚（びっくり）した。殺されては堪らないと思うと同時に、その声はたしかに私の生み遺した倅（せがれ）の声に違いない。今迄聞いた声は、聞き覚えのある様な気がしても、何人の声だとはっきりは判らなかったが、これ計りは思い出した。群衆の中にいる息子を一目見ようと思って、私は思わず伸び上がった。

「そら、件が前足を上げた」

「今予言するんだ」と云うあわてた声が聞こえた。その途端に、今迄隙間もなく取巻いていた人垣が俄に崩れて、群衆は無言のまま、恐ろしい勢いで、四方八方に逃げ散って行った。柵を越え桟敷をくぐって、東西南北に一生懸命に逃げ走った。人の散ってしまった後に又夕暮れが近づき、月が黄色にぼんやり照らし始めた。私はほっとして、前足を伸ばした。そうして三つ四つ続け様に大きな欠伸（あくび）をした。何だか死にそうもない様な気がして来た。

からかさ神

小田仁二郎

傘化（かさばけ）

器怪の一種で、一眼もしくは双眼と二本腕、一本足を有する唐傘の変化。長い舌で人を脅かすなどの悪戯をする。

小田仁二郎（おだ・じんじろう）1910-1979

山形県出身。小説家。著作に『触手』『秘戯図』『流戒十郎うき世草紙』ほかがある。

いく度も、張りかえられると、からかさにしても、並みのかさとは違ってくるのかも知れない。ことに、観音の塀にかけられているのだから、なおさら違ってきたのだろう。

この観音の塀には、二十本のからかさが、かけてある。にわか雨や雪にあった人は、誰でも、断りなしにさしていってよい。天気がよくなったら、返しにくる。だれが寄進したものか、今まで一本もなくなっていない。毎年、張りかえて、いく年かたった。

からかさは、だいぶ、とうがたち、自分でもえらがりだしていた。

春の午後であった。

にわか雨にあった男が、一本のからかさを借り、海岸みちを歩いていった。春雨にけむる海は、波もたちさわがず、しごくのんびりした風景である。男も、からかさを、肩にかけ、いそぐふうもなく、鼻唄(はなうた)まじりに歩いている。なんの異変がおきるきざしもない。この時、一陣の風が、どっと沖から吹きよせてきた。のんびり男が、からかさの柄を、握りしめるまもなかった。からかさは、男の手をすりぬけ、舞いあがる。男は舌うちして追いかけるが、もう手もとどかず、からかさは雲のうえに見えなくなった。男は雨にぬれて帰った。

からかさは、雨雲をつきぬける。かさをひろげ、ゆうゆうと飛んでいる。からかさにしてみれば、自分がこんなに飛べる力を持っているとは、いままで、思ってもいなかった。すこぶる得意な面持だ。

「人間なんて、ばかな奴らだ。おれが飛べるというのに、わざわざ、肩にかついで歩いていやがる。肩の上にのっけておけば、おれがうまい工合にしてやるのにさ」

からかさは、あたりの景色を見ようとした。

下は雨雲がたれこめ、せっかくの海ののどかさも、さっぱり眺められない。上もやっぱり雲である。日はどこか横の方にいるらしい。雲にかこまれ、からかさは退屈した。退屈まぎれに、横になってみる。くるりと宙がえりを試みる。誰も見ていない。からかさの妙技もむだになる。すぐに倦(あ)きてきた。からかさに、深い倦怠(けんたい)が、おそいかかってくる。これには手のつけようがないのだ。

やがて日が暮れ、夜になった。

からかさは眠くなった。観音の塀にいた時は、雨さえ降らなければ、ひるも夜も、眠ってばかりいた。それが癖になり、眠くてたまらない。いまは飛行の最中だ。まさか居眠りするわけにはいかないだろう。ひろげているかさの骨も、くたびれ、だるくなり、我慢ができない。からかさは、疲弊困憊(こんぱい)、まさに墜落しそうであった。あいにく、月さえ出ないのである。

「人間の肩の上は、楽だったなあ」

からかさは、四十本の骨をふるわし、乱れた息をはきだした。

雲のなかを、飛び、流れていくにすぎなかった。油が濃く塗ってあるので、破れないのが、せめてもの幸かもしれない。からかさは、西へ西へと、飛ばされていった。からかさに、方向はわからない。日がのぼるのが東、日の落ちるのは西——とは人間の方向だ。からかさには無縁である。雨が降るか、雨があがるかの二つで、充分であった。

一晩中の飛行で、からかさは、困憊した。紙はふわふわになった。骨がゆるんできた。夜が明けると、突然、風がないだ。からかさは急激に落下しはじめる。雲をぬける。黒っぽい緑の風景が、はるか下から、せり上ってくる。ひと眼で、からかさは、野原だと判断した。緑一色が、平面にみえるのだ。落下の速度が加わる。平面の野原が、ようやく、でこぼこにせまってきた。山また山の山ばかり。谷川がひと節の光になった。からかさはがっかりする。どこに降りようと、自分の知ったことではない。木の枝にひっかかり、皮が破けなければ、幸いだ。

からかさが落ちたのは、段々畑である。さくったばかりのやわらかい畑土に、柄がつきささり、その拍子に、かさがすぼんだ。

畑をたがやしていた百姓が、きもをつぶした。

「大変だあ。空から化物がふってきたよう」

段々畑を、一足ずつでとび下り、百姓はかけていった。

ここは穴里という、山奥のその奥の里である。むかしから、誰一人、里の外にも出ず、住みつづけていた。里が完全な世界であった。からかさというもの、見たこともなければ、名前さえきいていないのだ。この怪物が天から降ってきた。きもをつぶすのも、無理ではなかった。

里の人々が、続々と、段々畑に、はせ集ってくる。年寄りも、若いのも、男も女も、赤ん坊までが這いだしてくる。畑土につっ立っている、一本のからかさを、とりかこんだ。

「はて、これは何ものじゃろう」

腰のまがった老人が、くびをかしげる。

「いままで、見たこともないものじゃ。生きものじゃろうか」

「天から舞いおりたのだよう。生きものにちがいあるまいよ」

若くないのが断言した。

「では鳥かのう」

「鳴きもせず、逃げもしないものよ」

「死ねば、鳴きもせず、逃げもしないじゃろう」

「立派に立っているものよ」

「魚かのう」

「畑に立ってる魚、見たこともないものよ」

「鳥でもない、魚でもない、いっそ人間じゃろうか」

「眼も鼻も口もないものよ。喋りもしない人間はあるまいよ」

「唖じゃ」

一人の若い男が、人の間をおしわけ、まえにせりだしてきた。この男は、生半可な、物知りの独り者である。

からかさを、ためつすがめつ、

「わたくしに、少しばかり、思い当るふしがござります。しらべて見たいと存じますが、如何(いかが)でござりますか」

誰にともなくいった。

誰一人、答える者が、なかった。

「よろしいですか。では、わたくしが、ちょいと拝見いたしましょう」

生半可な若い男は、からかさに、うやうやしく一礼すると、両手におしいただいた。からかさを、半分ひらき、骨の数をかぞえはじめる。この男、数をよむのが自慢である。からかさは円い。どの骨が一番目か、すぐに忘れる。二度も三度も失敗した。全部の骨の数が、ふえたり、へったりする。一番目のに、つばをつけてみた。まわしながら数えているうち、方々につばがついてしまう。頭をひねってわらを結ぶ方法を考えだし、数え終ることができた。骨の数はまさしく四十本あった。

若い男は、はっと、ひざまずいた。

「わかりましてござります。畏いことでござります。この竹の数をよむに、まさしく四十本ござります。紙もまた常のものと格別でござります。忝(かたじけな)くも、これこそ名にきこし日の神、伊勢内宮の御神体でござりますぞ。御神体、ここに飛ばせ給(たも)うたのでござります」

物知り男の名察は、まさしく、青天の霹靂(へきれき)である。からかさというものを、見たこともなければ、名さえきいていないのに、文句のつけられるわけがない。穴里の老若男女は、恐れおののいて平伏した。

あわてて塩水をまきちらし、新しい菰のうえに、からかさを、まつり直した。お宮をたてるまで、ひとまず、ここにおいで願うよりほかはないのだ。

にわかに穴里は活気を呈してきた。里中の男が、斎戒沐浴して、山に入り、宮木をひき、萱をかるのが、いく日も続いた。やがて、お宮もできあがり、からかさは、伊勢の御神体として、宮の奥にまつられた。

里の人たちが、毎日、おまいりにくる。からかさは、旅の疲れで、朝から居眠りしている。いくら眠っても、まだ眠い。その眠りもいつか満ちたりたころ、はっと眼がさめたように、自分が神だという自覚に到達した。からかさは何故かものたりない。あれ以来、いっこうに雨にあたらないせいなのか、からかさの頭にはわからない。神の倦怠だと思った。雲のなかを飛んでいた時の倦怠が、またかえってきたのだろう。五月雨がふっていた。お宮のなかには、雨もふりこまない。からかさは、ちっともぬれない。屋根を吹きとばすほどの、嵐がおこり、びしょぬれにしてくれればよいのだ。ぬれてみたい。からかさは思わず、からだをふるわした。

「神は女がほしいのだ」

からかさの慾情のふるえで、神壇が鳴りわたる。外には、五月雨がふりこめているのに、ひとり、ぬれることのできない、からかさ神の怒りであった。

いく日も、神壇は、鳴りやまなかった。

穴里の人たちは、戦慄した。穴里のほろびる時が、きたのかもしれない。神の御託宣をきかなければならないのだ。

生半可な物知りの独り者が、しゃしゃり出て、おうかがいをたてた。

「からかさは、わめきちらした。かまどの前をだらしなくし、油虫をわかした罰だ。油虫は内陣まで汚したぞ。油虫を一匹のこらず殺してしまえ。一匹でも残っていたら承知するものか。もう一つ望みがある。美しい娘を一人、すぐに供えるのだ。もしも供えなかったら、七日のうちに大雨を降らし、人種のないように、降り殺してしまうぞよ」

神の御託宣には、従うべきである。

穴里の人たちは、朝のうちに、油虫を一匹のこらず殺した。ひるから、娘の選択がはじまった。

お宮のまえには、里で指折の美しい娘たちが集められる。まだお歯黒をつけていない、白い歯の娘たちだ。里の古老が、あれがよいか、これがよいかと、せんさくするが、中々決るものではない。娘たちは、みんな、涙を流して、いやがっている。古老には、ふしぎに思えた。このような例は、以前にもないわけではなかった。その頃の娘たちは、涙を流してまで、いやがりはしなかった。いまの子どもは妙である。

「おまえたち、なんで、そんなに嫌なのじゃ。神さまのお供えじゃというのになあ」

困りはてて、古老がきいた。

一人の娘が、うらめしげに、御神体のからかさを見ながらいった。

「あのようでは、とても、わたしたちの命がもちません。せめてあの半分でも……」

「そうか。その嘆きは、もっともじゃのう」

古老には、もうほかに、よい知慧(ちえ)も浮かばない。あとは大雨を待つばかりだ。

「おまちなさいよ。神さまのことだもの、あたしが身代りになりましょうよう」

うしろの方で、色っぽい声がした。

色よい後家として、評判の女であった。

後家は娘ではないが、神さまにしても、供えないより、供えたほうがよいであろう。いく分でも雨の降らせかたが、少ければ、助かるのも道理だ。身代りもほかにないので、いよいよ後家にきまった。

その夜、この後家は、一人でお宮にこもった。夜更けになり、いくら待っても、なに一つ現われてこない。しらじらと夜が明ける。何年にもない楽しみにして待ったのに、露ほどの情もかけてくれないのだ。後家はしん底から腹をたてた。ずかずかと奥にかけこむなり、神壇のからかさを、両手で力一杯握りしめ、

「この見かけ倒しめ」

と、ひき破り、骨をちぎり、ばらばらにして、踏みにじった。

後家の腹立ちは、これでもおさまらない。お宮から走りだすと、あの生半可な独り者の家におし入り、首尾よく望(のぞみ)をとげた。

邪　恋

火野葦平

兵子部（ひょうすべ）

佐賀県や宮崎県など九州に伝わる河童の異称。ヒョウスへとかヒョウスボなどとも。春と秋に「ヒョウヒョウ」と鳴き声を発して、渓流を伝い、山と川とを往還するとされる。

火野葦平（ひの・あしへい）1907-1960

本名は玉井勝則。福岡県出身。小説家。著作に芥川賞受賞の『糞尿譚』や『麦と兵隊』『花と龍』ほかがある。

多良嶽のいただきにうすい雲がながれ、その雲は沈んでゆく夕陽の光をうけて、橙いろに、茜いろに、紫いろに、刻々と変化する。雲だけではなく、みどりの山肌に咲きみだれている桜、桃、梅などの花までが、光の魔法にかかったように、その色を変える。ウグイスがどこかで鳴いているのが、このすばらしい色のしらべに伴奏をしているようだった。そして、まだ真紅の太陽が沈みきらないのに、すでに東の空には大きな月がうす白く、しかしはっきりした渓谷のかげさえ見せて冴えかえっていた。この赤い太陽と青い月とを、東西にながれている松原川が、上流と下流とに二つながら映して、あまり早くないながれをきらめかせている。こういう美しい春のたそがれのなかにたたずめば、詩人は詩をつくりたくなり、画家は絵をかきたくなり、歌手なら唄をうたいたくなるにちがいない。

しかし、さっきから松原川の淵の岩に腰をかけている玉章は、銅像のようにうごかず、憂愁にとざされた顔つきをしてためいきばかりついているのだった。彼女はなにかの容易ならぬ苦悩にとらわれて、景色のうつくしさなどはまったく眼中にはないように見えた。詩人であり、画家であり、歌手でもある才色兼備の玉章が、なにひとつ自分の才能を発揮しようとしないのは、いかに彼女の煩悶がふかいかがわかるのである。

（いったい、どうしたらいいのかしら？）

玉章はいく度考えてもなにひとつ名案が浮かんで来ないのだった。そして、あげくのはてには、

（いっそ、死んでしまいたい）

と、自棄的な感情にとらわれて、悲しげにまた吐息をつく。しかし、死ぬることとてそう簡単には行かないのである。自分一人が死ぬことによって一切が円満に解決すればよいのだが、死ぬことによってさらに問題は紛糾するばかりか、父の鞍置坊や、一門の久保田派全体の没落を早めるおそれが多分にあるのだった。

いよいよ黄昏の光にとざされて行く松原川の淵に、玉章は顔をうつしてみた。昔、ドイツのライン川では、巌頭で、梳りながら、ローレライの魔女が船人をなやましたというが、玉章は反対に悩まされているので、その姿は不景気ですこしも颯爽としているところはなかった。しかし、美しいことはローレライの魔女にも劣らないかも知れない。緑の髪の中央には典雅な皿があり、形のよい背の甲羅は青みどろいろに光っていいようもない風情を示している。なによりもふっくらとした二つの乳房が、ゆたかな胸のうえに、二つの巨大な宝石をちりばめし神聖な祭壇でもあるかのように、妖しくゆらめいていた。涼しい眼とやさしそうな嘴。こういう彼女を見て胸をときめかさぬ男はあるまい。しかし、玉章はその自分の魅力というものが今はうらめしくてならぬのであった。

（美しく生まれて来なければよかった）

玉章は悔恨にとざれた。だれでも女は美しからんことを望んでいる。美しく生まれるか醜く生まれるかで、女の一生は左右される。幸福も不幸も女の場合は美醜とじかにつながっている。玉章とて自分が美女であることがうれしかった。誇りに思い、ときにうぬぼれて傲慢になったこともある。しかし、それが今このような禍の種になって来ようとは夢想だにしたことはなかった。いま彼女は醜女をうらやましくさえ思っているのだった。

「やあ、こんなところにいたのか。ずいぶん探したよ」

背後で声がしたが、ふりかえらなかった。その声が父で、娘を探していた用件も聞かないでもわかっていたからである。

鞍置坊は娘の正面に廻ってきて、

「晩飯の時間になってもお前が帰って来んので、お母さんがとても心配しているよ。それでおれが探しに来たんじゃ。さあ、玉章、いっしょに帰ろう」

「御飯はいただきたくありませんわ」

「そんなこというたらいかん。この間から、ほとんど食事をとらんので瘦せるばっかりじゃないか。それ以上瘦せたら、折角の別嬪が台なしになる。さ、早く立ちなさい」

「お腹すきませんの」

「そんなことがあるもんか。飯を食わねばお腹は空くようにできとるんじゃ。お前を見ただけで腹ペコのことはわかっとる。これ以上食べないと病気になるぞ。今夜はお母さんがお前の大好きな胡瓜もみをたくさん作っとる。茄子も焼いてある。さ、帰ろう、帰ろう」

　玉章はポロッと涙をおとした。

(愛情さえも、みんな政治の犠牲になってしまうんだわ)

　父が、それ以上痩せたら折角の別嬪が台なしになる、といったり、これ以上食べないと病気になるぞといったりした言葉は、父としての愛情よりも、いまは大事な玉を傷物にしてはたいへんという意味の方が強いことを、玉章は知っていた。そう考えれば、心づくしの胡瓜もみも、焼き茄子も、そんなにありがたい気がしない。

　玉章がうつむいたまま黙っているのを見て父はやさしく娘の肩に手をおいた。

「心配するな。兵子部の奴がどんなにお前を所望しても、絶対にあんな成りあがり者のところに、お前をやりはせん。あいつは敵じゃ。あいつらのために、わしたち久保田派の天下だったこの松原川が侵略された。その恨みが忘れられようか。また、簒奪者のくせに、のめのめとお前を嫁にくれなどと、どの面下げていえるのか。盗人たけだけしいとは兵子部のことじゃ。のう、玉章、心配することは要らん。多良派の千歳坊とお前とが縁組できたら、兵子部一門をふたたびこの松原川から駆逐することができるのじゃ。もうしばらくの辛抱、要するにお前の決心ひとつじゃて。いまが親孝行のしどきじゃよ」

　それでも玉章が返事をしないので、鞍置坊はちょっと眼を光らし、威厳をつくって、

「玉章、まさか、お前、まだ戦死した川之介のことを思うとるのじゃあるまいな?」

「いいえ、お父さん、そんなことはありませんわ」

「そんなら、千歳坊との結婚をどうしてそんなに渋る。一門の名誉も、再建も、復讐も、すべてお前ひとりにかかわっとるのじゃ。お前の恋人の川之介も、兵子部軍から殺されたのじゃないか。その仇が討ちたくはないのか。仇を討つためには、千歳坊と縁組する以外にはない。一石三鳥じゃないか」

「お父さん、もうすこし考えさせて下さい」

「考えるところはひとつもないはずじゃがなア……」

気の弱い玉章はそれ以上父に抗うことはできず、しぶしぶと淵の岩のうえに立ちあがった。

○

話は三年ほど前にさかのぼる。

鹿島にあった春日大明神が奈良に遷座することがきまると、その造営の騒ぎはひとかたではなかった。責任者である建築奉行、兵部大輔は頭がうずいた。金がふんだんにあって、どんな予算でも立てられるのならよいが、どうもあまり贅沢もできそうにない。また、兵部大輔には別の考えもあったので、すこぶる頭をなやました。彼は俊敏な役人で、その能力を高く評価されていたが、ヤリ手ということは強慾で、非情で、策略家だという意味も多分にふくんでいる。彼はこの大造営を機に、少々はうまい汁も吸いたいという腹があるのだが、ない袖はふられぬというわけで、どこをどうごまかして私腹を肥やしたらよいのか、急には名案が浮かんで来なかった。名誉心や自尊心もつよいから、すぐに揚げ足をとられるようなまずいことはやりたくないのである。

しかし、やはり智恵者であるから、やがて妙策を思いついた。

（人件費が一番大きい。これを削ることが良策だ）

山から材木を伐りだし、これを運び、切り組み、神社に構築する。完成までに要する人間の数とその賃銀は莫大だ。

「よし」

と、奉行は言葉に出してつよくうなずき、会心の笑みをうかべた。

兵部大輔は匠道の秘法を知っていた。部下に命じて、童子人形を無数に作らせた。別に手をかけることはせず、大ざっぱに木材をけずり、人間の形だけをこしらえさせた。大きくつくると材木もたくさん要るので、三尺くらいの背丈(せたけ)にし、着物の必要もないように、背に甲羅に似たものをくっつけさせた。そして、これに加持して、魂をふきこんだのである。

秘法の霊験はたちまちあらわれて、それまでは無精(むせい)の木彫り人形にすぎなかった童子たちが、クワッと眼をひらき、手足をふってうごきだしたのである。

兵部大輔は童子の大群にむかって演説した。

「これからの諸君の任務は重い。春日大明神造営の神聖なる仕事が、完成するかしないかは、すべて諸君の双肩にかかっている。われらは大いに諸君に期待している。神のため、人のため、骨身おしまず働いてもらいたい」

「承知いたしました」

と、全員が答えた。

奉行はそのうちの一人を近くへ寄びよせた。

「お前はなかなか出来がよいようにある。よって、全体の監督を命じる」

「ありがとうございます」

「名前がなくては不便じゃ。わしがこしらえた童子だから、兵部の間に子の字を入れて兵子部と命名しよう。どうじゃ?」

「結構に存じます」

「それでは、兵子部、部署につけ」

このときから、営々たる童子群の労役がはじまった。その勤勉実直なことはおどろくばかりである。しがない木材から魂をあたえられて生き物に昇格させてもらった礼心（れいごころ）も手つだって、いささかも怠（なま）けるところがなかった。それまで使われていた人夫たちはすべて失業してしまって、新しくあらわれた奇妙な子供の労働者たちを、あっけにとられて眺めているばかりだった。今なら組合でもできていて、クビキリ反対の運動がおこり、春日大明神の建築現場は赤旗にとりかこまれるところであろうが、そのころは庶民になんの力もなかった時代だから、ただ代表者が懇願に来ただけである。それも兵部大輔に一蹴されると、失業者たちは泣き寝入りになった。

造営はおどろくほどの早さですすんだ。兵部大輔は大よろこびだ。

「感心な者どもじゃ」

と、お世辞をいっておだてあげた。

愚直な童子たちは褒められると、さらに図に乗って馬力をかけた。このため、春日大明神は予定の半分も経たぬうちに、りっぱに完成した。奉行のプランはことごとく図にあたったのである。無論、莫大な剰余金が兵部大輔のふところにころげこんだことはいうまでもない。

盛大な竣工式がもよおされた。当日のすばらしいにぎわいのさまは旧記にたくさん書きのこされているが、不思議なことに、どの文献を渉猟しても、童子人形のことが書かれていない。いうまでもなく、これは兵部大輔の陰謀で、彼は後世にこのことが伝えられることを恐れたのである。そこで、記録係に厳命をくだしたのみならず、兵子部をはじめとする童子群を竣工式に列席せしめなかった。童子たちはその日を楽しみにし、その日こそ自分たちの労のむくいられる日として、指折り数え待っていたのに、竣工式はかれらの知らぬ間にすんでしまった。

「いよいよ、明日は思う存分楽しめるぞ」

「苦しい重労働だったなあ」

「でも、おれたちの力で、お宮ができたんだ。おれたちが第一の功労者といってよい。明日はうんと御馳走してもらえるだろう」

「底ぬけ騒ぎをやろうな」

「めでたい、めでたい」

こんな風に童子たちが、胸をわくわくさせながら、宿舎になっていた三笠山の裏手の森で、翌日を楽しんでいたその日、竣工式がおこなわれていたのであった。案内の通知状は来ていた。

しかし、兵部大輔はわざと日附をまちがえさせておいたので、童子たちはまんまと一杯食わされたわけである。

翌日になって、これを知ったとき、兵子部をはじめ童子たちは泣いて口惜しがった。しかし、通知状の書きあやまりときけば、いかんともする術はなかった。

兵部大輔はいかにも気の毒にたえぬ様子で、兵子部をなぐさめた。

「とんだ手ちがいができたものじゃのう。通知状を書いた祐筆奴、不都合きわまる。しかと叱りおいた。じゃが、これもわしの罪、忙しさにまぎれて点検をせなんだのが手落ち、許してくれ」

祐筆を叱ったどころか、褒美をとらせたことはいうまでもない。

兵子部は涙をうかべて、

「昨日、式場にわたくしどもの姿がなかったことをお気づきにはならなかったのですか」

「とんと気づかなかった」

「これだけ大勢の者が、しかも当然、参列しなければならぬわたくしどもが、式場にいないことに気づかれなかったというのは、おうらみに存じます。お気づきになって、早速お使いを下さいましたならば、すぐに参上できましたのに、……」

「なにぶん眼のまわる忙しさでな。帝の御きげんを奉仕するだけで、もう一杯一杯だったもんだから……」

天皇陛下をもちだされると、童子たちも二の句がつげない。うるさくなって来ると、すぐに帝(みかど)をもちだして、トドメをさすやりかたは日本役人の歴史的習慣のようであった。

兵部大輔は金銀蒔絵(きんぎんまきえ)の箱から、ノシをつけた一枚の紙をうやうやしくとりだした。

「兵子部、これを帝からお前たちに賜わった。ありがたくお受けせよ」

奉行がかえった後、それをひらいてみると、春日大明神の造営にあずかって功があったことに対する感謝状であった。

○

童子たちはなお待っていた。竣工式には洩れても遷座祭には招待されるであろうと思ったし、その前になにぶんの褒美をくだされるにちがいないと信じたからである。

ところが、いつまで経ってもその沙汰がないので、みんなから依頼をうけて、兵子部が兵部大輔のもとに伺候した。行ってみると、以前とは打ってかわった大邸宅に変っている。ペンペン草の生えていた釘貫門(くぎぬきもん)のかわりに、金銀のかざりのついた冠木門(かぶきもん)が新しくつくられてあり、花の咲きみだれたひろい庭には石灯籠や水鉢やが典雅にしつらわれ、池には優美な遊び舟が浮いていた。これを見ただけで、兵部大輔がこんどの造営でどんなに儲けたかがわかった。

(これもみんな、おれたちの血と汗のおかげだ)

兵子部は腸(はらわた)の、煮えくりかえる思いをしながら、それでも面にはあらわさず、庭の芝生に膝をついて、兵部大輔の出て来るのを待った。やがて、奉行が肩を怒らせて、尊大な様子で縁側にあらわれた。

「なに用で参った？」

うるさそうな語調である。

「実は……」

兵子部はいいよどんだが、暫時のためらいの後、童子たち全員の希望をつたえた。

兵部大輔は眉をよせて、

「なに？　褒美？　褒美はとらせたではないか」

「なにもいただきませぬ」

「かしこくも、もったいなくも、帝の感謝状を賜わったのに、なにもいただかぬとは、たわけ者奴」

「あれは一枚の紙片にすぎません」

「無体なことを申すな。帝の感謝状以上の褒美がどこにあろうか。そのうえに、まだなにかくれとはあきれはてた慾張りどもじゃわい」

「あれきりでございますか」

「いうまでもないこと」

「それはあんまりでございます。わたくしどもは、長い月日、昼夜の区別もなく、汗をながし、営々として、早くお宮をつくりあげようと……」

「そんな繰り言、きく耳持たぬ。帰れ」

縁の板をふみ鳴らして、兵部大輔は奥へ引っこんでしまった。

三笠山のふもとにかえって来た兵子部がこのことを告げると、さすがに暗愚で忍耐づよい童子たちも怒りだした。一様にブツブツと唇を尖らせて愚痴をいったり、恨みを述べたり、兵部大輔の冷酷を罵倒したりしたので、だんだん唇が嘴に似て来た。しかし、かれらはどうしたらよいかはわからないのである。こんなに苛められていても、木材であった身に入魂してもらった恩義はわすれかねていたので、復讐のため、全員が兵部屋敷へ乱入するまでの決心はつかなかった。はじめて人間へ不信を感じたのだが、伝説の掟はきびしく、あたえられた魂の所在については、つねに上下の区別が歴然として、童子たちは直接兵部大輔を攻撃することもできないのであった。

しかし、今度は兵部大輔の方が童子たちをうるさく思いはじめた。ほっておくとまたなにやかやと面倒なことをいって来るかもわからない。すでに利用価値はなくなったのだから、もういなくてもよいのである。いない方がよいのである。そこで、兵部大輔はふたたび匠道の秘法をおこなって、童子たちを身辺から遠ざけようと考えた。といって、いったん魂をふきこんだ者をもとの木材にかえしてしまうのは、殺人行為に等しくなってしまうので、人間としての精を抜いてしまうことにした。

前とは逆の形式の加持がおこなわれた。匠道の秘法に対しては、童子たちもまったく抵抗ができない。兵部大輔は童子たちから人間の言葉を封じとってしまうと、部下に命じて、頭のテッペンを削らせ、ことごとく川のなかに投げすててしまった。このときから、兵子部をはじめとする童子たちは河童に生まれかわったのである。奈良地方ではカワソウと呼ばれた。

忍耐にも限度がある。もはや復讐の鬼となった河童たちは、やたらにこのあたりの子供たちを川へ引きずりこみはじめた。溺れると尻子玉(しりこだま)をぬいて食べた。どういう匠道の秘法からかはわからないが、削られた頭はいつか皿と変って、そこに水分がなければ、力も抜け、気分もわるくなるようになった。つねに、まんまんと頭の皿に水をたたえて居れば、人間の子供はもちろん大人でも、牛でも馬でも楽々と川へ引きこめるほどの力が出て来るのだった。それなのに、その強い力を当面の敵である兵部大輔に用いることができなかった。やはりきびしい伝説の掟による。精(せい)をぬかれて、人間から河童に没落したけれども、魂そのものはなお残っていたからであった。そこで、かれらは江戸の仇を長崎でという筆法にならったわけではないが、子供たちを川へ引きこみはじめたのである。そして、

「いつか、憎い兵部大輔の子供を引きこんでやる」

その念願に燃えていた。

ところが、この行為は春日大明神の忌諱(きい)にふれた。この正義感にあふれる検事のような神様は、うむをいわさず、兵子部以下カワソウ全員を追放して九州へ流してしまった。

なぜ九州くんだりまでも放逐したかというと、九州が河童の本場だからである。昔インド・デカン高原の北方につらなり、ヒマラヤ山脈のふもとにひらけたタクラマカン沙漠を通過して、近東方面から河童の大軍が東方へ移住した。水をもとめての放浪であった。かれらは蒙古から中国を経て、日本にわたり、美しい川の豊富な九州に住みついた。その大頭目が筑後川の九千坊である。そのほか、九州各地の河川にはそれぞれ河童の頭目が住んでいる。そういうとこへ

追いやれば、兵子部一門もあまりのさばれまいと、春日大明神は考えたのであった。

〇

「たいへんなことになりましたな」

と、部下たちは西への旅の途中で、頭目兵子部の顔を見てはためいきをついた。奈良から九州までは途方もなく遠かったので、カワソウたちはへとへとに疲れ、流謫の傷心と相まって、たれも元気がなかった。早くどこの川でも沼でもよいから、休みたかった。普通なら馬の足跡に雨水がたまったところにさえ、三千匹も入ることができる河童のことであるから、せまい沼でも池でもよかったのだ。しかし、数万をかぞえる大部隊では、相当にひろい場所を必要とした。ことに、春日大明神の命によって、関門海峡から東には絶対に棲息することを禁じられていたので、重い身体をひきずるようにして西へ西へと旅しなければ仕方がなかった。

部下たちが愚痴をこぼすたび、

「元気を出せよ。九州までたどりつけば、きっと住み心地のよい川か湖かがあるから」

兵子部隊長は部下をはげまし、大声で士気を鼓舞するのがつねだったが、実はかれ自身が失意にうちのめされていて、ともすると、勇気がにぶり勝ちになるのだった。

やっと関門海峡までたどりつくと、斥候のため先発した数匹の河童が、一隊の到着を待ちかまえていた。

兵子部は息をはずませてきいた。

「どうじゃ、新しいよい棲家が見つかったか?」

斥候兵は本隊に劣らぬほどの疲れはてた顔つきで、

「よいところはたくさんございます」

「それはありがたい」

兵子部のおどりあがるような語調とともに、大勢の部下たちもよろこびでどよめいた。

「しかし……」と、斥候は眉をよせて、声をくもらせた。眼にふかい愁いがただよっている。

「しかし、どうしたのじゃ。早く、その新しい棲家のあり場所を報告しろ」

「住み心地のいいひろい川はたくさんあります。けれども空家はありません。どこの川にも先住者が居りまして、早くから自領と定め、眷属をもって堅めています。特に筑後川は大頭目九千坊ががんばって居りまして寄りつくこともできません。ここにいちいち報告は申しあげませんが、どこの川にもひとかどの頭目が縄張りをつくっていまして、他所者の入る余地などまったくありません。まして、三匹や五匹ならともかく、三万ものわれわれ眷属が棲める川など一つもないといってよろしいでしょう。方々の頭目に逢って、わけを話して頼んでみましたが、どこでも締めだしをくらいました」

この報告に、たった先まで歓喜でどよめいた河童たちは、いちどきにしなびはてた。

兵子部は焦躁の面持で、なおも斥候兵にたたみかけた。

「空いた川は一つもないというのだな?」

「はい、一つもありません」

「どこの川でも、絶対にわれわれを入れないというのだな？」

「はい、さようです」

「そんなら、どこかの川で、弱そうな一族はないか」

「弱そうな一族？」

オウムがえしした斥候河童は、ちょっと首をひねって考えこんだ。あまり経たぬうちに、膝をたたいた。

「ございます、ございます」

「どこじゃ？」

「佐賀の松原川に、鞍置坊（くらおきぼう）という老頭目が居ります。これはもはや中風（ちゅうぶ）の出たヨボヨボ隊長でありまして、その部下の数も多くはなく、弱兵ばかりのように見うけました」

「よし」と、兵子部はうなった。「その松原川を攻めおとすのじゃ。それ以外の方法はない。人口問題を解決するために、人間どもが戦争ばかりしている意味がいまわかった。戦って奪うの一手じゃ」

「侵略戦争をおこすのですか」

「生きるためには仕方がない。………ものども、勇気を出せ。ふるいたて。葦（あし）の剣をとれ。これより佐賀の松原川にむかって進軍する。われらの生命と生活とをかけて、乾坤一擲（けんこんいってき）の大勝負をいどむのじゃ。敵がいかに強くとも、量（りょう）をもって押しよせれば勝利はこっちのもの、必勝の信念をもってたたかえ。住むに家なくして山野にのたれ死にするか、新しい快適の棲家（すみか）を得るか、二つに一つじゃ。兵子部一門浮沈のわかれ目、ぬかるでないぞ」

「おおう」

と、部下たちも雄たけびの声をあげた。勇しい鬨の声というよりも、やけくその喚きといった方がよかった。絶望は勇気の根源となる。途中少からぬ落伍者を出して、ほとんど虚無的となりつつあった河童の一団は、わずかに見つけた一つの希望にむかって、猛然と立ちあがった。

やがて、佐賀の松原川で合戦がはじまった。おどろいた鞍置坊一門は侵略者をむかえて、壮烈にたたかった。けれども、戦争はあっけなく終った。久保田派のうちでも、鞍置坊の部下には豪勇の者が多かったのだが、なにしろ数が段ちがいであった。人海作戦にひっかかったようなものである。戦死者は兵子部軍の方が段ちがいに多かったのに、全体の比率から行くと、鞍置坊方は全滅に近い損害をうけることになって、遂に涙をのんで白旗をかかげた。

兵子部は満足した。多くの部下をうしなったけれども、松原川を占領することができて、とにかく安住の地を得たのである。その会心の気持から、全面的降伏をした鞍置坊軍に寛大な措置をとった。松原川の一角で、多良嶽が正面に見える鈴ケ淵を敗北者にあたえたのである。

しかし、このとき、勝利者たる兵子部に、思いもかけぬ一つの大きな悩みが生じたのであった。恋である。

○

生まれてはじめて味わう感情であった。兵子部は胸中をさわがせ、全身の血をたぎらせる奇怪な衝動に、われながら当惑した。春日大明神造営のときにも、松原川攻撃のときにも、嘗て(かつ)感じたことのなかった不思議なこころのうごき。

（一体、これはなんとしたことか。おれは病気になったのではないか）

自分で自分がわからない。ただひとつ、わかっているのは、明けても暮れても、玉章(たまずさ)の面影が忘れられないことだけであった。

（すばらしい女だ）

苦しい熱いためいきをついて、兵子部は合戦の日以来のことを思いだす。

松原川の乱戦のなかでは、武勇伝もあれば、滑稽な曲芸のような組み打ちもあり、戦闘がこわくて逃げまわる卑怯者の醜態もあった。水中でたたかい、土堤(どて)でたたかい、岩や木のうえでたたかい、凄絶(せいぜつ)をきわめていた。兵子部軍は葦、鞍置坊軍は芒(すすき)をひらめかして、そのかちあうところから火花を散らしていたが、両軍のなかで、どちらにもひと際目だった荒武者が一人ずついた。攻撃軍の方では隊長の兵子部である。もともと神社造営のための大工として、木材人形に入魂させられただけなので、武術の心得などはなかったのだが、絶望から来る必死の勇と、隊長としての責任観念とから、自分でも想像していなかった不思議な力がどこからか湧きでて、兵子部の武者ぶりはめざましかった。部下たちもこれに鼓舞されて、よくたたかった。

「卑怯者、逃げるな」

兵子部は一匹の敵を岩のうえに追跡した。その河童はさっきからおろおろしていて、満足に芒の剣をふりかざしたこともない。しかし、敵軍のうちでは責任ある階級の者らしく、他の河童にしきりに突撃命令をくだしていた。けれども、自分は突撃するどころか、危険の少い場所をえらんでは退却ばかりしていた。

兵子部は岩のうえで、彼をおさえつけ、葦の剣をうちおろそうとした。その腕をなに者かにつかまれた。兵子部はふりかえった。下敷きになって、

「助けてくれ。殺さんでくれ」

と泣き声で喚きつづけていた弱虫河童は、その拍子にまた逃げてしまった。

「わたしが相手になりましょう」

見ると、女河童であった。兵子部はぎょっとした。自分の部隊にも女河童はたくさんいるが、非戦闘員であって戦闘には参加していない。敵もそうかと思っていた。ところが自分に挑戦してきたのが女であった。のみならず、その美しさはいいようがない。女は笑っているときよりも怒っているときの方に妖しい美しさがにじみでるものだが、侵略者へのはげしい怒りがその女河童の眼に燐(りん)のように燃え、兵子部は威圧された。

思わず、ぼんやりとなった瞬間、すさまじい勢(いきおい)で、芒の太刀をうちかけられた。あやうく受けることができたが、足をすべらせてパシャンと岩から川に落ちた。すぐ立ちなおって女とたたかったけれども、ともするとたじたじとさせられた。それは兵子部の心に、

(敵でも、こんな美しい女を斬ってはならぬ)

という惻隠(そくいん)の情がわいたことが、太刀先をにぶらせたものといえよう。

乱戦のうちに、いつか女河童を見うしなったが、それからは兵子部は敵とたたかいながら、

女の姿を求める気持になっていた。見つけたときには、自分の部下がさんざんにやられていた。兵子部は部下を助けようとはせず、女河童の武者ぶりに見とれた。

この女河童が鞍置坊の娘玉章(たまずさ)であった。岩のうえに追いつめた兵子部がもう一撃でたおそうとした臆病河童は彼女の恋人の川之介であった。川之介は玉章には救われたが、とうとう、攻撃軍の名もなき雑兵に殺されてしまった。そして、戦が終ったのである。

(すばらしい女だ。あんな女を妻にしたい)

休戦条約が締結(ていけつ)され、鞍置坊一門が鈴ケ淵に蟄居(ちっきょ)してから、兵子部はもう矢も楯もたまらず、そう思うようになっていた。そこで、正式に、鞍置坊を通じて求婚したが、

「しばらく返事を待ってもらいたい」

という返事だった。

兵子部は忍耐した。実は、松原川を侵略占領したことについては、内心多少は良心のうずきを感じていたので、このうえ、さらに戦勝の余波をかって、強圧的に女をさしだせとまではいえなかった。また、そのために第二次大戦がおこるとすれば、兵子部の名声も地に落ちることになる。松原川攻撃のときにはやむにやまれぬ必要からという理由があったが、女に惚れたからというのでは大義名分が立たぬ。兵子部は苦しんだ。彼は日夜、思いなやみ、馬鹿のひとつ覚えのように、心中で同じ言葉ばかりをくりかえした。

(一体、どうしたらよいか?)

（一体、どうしたらいいのかしら？）

○

この憂悶は玉章の方も同様であった。父鞍置坊からは、多良派の千歳坊（ちとせぼう）と縁組するようにくどかれている。千歳坊は五千近い部下を擁している頭目であるから、もし二人が結婚すれば、兵子部へ対抗する一大勢力をきずきあげることができる。兵子部一門は戦争のときに大半をうしない、いまは六千匹くらいしか残っていない。鞍置坊はかならず復讐と失地回復とができると信じているので、なにがなんでも玉章と千歳坊とを夫婦にしたかった。彼にとっては無力な川之介が戦死したことがもっけの幸ですらあった。

ところが、娘がなかなか、うんといわないのである。考えさせてくれという。

「考えるところなんて、なにもないじゃないか」

鞍置坊ははがゆくて仕方がない。まったく、どこから考えたって、考える余地があろうとは思えなかった。

しかし、封建性の権化（ごんげ）である鞍置坊には大きな盲点があった。女心（おんなごころ）である。娘が不思議な心情にあることなど、父には想像もつかぬことだった。不思議な心情――憎い敵であるはずの兵子部に対する慕情（ぼじょう）である。このごろの玉章の心のなかで、兵子部の姿はしだいに濃く大きな影となりつつあった。

（なんという男らしい人であろう）

理窟でも、常識でも、判断のできない奇怪な感情、理性をもっておさえてもおさえてもわきあがって来る息苦しい情熱——玉章はもはや死ぬほどの煩悩のなかにあった。美男子の川之介を恋人として格別不満も持たずにいたのだが、合戦がはじまったとき、その臆病さにあきれはてた。たれでも土壇場になるとその正体をあらわす。そのひとの真の価値はギリギリの場に立ったときしかわからない。日ごろ立派な口ばかりきいていたのに、川之介の行動は卑怯というより、嘔吐(おうと)の出そうな醜態であった。死んでよかったとは思わないけれども、今は恋人の戦死をそんなに惜しむ気持もない。いや、玉章の心の奥の奥には、だらしない川之介の死をよろこんでいる残忍の気持がひそんでいなかったとはいえない。彼女の胸のなかには、いまや、たった一人の男性、敵将兵子部がいるだけであった。

「玉章、お前、まだ考えとるのか。多良派の方からは催促が来とるぞ。早い方がええんじゃ。兵子部の成りあがり者奴等(ものめら)が、この松原川の地理に通ぜぬうちに、復讐戦をやらねばならぬ。この間は不意打ちをかけられたので、敗(ま)けをとったが、おもむろに作戦を練ってやれば、こちらに分がある。な、玉章、早く決心してくれ」

「あたしはもう戦争はいやでございます」

「だれも戦争の好きな者はいない。じゃが、相手が相手なら仕方はない」

「そんなことおっしゃって、今はもう平和ではありませんか。この平和に強(し)いて波風(なみかぜ)を立てなくてもよろしいではありませんの」

「たわけ奴(め)、お前はこのままでええというのか。この屈辱(くつじょく)に甘んじているというのか。伝統ある松原川を他所者（よそもの）に奪われながら、泣き寝入りしろというのか。おれは絶対にいやじゃ。あくまでも兵子部族をこの松原川から放逐してしまうまで戈（ほこ）はおさめぬ」

「でも、兵子部軍にはとても勝（か）ち目がないわ」

「だから、多良派と組もうとしとるのじゃないか。それくらいのことがわからんか。なんでもええ、一日も早く、千歳坊と祝言（しゅうげん）してくれ」

「お父さん、もうすこし、もうちょっとでいいから、考えさせて……」

「一体なにを考えるのか。おれにはわからん。その考えというのをいうてみれ」

「いいえ、それは……」

「よろしい、あと一日（いちんち）待つ。明後日（あさって）、はっきり返事をするのだぞ」

○

玉章の考えていることが、兵子部に伝わったならば、悲劇はおこらなかったかも知れないが、まったく伝わらなかったために、意外に早く破局が来た。

玉章を恋いこがれながら、どうしたらよいかわからなかった兵子部は、有明海（ありあけかい）の龍神（りゅうじん）にうかがいを立てた。ところがこれが途方もない神様で、すでに盲目（もうもく）同様になっていた兵子部へおだやかでない託宣をたれたのである。龍神はおごそかにいった。

「兵子部よ、お前の望みがかなう方法がたった一つある。それがお前にできさえすれば、玉章はお前のものになる」

「あの女と夫婦になれるのでしたら、どんなことでもいたします」

「よし、では、本日以後、千人の子供を自分に献じよ」

兵子部はよく意味が飲みこめなかったので、

「と申しますと？　……」

「お前たちは子供を川に引きずりこんで、尻子玉をぬくのが専門ではないか。おれは尻子玉は要らぬから、お前たちがそれを抜いたあとの屍骸を、おれのところに献げれば(ささ)よい。千人目がおれの食膳にのぼったとき、玉章はまちがいなく、お前の女房になるであろう。どうじゃ？」

「やります」

兵子部は断呼として答えた。

その日から、松原川にはひんぴんとして子供が引きこまれはじめた。嘗て(かつ)、冷酷な兵部大輔に復讐するため、奈良の川に子供を引き入れて、春日大明神に追放されたことなど、兵子部はきれいに忘れているようだった。玉章を得たい一心で、眼も心もくらんでいた。彼は部下にむかって、一日も早く千人の数にとどくよう、子供を引きこめと命令をくだしたが、そのときの眼のいろは狂気に近い光を放っていた。奈良のときは全員に復讐の気持があり、関門海峡でも全員に侵略の意志があったので、兵子部の命令にも颯爽としたところがあったが、いまは、単に自分一個の思いをとげようというエゴイズムからの命令なので、それには暴君の専制政治のにおいがしていた。

「たくさんの子供を早く引きこんだ者に、褒美をとらせる」

そんなことをいいだすようになって、兵子部はもはや一個のギャングの親分の様相を呈して来た。子分たちにまかせず、自分も卒先して子供を引きこむ仕事に没頭した。

松原川が危険な川となるにおよんで、人心は騒然となって来た。子供はもちろん、子を持つ親はおびえ、領主鍋島日峰はこの河童の害をのぞくために、みずから陣頭指揮をとって乗りだしてきた。

松原川の川上に淀姫神社がある。鍋島の殿様は家来とともにそこへ参拝し、神前にぬかずいてカワソウ征伐の悲願を立てた。悲願の五ツ巴である。鞍置坊の復讐の念も悲願であれば、有明海の龍神の千人の子供を食べようという希望も一種の悲願といえた。それについて語るとまた別の長い物語になってしまうが、龍神は天草島(あまくさとう)にいる鬼神(きじん)と、つねに海と陸とで葛藤(かっとう)をつづけて居り、あるとき約束しあった縄張り確保のために、どうしても千人の子供を必要としているのであった。これらの悲願も大きなものであろうが、兵子部の悲願がさらに輪をかけて狂熱的であることはいうまでもあるまい。

(どんなことがあったって、玉章をおれのものにするんだ)

兵子部はもはや阿修羅(あしゅら)に近かった。

「どうもこのごろ、大将は変だぞ。奈良のときとはまるでちがうじゃないか」

「あんまり子供を引きこんでると、また奈良の二の舞を演じるのが心配だ。殿様まで出て来て、カワソウ征伐の祈願をはじめたから淀姫神からまた追放されるんじゃないか」

「今度追っぱらわれたら、もう行くところはない」

「だめだめ、おれが何度も忠告したんだ。だが、絶対にききはしない。それどころか、やめさせようとすると――なにもいわんでおれを助けてくれ。頼む……なんていって涙をながすんだよ。どうもおかしい」

「気がちがってるんじゃないか」

「そうとも思われんが、……」

河童たちは集まると、かならずこういう評定をするのであったが、頭目兵子部の行動の意味はまったく理解できなかった。しかし不可解ではあっても、兵子部の行動には一種おかしがたい厳粛なものがあって、部下たちを彼と同様の子供引きこみ作業に没頭させる力をもっていた。奈良以来、河童たちは兵子部に心服している。松原川に安住の地を得させてくれた恩義も感じているし、部下のなかには兵子部を英雄として、額に肖像をかかげ、共産党のように、いつでもかつぎまわりたいと考えている者もあるほどだった。なにかわからないが、とにかく部下たちは兵子部に協力し、裏切者は出なかった。無論子供を引きこめば、おいしい尻子玉にありつけるという物資慾も手つだっていたわけであろう。かくして、松原川における被害は続出した。

五ツ目の悲願は玉章である。しかし、彼女の兵子部に対する慕情は、まったく表にあらわれないものであったので、たれ一人知っている者がなかった。けれども、玉章は遂にかなしい決意をしなくてはならなくなった。愛する兵子部が突如として、子供を松原川に引きこむという残忍無類の行動をはじめたからである。しかも、それが自分を得るための行動と知って茫然となった。有明海の龍神に仕えている魚で、彼女と親しい者が或るときそのことを知らせてくれた。玉章は卒倒せんばかりにおどろき、そのとき、自分がなにをなすべきかを知った。

(あたしさえいなければいいんだわ)

或る夜玉章は胡瓜の花に青苔を塗った毒薬(どくやく)をあおいで自殺した。

鞍置坊夫婦は愕然とした。しかし、かなしみよりも政治の方が大切だったので、玉章の死を発表せず、なお生きていることに装った。娘をエサに多良派の千歳坊から、軍資金をとるだけとろうという魂胆であったし、兵子部もいっそう荒れさせて、淀姫神から追放させるか、鍋島の手に捕えさせるか、どちらかにしようという下心もあったのである。

恋人の死んだことなど知らない兵子部は、いよいよ自分の目的達成に邁進した。しかし、あせりはやはり失敗のもととなる。近ごろは松原川に近づく子供がいなくなつていたために、すこし遠くまで出かけて行くようになっていたが、子供の守りは厳重だった。このため、遂に兵子部は鍋島藩の豪傑、渡辺馬之亟(うまのじょう)にとらえられてしまった。馬之亟は子供人形をつくり、これを囮(おとり)にしたのであった。兵子部は周囲が全部岩でできているせまい牢屋に入れられた。

大将がとらえられたので、兵子部一門も逼塞(ひっそく)してしまった。有明海の龍神は地団駄ふんで、催促をしたり、請求をしたりしたがカワソウたちは龍神の命令はきかなかった。

鍋島の殿様はときの名工、記田(きだ)の万匠(まんしょう)に、木で河童を彫らせ、淀姫神社に奉納した。松原川の河童の害はやんだ。殿様は名君とたたえられ、尊敬された。こんなことは知らず、愛する頭目をうしなった河童たちは、もう生きている気もなくなったように川底に沈んで泣いていた。

松原川に異変がおこった。清いながれであったのに、急にドロドロした青苔いろになって、たえがたい臭気をはなった。すべての魚は死滅して、川面に白い腹を見せて浮きあがり、流れとともに有明海に出て行った。このにおいをかいだ者は頭痛がして病気になり、うっかり水にぬれた者はそこだけ腐ってウミが出た。しかし、これも数日のことでまた松原川はもとの清流にかえった。悲しみのあまり死んで溶けてしまった兵子部一門の河童たちが、川の水をにごしたのであるから、ひとりもいなくなってしまえば、また清水にかえる道理であった。

殿様の命をうけて渡辺馬之亟は兵子部を斬首するため、牢に出かけて行った。岩の戸をひらいてみると河童はいなかった。どろりとした青苔ようの液体が、牢のなかにたまっているだけであった。馬之亟は鼻をつまんだ。形容することのできない異臭であった。そのとき以来、豪傑馬之亟は神経に異常をきたし、白痴となって一生を終ったということである。

時やよしとばかりに、鞍置坊は娘玉章の死を発表した。むろん自殺とはいわなかった。病名は脳細胞血管の破裂であった。

山妖海異

佐藤春夫

河童（かっぱ）

水辺に棲む怪。一般には頭部に皿、背中に甲羅を有する小児の姿とされる。相撲と胡瓜が好物で、人や動物を水中に引き入れ尻子玉を抜くという。メドチ、エンコウ、ガタロ、カワタロウなど地方により様々な異称がある。

佐藤春夫（さとう・はるお）1892-1964

和歌山県出身。詩人、小説家。著作に『田園の憂鬱』『殉情詩集』『晶子曼陀羅』ほかがある。

秋風や酒肆に詩うたふ漁者樵者　　蕪村

熊野という地方は、古代では、もと一国であったという。西は有馬皇子の結ぶ松で知られた岩代（田辺市に近い切目川と南部川との中間あたりにある）から、東は伊勢と国境を接して、荷坂峠から花板峠を経て大台原山の稜線を吉野川の源のあたりまでつづいていた。すなわち現に和歌山県の東牟婁と西牟婁、三重県の南牟婁と北牟婁という風に、古の熊野の国は今、新宮川によって両断されて二県にわたる東、西、南、北、牟婁の四郡の地なのだから、地域はそう狭いというのでもないが、国の大部分は深山幽谷で海岸にも河川の流域にも平地らしいものはほとんど見られないから、民は心細げに山角と海隅とに居を営んで、魚介禽獣や山の樹や海の草より人間の少い世界である。だから、一国とするには足りない小国と見て、地つづきの同じ小国木の国と合併して一国とし、紀伊と名づけられ、熊野は終にその一隅になってしまった。

地図を開けば明かなように、海は山に迫り、山は海を圧してこげ茶色の山地と藍色の海との外にはおおよそ七十里に及ぶ海岸線にも多くの河川の流域にも、平野のしるし緑色はごく細く断続して見られるばかりである。こういう地勢をほかで見つけようとすると裏日本では越後と越中との国境のあたりに地域は比較にならぬほど狭いがそんな場所があると見たのが、名に聞く親知らずであった。世界的には喜望峰のあたりが、どうやらそんな地勢らしい。

折口信夫（おりくちしのぶ）さんはいつぞや、熊野では伊勢寄りの土地が景色がよいようですと云（い）っていたが、さもあろうと思えた。志摩半島の西側につづく熊野の西端北牟婁郡には海山（みやま）町と云う町名があるのを見ても知れるとおり、海と山との最も近く迫り合っている場所で、それが西へ行くほど激しくなって荷坂峠の麓（ふもと）にある熊野最西端の町、長嶋あたりでは海と山との一番遠いところでもせいぜい十五メートルあるなしだという。

こういう地域だけに伊勢の方から入るとすれば山又山の山道が険しいし、東の方からはすべて荒海を渡らなければならないため、海山に遮られて交通は不便を極め、現に紀伊半島を一周して名古屋から大阪に出ようとする鉄路も、たしかこのあたりのトンネル工事に難渋して停滞している。

こういう場所では海や山も天然のままの姿をよく保っているし、人間の生活や性情も古の風を失わないでいるものである。ただ農耕の地は無いから、住民は漁者（ぎょしゃ）でなければ樵者（しょうしゃ）というわけで、彼らの語り伝える話題も海や山にだけ限られ、それも怪異の談が多いのは彼らも世の中から離れた日常生活の単調に堪（た）えないからであろう。海妖と山異との間に、彼らは僅（わずか）にその生活感情をいくらか託しているが、それとても主題は生の不安と死の恐怖とのいかにも原始的なもので、この地方の漁者樵者は、さながらに朴訥（ぼくとつ）な古代人のおもかげをとどめているのは彼らの民話によって見るべきである。

「日の出湯の新ちゃんらの孫ばあさんのつれ合いはのう、尾鷲の相賀から来た人じゃったが……」と、何を思い出してか老人は近所の少年たちを相手に、こんな風に話し出す。「その日の出湯のお爺さんやのう、カンカラコボシを能う使う人でのう……」

カンカラコボシ（河原小法師）と云うのはカッパを云う方言であるが、法師（ボシ）はここではすべて人間を呼ぶ蔑称であるが、カッパにも、ともかく人格を賦与している。そのはずで、彼等は災害をもたらすばかりではなく、ここでは時に人間の手助けをもするというのである。

カッパは全国に存在するものとされ、何故か当世の人気者になっているが、人間に使われるカッパの話は熊野のほかにはあまり無いらしい。

「カンカラコボシを呼び出すには法があって、先ず浜に立ちからっぽの飯びつのぐるりを、内部から杓子でカラカラとかきまわして音を聞かせ、さておひつのふちをたたいて呼び出す。そのたたき方に法があるのじゃと」

老人は片腕に飯びつを抱いた形で片手をくるくるかきまわす手ぶりをしてみせながらこんな事を云う。

汀から這い出して来て足もとに土下座しているカンカラコボシに海を指すと、ヤッコめ海のなかへもぐって行って鮑を差し出したり、てんぐさを両脇にかかえて浮び出したりする。そのたんびに赤豆飯をちょっぴりひとつまみずつくれてやる。カンカラコボシはとても赤豆飯が好きじゃ故、もっと食べたさにあわびやてんぐさを山盛りに採るのじゃ。川のカンカラコボシを呼び出して畑で使うのを見た人もあるんじゃげ。カンカラコボシはおとなしくよく働くものじゃと感心していた。

少年たちは半信半疑で、しかし好奇の目を見張って聞き入った。老人もそれだけで十分満足なのである。

この地方にはカンカラコボシが海にも川にも多い。という事は海や川で働く人が多く、また子供たちは海や川の外に遊び場がないために、水死人が多いということであろう。

そんなに沢山のカンカラコボシが居る理由に就て（つい）もまた説明がある。そもそもカンカラコボシは疫病神（やくびょうがみ）の生れ変りなのである。疫病やみが出ると、土地ではヤンゴロ（怨霊）船（ぶね）を仕立て、竹法螺（たけぼら）を吹いて町内を歩き廻る（まわ）。竹法螺を聞いた住民たちは手に手に疫病神を家から追放する。疫病神は行方（ゆくえ）が無くなってヤンゴロ船へ逃げ込む。だからはじめは軽かったヤンゴロ船も、町中を歩くうちに刻々に逃げ込んだ疫病神のために、刻々に重くなりゆき、もはや船一杯になったと思われるところでこれを海岸に持って来て流す。流されたヤンゴロ船は潮流の関係で岩本という岸に流れ寄る。だから岩本の附近にはカンカラコボシが多いと云われるのである。――つまりは水死人の多い魔の地点なので。

長嶋町の江の浦湾外の海上二十キロばかりの地点にある島勝浦の白浦（しろうら）には、大白（おおじろ）さんと呼ばれて九十九段の高い石段を持ったお宮がある。神体は黄金色にかがやいた流木の大株だと云うがもと九鬼（くき）の浜に流れ寄っていたのを浦人があまり大きいのを邪魔がって満潮を見て肥えびしゃくの柄で突き流したのが、再びこの白浦へ流れ寄ったのを白浦では神異として祭った。八月二十日（であったか）のここの祭日には附近一帯のカンカラコボシが日頃取って置いた人間の胆を大白さんに献納する日になっている。それ故、当日はこの地方では一切水泳を禁止している。というわけは日頃蓄えのなかったカンカラコボシは大白さんに納入の胆を得ようと気を揉んで人の来るのを待ち構えているから、当日水に入ると納入の用意のないカンカラコボシに得たり畏しとばかりしてやられるというのである。大白さんの祭日は云わばカンカラコボシの納税日らしい。然らば黄金の流木はカンカラコボシ王の枯骨と見立てられたのでもあろうか。

苟もこれだけ堂々たる神社まで持っているカンカラコボシが、一つまみの赤豆飯に節を屈して人間の奴隷となる例外はあるとしても、決してそれが本領でない事は申すまでもなく、もちろん他処のカッパ並みのわるさをすればこそ疫病神の再来とも云われるわけなのである。

湊治郎左衛門さまというのはえらいお人であったが、或る日持山を検分してのかえり、赤羽川を馬で渡っての後、どうしたものか馬の歩みがはかばかしくないけはいに、心ひそかにうなずくといきなり、

「我りゃ！」

と叫んで気合いを入れ、刀をうしろざまに抜き打ちした。とたんに馬は繋を放たれた如く一さんに駆け出した。さながらに刀の鞭を受けたかのように、その勢に、馬の尻尾にくっついていたカンカラコボシは、斬り落された片腕を取り返すゆとりもなく、ただ傷口を押え押え逃げ帰った。残された片腕は、依然として馬の尻尾をしっかりと握りしめつづけたまま、振り落されそうに揺れながらにも指は力をゆるめなかった。やっと厩のなかに帰った馬が後脚を二度ほ

ど強く踏みしめたとたんに、その片腕は厩のわらのなかにずしりと落ちたものであった。

川に帰ったカンカラコボシは思いかえしてあきらめ切れずに、折からの月夜をも、ものともせず、家並の軒かげづたいに、よちよちと湊治郎左衛門さまの邸に辿り着き、池水のはけ口をたよりに庭園まで忍び入り、折しも縁側に出て濤声を聴きながら月光を賞していた治郎左衛門さまの影を見つけると早速に論判をぶちはじめた。治郎左衛門さまは豪気な人で両腕の河原小法師さえ怖れない。まして、片腕の者などはなおさら屁とも思わない。とても力ずくやおどしでは及ばないと知っているカンカラコボシはそら涙を使いはじめた。治郎左衛門が泣いて頼まれれば断れない人だという事はカンカラコボシもよく知っていたからである。しかし治郎左衛門さまも、あっさりそれではと返すはずもなかった。

「この暗愚カンカラコボシめ、誰がただでかえしてくれるものか。その代りには、以後は決してわるさはしないと申せ」

「はいはい」とカンカラコボシはやっと涙をすすり上げてもみ手をしようとして片腕のなかった事に気づいたまま、片手をだらりとぶらさげたざまのわるい様子で、おろおろ声に妙なふしをつけ――

「ご先祖さま代々、孫ン子の代まで孫子末代、カンカラコボシ一同は忘れても治郎左衛門さまの血の方の尻は引きません」

「きっとか」

「きっとでござります」とカンカラコボシは今になって飛び石の上にしゃがんだのは行儀のた

めではなく、気がゆるんで脚がだるくなったためであったろう。

「その心がけならよい。だが口先だけでは駄目じゃ証文を入れろ」

「いえ治郎左衛門さま。カンカラコボシは人間とは違って口約束だけで絶対に間違いはございませぬ。きっとと申せばきっとでございます」

「何を」と治郎左衛門さまは人間の不信がカンカラコボシに侮辱されたのを心外に思って、

「腕はやるまいぞ。証文を書かぬと申すならば」

「カンカラコボシはまだ証文というものを知りません」

「知らなければ教えもしよう」

「はいはい。それでは証文も入れましょう」

こういう始末で治郎左衛門さまは証文と引き換えにカンカラコボシの片腕をかえしてやった。そうしてカンカラコボシの書いた証文というものがその片腕の見取図とともにこの間まで久しく村の役場に保存されていた。治郎左衛門さまは絵心もあったと見えてその片腕の図は青い彩色で立派に描かれてあったのを見た人も多い。カンカラコボシの字の方は誰にも読めなかったが天狗の文字に似ていたというが、今はそれももう無い。

この土地の親たちは子供が五つ六つにもなると子供の手を引き一升瓶を携え、治郎左衛門さまの子孫の営む湊屋呉服店へ行って治郎左衛門さまの血の者にしてもらう事を頼み入る。湊屋ではそれを承認したしるしに日の丸の扇子一本をくれる。湊屋呉服店はまるで大白さまの向うを張っている形である。日の丸の扇子を手にして、これでもうカンカラコボシに尻を引かれることもないと親も子も安心する。それが水を世界として一生を過す漁師の家での話なのだから、その朴訥愚に近いこの地方の気風のほども自（おの）ずと知られよう。

それにこれを聞く現代の少年たちまでが湊治郎左衛門さまがカンカラコボシを斬りつけた話や湊屋の子にしてもらえばカンカラコボシに尻を引かれない話はまだ信じて疑わない。というのは彼等の父も湊屋の子にしてもらってカンカラコボシの難を免れている事実なら家庭でも聞いていたからである。そうして少年たちのうちの小ざかしい一人が、これも家で聞いた言葉をそのままか、

「湊屋でもカンカラコボシを使うて酒を汲（く）み込ませて居るのじゃげ」

というのを聞いて、老人は、

「こりゃ、誰じゃ。何だ鬼屋の坊か。好（え）え子はそんな人魚の口は利くものじゃないわい」

と、笑いながらにたしなめた。

人魚の口はまた剣の口とも云って悪口雑言（あっこうぞうごん）を恣（ほしいまま）にすることを云う方言であるがこれに関しては、いずれ後に改めて説く。

岩松爺さの親の音松というのが、まだ子供の頃、江の浦の浜で海犬を見てのうと、老人はいきなり別の話題に移って行った。まあ黙って聞いているがよい。山犬のように海には海で、海犬がいるのを見たと云うのじゃ。

音松の親は何太夫（だゆう）とかいう人じゃったが、子供のころの聞きおぼえで、今はとんと思い出せないが、その親太夫どのが音松に磯で海老網（えびあみ）を引いて来る間待っていろと云いつけて置いたの

を、帰ってみると子供の音松は浜に着物をかなぐり捨てたまま海へ入り込んで、それも今にもおぼれそうな首ったけの深みまで歩み込み、声のありたけを泣きわめいているのである。

何事とも知れないから親太夫は慌てて船を漕ぎ寄せ、船の上に抱き上げ、

「おとろしいよう。おとろしいよう」

とばかり恐怖を訴え、泣きじゃくって云うこともとりとめもないのを聞いてみると、ひとりでいるところへ沖のダイナから海犬が波を蹴立てて浜へ飛んで来たのを逃げて海へ入り、追い払うと海犬は底にもぐり入って、いつまでも足もとにじゃれかかり、足に噛みつこうとするので泣いて助けを呼んでいたところであったという。話は一向にとりとめもないが、つまりは不意に海からの恐怖におそわれたものらしい。子供はそれを海犬と云い波の上を飛ぶように早く這い、犬に似た四つ足で、山から来た山犬ではない。沖のダイナ（というのは涯知らぬ水平線の奥のこと）から来た海犬であった。というが、そんなものは岩松の親もまだ見も知らず聞いた事もなかったから、場所が岩本の近くではあり、やはりカンカラコボシのいたずらか、岩を踏んづけた浮足を波にさらわれそこなったのでもあろうと云うが、子供は強く首をふって、四足で犬と同じ形のものが沖のダイナから飛んで来たのを見たのだから、海犬だと云い張って聞かなかった。仕合せなことにおどかされただけで別に怪我もなかったが、その当座はあの腕白ざかりの餓鬼大将が思い出しては三つ子のように海犬が来た、海犬、海犬。と怯え泣くので町内の評判が立ったものであった。

この江の浦には底に大きさ二畳敷もある赤鱏のぬしが居るとむかしから云い伝え、それにに

らまれた海女は熱を出すと云われるのは聞いていても、海犬というものはこの子が見たと云うほかはついぞ誰も知らないが、だからと云って、そんなものは居ないとは誰も云い切れまい。何しろ、海にはいろんな見も知らないものが、いつどこから湧いて出ないともかぎらないのだから。

大島ではえたいの知れない青い火が燃え立っているし、時化の日に浦の口を暴風を一ぱいに孕ませた帆があとからあとから競争のように走り過ぎて消えて行くのは、皆も見て知って居るじゃろが、あれは何じゃ、どこの船がどこへ行くのじゃ。——誰も知らない。

わしは若いころ、新町の花相撲に出ようと真夜中に浜づたいを近道していると、浜一帯が妙に騒がしく賑やかに焚火を焚き立てて船の出るところであった。こんな時刻にこれほど揃って出るとは。烏賊船ではなし、鯖船ではなし、何船であろうか。変なこともあるものだ。と見ているうちに明い船は勢よく出て行って湾の口、入江大明神さまの前あたりへ行くと船の火はのろしを上げたように一度に明くなったのが不意と火の気がおとろえて引きかえし舷に打つ波音しずしずと帰ると、また一度賑やかにあかりをかき立てて出て行っては港口でまた暗くなって引返して来る。懲り性もなく何度も繰り返されるのを一つ船であろうか。それとも同じような船が幾つかあるのかと気をつけているうち、また出発しようとする賑やかな船を見かけたので目を据えて見送ると、

「ころがイナ、みんな外尻をかけているのじゃ！」

というのがこの不思議な船の話の結末の一句である。「ころがイナ」というのは然るに汝ら

よという意味の方言で豈図らんやぐらいの語気であろう。外尻とは舷の外に尻を突き出して腰かける事を云う舟人の術語で、これは甚だ危険でもあり、亡者の船の乗り方と戒めて船では一切厳禁の作法なのである。だからみんな外尻をかけていたの一語は明滅する奇異な船が幽霊船であった事を意味している。

幽霊船の火がその前で一度最後の焔を上げてから消えたという江の浦の口に祭られた入江大明神という奇異な祠の神体に就いても話がある。

町の網元の一軒、庄助屋で鰹船を出して三マイル程沖に来た時、海上にまんまるな光りながら波の表を漂い流れるものを見つけた。海上では流木であれ、屍であれすべてが光りものになって流れるのが普通だから、発光体は少しも珍らしくはないが、まんまるいのが何か貴重品らしく思えたので船を寄せて拾い上げてみると古風な鏡。見るからの神々しさに、物の名にちなんで、大島のわきにある鏡島というのへ一度納めて置いて漁の帰りに再び持って帰った。

この鏡を道行の守り神にもと、街道筋の木立の奥まったあたりに巌のある岩ノ子という場所の石上に祭ると、道を通りかかった荷馬車の馬がその前にさしかかって、みな棒立ちになり、進まなくなってしまう。馬方は馬がアババイのだという。この方言は霊威に打たれて畏怖するの意のようである。ともあれ、馬がこれでは交通の安全どころか、かえって障害にもなろうというので、鏡は再び持ち帰って今度は街道から遠ざけ、入江を越えて江の浦の湾口に祭って入江大明神とあがめ、場所がらで新造の船が必ず第一に詣でる神社となったものである。馬でさえ畏怖する神霊であってみればみな外尻の船がそのあたりの航行を憚るのも当り前のような気がする。

或る時わしらで鰹船を沖へ急がせているところへ波間から女らしい腰をした死体が白く光って漂い出て来た。仕事に向おうと張り切った場合にこんなものと出くわしてかかり合うのは有難くないから、一同は「仏を浮べる」のは帰りにしようと囁き合った。相手には聞えぬとは知っていても自然と声をひそめたものである。「仏を浮べる」とは「仏を浮ばせる」というつもりで、古来の漁師の儀式に則ってこれを水葬して成仏させることなのである。舳乗が舳から死体を見入りながら、

「わしらはこれから漁に出るところでいそがしい。今はこのままで通りすぎるが、帰りにはきっと浮べる。待ってござれ」

とそう話しかけると、今までうつぶせに流れていた死体は、この時波がしらにあおられて、まるく黒い乳房のある上半身をひらりと仰向けにして、一瞬間、顔を船の方に向けてうなずき肯うかのように波に揺られると直ぐもとの姿勢にかえって潮の流れのままに浮きつ沈みつどこかに没し去った。

わしらの船は、その日は一日中いい漁をして大漁の旗を景気よくへんぽんとひるがえし船足も重く帰ったが、帰りに仏を浮べる約束を忘れてはいなかったから、潮流のかげんを見はからい見はからい、流れの上へ上へと漕ぎ進めたのは、実のところ、二度と再びあの死体とはめぐり合いたくなかったので死体の流れ過ぎてしまったあたりに行こうと船を操っていたものであった。何しろ仏を浮べるには、おもかじを三べん廻ったり、死霊と問答をする作法をしたり、

式はなかなか面倒で時間もかなりかかる。夏の夕日ざしのなかで腐りやすい生物の荷を積み上げて一刻も早い荷上げをとあせっている折から、今日の帰りは往きと同様いやそれ以上に仏を浮べるひまが惜しかったのである。

それで潮流を計ってうまく逃げたつもりでいたのに、何と、死体は約束どおり浮べてくれるのを待っていましたと云いたげに船の行く手に近く漂うているのであった。面倒なとばかり見て見ぬふりをして逃げ帰った。

そうしたら、その同じ船をその年の秋刀魚網に出したら、船がはかばかしく進まない。船には異状もない筈だがとあたりを見まわした舳乗が何気なく下を見ると波間に漂う黒髪をふりみだした女体が船とすれすれに流れ寄って頭を舳にすりつけ組み合した両手をうしろざまにぐんと高く差し延べて指を舳にひっかけているのであった。斜に浴びせた月の光は、鰹船の夏の日に一目向き直って見せたあの顔をあざやかに照し出して、思いなしか、あの日の違約を詰るように見えた。こんなのがみなあの不思議な船に外尻をかける人々だ。と、こんな話は好んで秋や冬の夜ばなしに語られて、語り手は最後に反り身になって組み合せた両手をうしろざまに突き延して舳に指をひっかけているポーズよろしく仕方話にしてみせるのである。この全く同じ話の後段を金毘羅詣での途上と話す者もあるらしいが、これはどうしても夏の日の鰹船と晩秋から初冬にかけての秋刀魚網でなくてはならない。それが熊野の海と季節感とを表現するためには変更することのできない条件なのである。なお蛇足を加えるならば、この漂う女体の屍はまるく黒い乳房を見せていたというのだから生み月に近い孕み女ではなかったろうか。生きて一たびは愛する男に約束を破られ死しては荒海の波のなかで行きずりの男たちに約束を違(たが)えられた憾(うらみ)がさぞ深かったのであろうというのがわたくしの解釈してみたところである。

江の浦の漁師、何の某(なにがし)が磯で海老網を手ぐりあげるとなかから見知らないものが出て来たが、どうやら話に聞いている人魚らしいので、占めたとよろこんでカンコの蓋(ふた)に手をかけた。カンコというのは漁船の底に海流を船の動揺につれて自由に出入させる穴を仕掛けて船底に造りつけの生簀(いけす)のようなもののことで、漁師が板一枚下は地獄と歌うのは嘘(うそ)で、本当は蓋一枚下が魚の生地獄のわけである。

漁師は、カンコの蓋をあけて人魚らしいものをそこにぶち込もうとするとたんに、人魚は人に似た口を噞喁(あぎと)いながら人語を発して云った——

「この野郎、おれをカンコにぶち込む気か。覚悟して置きやがれ、やい。おれをカンコに入れようとしているたったの今、きさまのうちでは、よぼよぼおやじ奴(め)は屋根から落ちやがってど性骨をぶっぺし折りくさり、死にそこなって居るわい。きさまのうちの餓鬼めはくどの下の火を蹴りおって少しばかりやけどをしたはずみにうろたえくさって、釜(かま)の蓋に手をつきそこね、煮えたぎる湯のなかへころげ込み、とたんに上半身肩から胸にかけて大やけどに泣いているぞい。おれをつかまえて家へかえってみろ、きさまは大熱を出して明日の朝とも云わず、夜ふけにそのままごねるのじゃ。おつぎはきさまの嬶(かか)まの番で、気が違って岩本の岬(はな)からなんまみだのどんぶりこじゃぞ。おれさまのおかげできさまの一家一族はあっさり死に絶えるのじゃ。よいか、きさまの仏はどいつが祀(まつ)ろうてんだよ」

と云われて、漁師はこんなもの一匹のおかげでそんな災難がふりかかってはたまらないとうす気味悪さに思い返して、カンコに入れかけた奴を舷の外へ投げると、人魚の奴は海に落ちると見るやゆったりと游ぎ出し、あとをふりかえりふりかえり、大口あけて、

「やあい、暗愚。やーい暗愚のぐう太郎太夫やい。知らないのか。おれの鱗一枚は千両じゃわ」

と冷笑しながら波のまにまに沖へ消えて行ったという。暗愚という語はこのあたりでは他の地方の間抜けというのと同様の日常語になっているのである。

人魚はこういう風に呪いを口にして捕獲を免れるものだと云い伝えられ、そうして冷嘲熱罵をたくましくするのを方言で「人魚の口」とも「剣の口」とも呼ぶのである。思うに熊野人は未開で社交性に乏しいのでこんな伝説やこの方言を設けて警めたのかと、わが口を省みて思い当る。

人魚というのは游いでいる時のオットセイのことだという老人もいて、むかしは熊野灘の岸にもオットセイがよく来て浜で臥ているところを見かけたものだと説く。或は海驢かも知れないと説く人もいる。

あしかなら今でも来るのか。生簀で、魚や海老を死なしたり失ったりすると、人々は「あしかに吸われた」とか「あしかにやられた」とか云うのを今でも常用語としている。言葉だけがむかしのままで慣用されているのかも知れない。

山にもいろいろな話があるが大杉村の弥太郎というのが父子で猟師の名人として話を多く残

している。大杉村は伊勢の国であるが、この父子の名猟師を、熊野人はもと熊野の山地から伊勢に行った人と云いたがっている。

この弥太郎（というのは主役はいつも子の方である）がある時狐のばけたものに相違ないと思う旅人を一人打ち取ってみると、思いきや死骸は狐ではなく依然として人間であった。弥太郎は自分の眼力の及ばなかったのを恥じるばかりか、人殺しの悪名に困り切って父の弥太郎に打ちあけると親はそんな場合は大神宮さまのお札をさしつけて見よ、必ず正体を現すものだと教えた。親の教に従って大神宮のお札をさしつけてみると、それでもややしばらくは人間の形でいたのがおもむろに正体を現して九尾の狐であったというのはどの地方にもありそうな話だが、地域が伊勢に近いだけに熊野権現ではなく伊勢の大神宮の神威を云うところがおもしろい。

弥太郎がまだ若くて父子そろって猟に出たころ、一日谷川を渡る猪を見つけて撃とうとする子に父は岸に上るまで待てと云って、猪の流を渡って上る岸のあたりを指し示して射程を用意させ、猪が対岸に上り身ぶるいして水をはじくところを撃てと命じたと云う。

また或る時、山深く迷い入って日のくれた弥太郎が森の奥の一つ家に一夜の宿をかろうとしのび寄ってうかがうと、三本の枝を組み立てた上にのせた火皿に灯心のか細い炎をたよりに糸車をくっている婆のひとり住みで、あたりには妖気が満ちている。怪しからんと睨んで、もう自分の眼力には自信があったから、弥太郎は婆の左背中をねらい打った。たしかに手ごたえはあったのに、婆はやはり姿勢もくずさず平然と糸車を操ったまま、ふりかえって冷やかに、「弥太郎かい。よく打ったの。わしを撃とうとなら、金の弾丸を打って来やれ、ほかのものでは利かぬてや」

とほざいたので弥太郎は口惜しさを父に訴えると父は一笑した。

「何の金の弾丸も何も入るものか火皿の上の炎を打って消しさえすればよい」

と父に教えられて弥太郎は再び山中に入って大台原のぬしと云われる古狐を退治て来て以来父にも劣らぬ猟師との名をとっていた。

そのころ弥太郎の朋輩に猪が撃てないため一人前の狩人で通用せず、みんなから笑い者にされるのを口惜しがって猟師よりは一そ狐になって思う存分の悪業を楽しみ、ついでの事に猟師どもを愚弄してくれようと云っていた三太郎という奴がいたが、そのうち諸所方々の里や在所を神出鬼没に荒しまわる容易ならぬわる狐が横行してどの猟師にも手に負えないというので退治てくれと頼まれた弥太郎は、これはてっきり三太郎が狐になったものと知って命ばかりは助けて置き、折を見ていけどって改心させようと父に相談すると、

「では先ず跛にして置くがよい。悪事をしても思いのままには逃げられず人につかまっていつも存分の仕置きに合うように」

というので跛にするには踝をねらって足頸から尖を無くしたがよかろうかと問うと、父は足頸なしで達者に駆け廻っていた狐を見た事もあるから足頸では駄目だから膝の折れ目を打ち砕く工夫がよかろうというので弥太郎は父のさずけた方法に従った。その後しばらく三太郎狐はどこにも出歩かず、弥太郎の名はますますあがった。

或る時、江の浦の漁師が那智の勝浦へ湯治に行っていると、浴槽で膝の関節に鉄砲傷のある

へんな男を見かけて伊勢の山の者とだけで詳しく云わないのは、てっきり三太郎狐とけどったが、まさか片脚で山づたいをここまで来る事もできまいがと半信半疑、試みに弥太郎の噂を出してみると、怪しい男は顔色を変えながらも、

「天下におれのおそろしいのは弥太郎ひとり。あいつはおれを生かそうと殺そうとままじゃ。今度は悪くすると殺されよう」

と、閉じこめた湯の気を出すために一寸ばかり隙けてあった浴室の窓を、湯気のようになってすりぬけ山の方へ消えて行った。

鉱泉ぐらいはあっても湯治場らしい湯治場もないから、北牟婁らしくもないこの話の舞台は那智の勝浦になっているばかりか、話のもとも東牟婁のものではなかろうか。というのは、東牟婁にも名こそ違うが弥太郎に相当する猟師の名人がいて高い杉のてっぺんに休んでいた天狗の片肘を射った。後に天狗が湯治場の客になっているところを人に見つけられ、三太郎狐と同じようなセリフを残すと、いきなり雲を突くような大男となって浴室の天井を頭で突き破り、こわれ残った壁は一またぎに行方知れずなって、あとは沛然たる山雨が到ったと云う話があるのだから。

どちらにしても今日の紀南の堂々たる構えの温泉宿ではふさわしくもないが、山かげや川ぞいにほんの掘立小屋が設けられていた頃の湯治場の出来事とみれば多少の感じがないでもあるまい。

しかし総じて弥太郎話のシリーズは伝説や民話としての純朴さが無くて江戸末期の大衆作品

らしいにおいが強く、海の民話のような原始的な深山の気の乏しいのが慊ぬ。同じく山の話でも、空腹で山に入ると「たり」という狐狸のたぐいに憑かれるとか、狐狸の類はすべて足の拇指の爪のさきから入るものだなどは、断片的だが何だか山中の生理のようなものを伝えていて面白いが同じように山中の心理を伝えて、面白いのは「さとり」の話であろう。

山林の下草を刈ろうと山に入った男が切株に腰をかけてシバ煙草を一服していた。シバ煙草というのは熊野に特有の風習で、椿の若い葉の葉柄を軸にして刻み煙草を巻き込んだもので、吸いがらが外に散らないで燃えにくい椿の葉のなかにつつまれ残るために山火事を防ぐに足りるし、また椿の葉に特有の香気が煙草を味よくすると云って熊野の山人たちはこれを愛用するのである。

切株に腰かけた男は煙草の煙の向うに、ひょっくりと見慣れぬ奴が現れ出たのを見つける。大人とも子供とも見分けのつかない妙な奴である。

「おや！」と思うと、

相手はきさま「おや！」と思ったなと云うので、いよいよへんな奴だと見ると、

「いよいよへんな奴だ」と思って見たな。

はて？　どうしておれの思う事を片っぱしから知るのであろうかと不安になると、思う事を一々知られるのが気になるかと問う。

「えい面倒くさい。こんな奴……」と思えば、

「えい面倒くさい。こんな奴……」

と思ったな。

「……ひと思いに殺してくれようか」

「……ひと思いに殺してくれようか」

と云うのかい。と相手はさあ来いと云わぬばかりのす早い身構えである。こちらは益々(ますます)不気味になって来て、心中に大神宮さまを念じ入っていると、別に相手を殺そうという意志も無いのに手にしていた利鎌(とがま)がひとりでに手をすり抜け、相手の頭上に風を切って一飛びぐるっと薙(な)ぐように舞った瞬間、地上に吸込まれたかのように、へんな奴の姿は一時に縮まってかき消え、あとには秋の天高くさんさんたる日の光のなかに歯朶(しだ)の葉が一本首をふるようにそよ風にゆらめいているだけであった。


山中にいるというこんな奴を、こちらの思う事を何でも見抜きさとるというので「さとり」と名づけている。「さとり」は熊野山中ばかりではなく遠く飛騨(ひだ)あたりの山地にも居て同じ名で呼ばれているというが、飛騨では焚火の弾(は)ぜたとたんにさとりが消え失(う)せたと云われていると聞く、熊野は山中でもそう寒くはないから焚火ではなく煙草一服だが、同じような少し落ちついた場合に出るのも偶然ではあるまい。「さとり」は山中の妖魔ではなくやはり心中の妖魔らしい、或(あるい)は山の霊でもあろうか。

思うに人魚は海の精で漁者の海上の不安とあじきなさとの象徴であり、「さとり」は山中の樵者の恐怖とさびしさとでもあろうか。いや、海上や山中ではなくとも、人間にはこのあじきなさとさびしさ、不安恐怖は近代都市のただなかに在ってもつき纏(まと)っているかのように思われる。

荒譚

稲垣足穂

稲生物怪録（いのうもののけろく）

広島県三次市に伝わる妖異伝説。魔王・山ン本五郎左衛門に率いられた妖怪たちが、十六歳の若侍・稲生平太郎が住む麦倉屋敷に襲来、七月一日から晦日まで様々な怪異を顕わした後、平太郎に魔王召喚の木槌を与えて立ち去ったという。

稲垣足穂（いながき・たるほ）1900-1977

大阪府出身。小説家。著作に『一千一秒物語』『キタ・マキニカリス』『少年愛の美学』ほかがある。

前がき

日本のおばけは、いったいにじめじめしている。キツネ狸の類は愛嬌があるが、これとて似たり寄ったりである、いや、日本に限らない。おばけ乃至ゆうれいは全世界共通に型がきまっている。たまに面白いものがあるが、そこにくッつけられがちな余計な説明によって、本来の素朴性をいちじるしく害されている。不可思議とは、たとえば開かれてはならぬ扉がふと隙間を見せたようなもので、現世にあるわれわれには伺うべく許されていないものである。だから、あともさきもない、判のわからぬきれッぱしであってもよいわけだ。人々がすなおで教養があればあるほど、怪談はかくあらねばならぬ。……そういう怪異ならば、現今とてむかしと変りなく、われわれの日常身辺に発生しつつあるはずだ。ただわれわれはくだらぬ雑用に捉われている。むかしの人々のようにのんきでない。おばけを常に見逃している。その上、われわれには説明癖がある。合理的解釈を下してみたところで、われわれの自負と虚栄心をよけいに増長させるにかかわらず、そういう空しきわざが何らかの役に立っている、とわれわれは思いこみがちだ。おばけを説明したところで、困難のゴミを箒によって一歩向うへ掃きのけたまでにすぎない。おばけとはその消ゆるところをもって特長とする。なら、このわれわれ自身がやはり一種のおばけである。われわれは暁に鶏が啼いたとたんに消えやしない。しかし、百年もこのすがたのままいるわけでない。第一、いまから五十年前自分がどこにいたかを知っている者はきわめて数少ない。五十年まえの自分がどこで何をしており、五十年後どこで何をしているのか知っている者が若しいたとすれば、それこそ正銘のおばけだ。どっちにしたってわれわれはおばけだ。「麦粉の中を麦落雁が通る」とのコトバがあるが、こちらはおばけがおばけを面白がっているのである。

第一話

「稲生夜話」という記録がある。これは有名な物語だそうである。私は十五六年前、父がよそから借りうけてきた写本によって、初めて眼をとおした。

備後の稲生平太郎という少年サムライが、友人と百物語をしたあげく、近郊の比熊山の古塚という名うての魔所を、単身見とどけてくる。それから、かの家には夜ごと日ごと怪異がひんぴんとして発生する。

障子がやにわにパッと明るくなる。あけてみると、隣家の屋根の上にらんらんとしたタライのような大眼玉が一つ光っている。これはしかし珍らしくない。その眼玉のほうから何かがヌッとこちらへ伸びてきた。丸太に毛のはえたようなもの、つまり大仏様の指に似た代物なのである。座敷のたたみが持ち上る……それが部屋じゅうをおどり廻り、一ケ所につみ上る。畳がまい上って、もうもうとほこりを上げて飛び廻るのは、稲生物語の特色である。このおばけは西洋好みである。節穴から下駄がはいってきて、座敷じゅうを歩き廻る。茶わんや香炉が人にささげられている位置でうごき廻る。手をふれると落ちたり、互いにぶッつかってこわれるが、すてておくと縦横無尽に飛びハネて、危いところで鴨居(かもい)などをそれるのである。これは外国の手品師がやる「モルモット」と称される演技に似ている。

台所に大きな白袖がひろがっていて、袖から大きな擂子木(すりこぎ)が出て、このさきが毛むくじゃらの手首になっている……ここまではよいとして、その指の所から同じような小さな手が出てその先から手がはえて……つまりサボテンのおばけで、手から出た手の、そのまた手から出た手の先きがいずれもウヨウヨうごいている。行灯(あんどん)の火がほそくほそくなって、天井へ届きそうになる……屋根の上でトキの声が起る……二尺もある人間の足あとがあっちこっちに出る……台所に生首が現われるが、注意すべきはこれがさかさまなのだ、無数の人面が網目になって張りわたされる。それらの顔々は、いっせいによこになると眼をふさぎ、立ち直ると眼をあける。

こういうふかしぎが、日に夜をついで立増(たちまさ)って行く。家来の関平は逃げ出してしまい、まだ幼少の弟勝弥は本家へあずけた。平太郎の住む家は大評判になって、おもては黒山となり、屋台店がならび、べんとう持ち、ひょうたん酒をさげた見物がおしかける。ために役所から係り員が、つまり今日のお巡りさんが出張して、整理にあたらねばならなかった。しかしあえて門内へはいってくる者はかぞえる数である。平太郎の友人、親戚、これらが仲介した鉄砲の名人、弓術の先生、和尚さん、まじない師、大力自慢、入れ代り立代りに、おばけの正体を突きとめようと苦心するが、いずれもさんざんにしてやられる。平太郎のみが、その名のごとく平気であった。

稲生物語のおもしろ味は、このように、他の怪異譚のようなまとまったすじがないことにある。相手の正体が、キツネ、たぬき、古猫、天狗、怨霊、その他の物の怪、そのいずれとも見当をつけさせない。弓矢、鉄砲、陥しワナ、いずれもからきし無効である。薬師如来の懸物、狐除けのお守札、蟇目の法なんかが効目のあるはずはない。あまつさえ、たとえば——

鉄砲打ちの名手、長倉氏がいろいろと手柄話をきかせる。よい所へきたから西郷寺へ約束の仏具を取りに行ってくれ、こう平太郎がたのむと、

「よろしい！　しかしその仏具の御利益でおばけが出なくなってしまうと、せっかくここまでやってきたかいがないから、何かこわい所を見せて下さい。その上で、わたしはお寺へ行こう」

と云うほどもなく、家鳴りがはじまる。

「アッ、これがそうかね」と長倉。

「これはほんの前芸だよ、いまにだんだんおもしろくなる……」

と平太郎が受け答えするまもなく、長倉氏の坐っている畳がムクリムクリと起き上りだした。

でも、さすがは鉄砲打の名人、他の連中のようにヒャーッと云って逃げ出したりなどはしない。「ウン、こいつは本物だ。よし、これからお寺へ用達しに行ってあげる」

ところで、この夜は十三夜のお月様が昼のように照っていた。——面倒くさいから一口に云ってしまうが、雲がやにわに現われて真のやみとなり、折から行き合った中村氏からちょうちんを借りる……結局、長倉さんはアッと云って悶絶し、ちょうちんを借してくれた当の中村氏は自宅にけろりとしていた。つまりこれもおばけの仕業だった。

さらに、陰山正太夫氏が兄貴の許から稀代の名刀を無断で持ち出し、おばけをやッつけようとしたところ、さんざんに馬鹿にされたあげく、大切な長刀はポキリとまんなかから折られてしまい、「無念、申しわけなし！」と正太夫氏は、自身のわき差を抜いて切腹、返す刀でのどを突いて、ブスリとうしろへ五寸ばかり……さすがの平太郎もあわててしまった……この次第がなんとおばけのいたずらで、正太夫さんは翌朝、訪問を受けた平太郎に向って、「名刀はいずれ近日中に持参するであろう」と云った。

茶わん、小鉢、煙草盆、行灯、これらがスーッ、スーッと飛びまわって、手を出すと落ちたり、互いにぶッつかって壊れるか、うっちゃっておくと、いまにも鴨居に当りそうになって通って行くし、行灯だって油一滴もこぼれないのである。夜とぎの連中が、平太郎を中心に話しこんでいると、同時にかれらの背中をトンと叩く者がある。でも、周囲にはたれもいない、と思いきや、台所から、大工さんの指金のような曲った細い手が出て、これが稲妻のように伸びたりちぢんだりしているのだった。次の部屋に、大きな網の目になって、いろんな顔が現われ、たてに長くなったり、よこに平らになって重り合ったり、離れたり、目まぐるしくうごいている……これはすでにお話した。私の気に入るのは、行水をした平太郎が庭に下りようとしたとき、向うの山の端から出たお盆の月があった。これはふしぎでも何でもないが、同じお月様が身近の木ノ間から、出てくるわ出てくるわ、いくつもいくつも、それらが輪ちがいの紋になって廻転した……という箇所で、この箇所なんかシュールレアリズムはだしである。それからまた、或る午後、メキメキと鳴りながら天井が下ってきた。友人はおしつぶされると思って庭先へすッ飛んでしまう。平太郎がそのままでいると、下ってきた天井はいっこうに手答えがなく、自身の頭も胸も天井の上へ抜け出してしまった。かたえの茶わんも、同じようにスーッと天井裏へ突きぬけて、天井うらの有様が、鼠の糞、クモの巣、煤ホコリありありとそこに見えている……

おばけの正体は相変らず不明である、入れ代り立代りに人々がしてやられる。かくて或る日、平太郎が行水をすませて庭に下りようとすると、踏石が氷のようにつめたい。それはクニャクニャとして軟かく、へんにねばってまるでモチを踏んづけたように、足を離すことができない。石のおもてはぼんやりと白く、まるで死人の腹の上にのったようだ。胴体ばかりが大きくて、手足がバカに小さい、かおのある見当でパチパチと豆のはねるような音がしている。よく注意すると、小さなかおの中で目がまばたいている音だった。縁がわに手をかけ、ウンと云ってやっと上ったが、足のうらがベタベタして歩きにくいことおびただしい。その夜、蚊帳にはいったものの、ほとんど明方まで例のパチパチという音で平太郎は悩まされた。しかし、かれとおばけの根くらべは終局に近づいていた。次の日、夕立が上ったと思ったら、障子がガラリとあいて、大きな手がヌッと伸びてきて平太郎をつかもうとした。ここぞとばかり抜きうちに切って落そうとすると、手はひッこんで障子はしまった。すかさずあけようとすると、

「まず待て！　それへ参る」

という尻上りの大きな声がきこえた。

背の高さ六七尺、鴨居の上まで首を出した、デップリ太った大男、花色のカタビラに、同じような裃をつけ、腰に大小を差した偉丈夫が、障子をあけてはいってきた。威容をつくろって床ノ間の前に坐ったところは、堂々たるものがある。平太郎はかまわず切ってかかると、相手はそのまま綱にでも引かれるようにうしろの壁に吸いこまれて、しかも姿は影のように見えているのが、一咳して、笑いながら云いかけるには
「おんみの手に合うごとき余には非ず、まず刃物をおさめ、気を静めてきくがよかろう。おんみ、このあいだ比熊山の古塚を単身にて探険いたしたる次第、近頃殊勝のことに存ずるによって、しばらくここに滞在、おんみの胆玉のほどを試めそうとした。しかるに年少にかかわらず、奇特のことに見受けられた。おんみの度胸のほどは十分に見届け申した。思わざる滞留一ケ月！　余は安堵いたしたり。これより河岸を変えて九州に赴かん。いまよりのちはこの家にふかしぎは起らず……」

「名をきかしてくれ」

平太郎は云った。

「余は山ン本五郎左衛門と申す。他に仲間あり、こは神ン野悪五郎なり。この二人がオーソリティなるぞ。山本に非ず、山ン本なりと心得おけ。今後おんみの家にきたる妖怪あらば、山ン本の名を告げよ。かれらかしこみおそれて即座に退却せん——さらば平太郎、健在なれ！」

くだんの花カタビラの大男は立ち上って、悠々と縁側へ出て行った。庭先にはりっぱなカゴと、槍、挟箱、なぎなた、長柄傘などをたずさえた大勢の家来が待っている。この大男がどうしてこんな小さなカゴの中に……と平太郎がいぶかしんでいる眼の前で、かれはこちらへ向って軽く会釈したと思ったら、たちまち折りたたまれるようにカゴの中におさまって、戸をしめてしまった。カゴはかつぎ上げられて進みかけた。なんと！　このとき、伴人一同の片足はまだ庭から離れないのに、他の片足は門外に出ているのだった。

オヤと思うまに行列は宙に浮き上って練って行く様子がまるで鳥羽絵のまわり灯籠のようであった。それも次第に遠のいて、あとには真黒なみそかのやみにきらめく星屑ばかり……

人々は話を平太郎からきかされて、山ン本氏とはいったい何者であろうかと評議した。さっぱり見当がつかない、大魔王とでも云うべきものだとするのほかはない。それにしても、せっかくの山ン本氏の滞在中に、なぜ神通力とか妙薬とかを教えてもらわなかったのか？　それは先方の退去のさいでもよかったのに……と残念がった。しかし平太郎がそのことを失念していたのだから仕方がない。平太郎はただ、山ン本氏の身元をもっときいておくべきであったと思った。何のためにかれが国めぐりをして人々をおどしているのかということをである。だから、平太郎は心の中でいまは懐かしの花カタビラの紳士に呼びかけるのだった——

山ン本さん、いっこうわけの判らぬ。男前の五郎左衛門の兄貴、あなたはいまどこで何をしているか知らないが、気が向いたら、またおいで。ごきげんよう。

第二話

これは私が経験者から直接にきいた。だから、この話を知っている者は他にない。一度、佐藤春夫先生の前に持ち出したことがあるだけである。先生は少なからず心をひかれた様子だったから、或る種のセンスの所有主にめずらしがられるはずである。わけの判からぬ点では先の山ン本氏の技術以上であり、相手の身元にいたっては全く何とも見当をつけさせない。

「柘榴の家」という短篇が私にある。少年期を送った住いのうしろに、小流れをへだててあった家のことだが、この屋形のうら手の、倉のワラだらけの二階に、「灰屋のおッさん」なることの話の語り手が独身で住っていた。年齢は五十四五だったといまになって回顧される。表がわの家はムシロの問屋だった。それでワラ灰ができる。この灰を売って、くだんの雅人は口すぎをしていた。

灰屋のおッさん、飲んで食うてホイ

ただこれだけの懸声が、われら幼き者のあいだに伝えられていた。灰屋のオッさんは、その日その日に得ただけの金は飲んでくうて、ホイ！　そうしてきげん良くなって銭湯につかって、一時間、それとも二時間、ゆっくりとお湯の中に口の半分までも埋めて、わけのわからぬことをむにゃむにゃ口に出している。ひと頃、正式の湯ぶねに隣合わせにあったいわゆる「温泉」という、クスリをとかしたぬるま湯で、ここに永いあいだ上きげんに灰屋のおッさんは浸っているのだった。「灰屋のおッさん、何かお話をきかせておくれ」と申し込むと、「坊ん、それはおばけか、それともゆうれいか」とかれが問い直すのが常である。さて、おもむろに説きはじめるところがさっぱり要領を得ない。しかもいつはてるべくもない。へきえきして退いて、板ノ間でからだを拭いているときでも、おッさんの口上はつづいていた。なぜなら、かれはいつもさもぐあい良さそうに両眼を閉じている。だから、私がとっくに眼の前にいないことには気がつかないのだ。とりとめないが、かれが次から次へつづけるおばけ話には際限がなかった。いま、最も印象に残っている二三を紹介しようと思う。

ちなみに、この愛すべき、孤独なる灰屋のおッさんは、ムシロ問屋の倉庫から居を移して、横丁の空屋に住んでいるとき、二三日かれの姿が見えなかった。そうしてたぶん酔いつぶれたのであろう、その家の雪隠の壺にさかさまに首を突ッこんで事切れているのが発見された。主よ！　主を知らざるこの異教徒の、されど心潔かりし御魂を許したまえ。

灰屋のおッさんは、湯ぶねにあって眼をとじたまま、私にきかせた。特色はとぎれとぎれに、途絶えんとしてあとをつづけ、かくてはてしなき、一種飄いつのおもむきある口調と、そこに織り出される独特の雰囲気である。この最も重要なる点を写し得ぬことを、私はくれぐれも遺憾とする――

それはなあ、坊ん、おッさんがまだごく若い頃のことじゃった。しょうばいはいまと同じ灰あきないで、六甲越えをして、有馬へ出ようとしていたときであった。

ピカッ！　だしぬけにおまえ、頭の上が光ったのだ。おッさんはなぜとも知らずその場にひれ伏してしもうた。しばらくたって、おそるおそる眼を上げて、そッと光り物がしたほうへ向けた。ござらっしゃったよ！　ありゃ天狗様に相違ない。大きさはカラスくらいだ、それ、こんな恰好で（と云うが、かれは湯から首だけ出しているので私には皆目想像がつかない）ともかく、その烏ぐらいの、爪がある全身金いろのものが、高い松の梢にござらっしゃる。一目見てかおを伏せた。それからは只一途に六根清浄六根清浄六根清浄六根清浄六根清浄六根清浄……を唱えて、ものの十分間、いや半時間もすぎたじゃろうか、ふたたぶそーッとかおを上げたところ、もうそこにはござらっしゃらなかった。（これでおしまい）

坊ん、ゆうれいと云えばおッさんにはこんなことがあった。

やはり六甲ごえで有馬へ出ようとしていた。夜中すぎて、山を先方へ下って歩いていた。月夜、……向うからそれがきたのだ。ゴーッと風を切ってな、おッさんは命から二番目の商売道具をそこへほうり出し、右手の藪の中へ身ひとつで飛びこんだ。――えらいもんだね、それがおまえ、（このようにかれの話は飛躍してれんらくがつかない。かれはぬる湯に口の半分まで浸してむにゃむにゃ云っているのだから）――さしたところが、坊んえらいもんや、その、わしが歩いていた所は野の一すじ径で、向うに村里が見えておったが、そのほうからあれがやってきた。ゴーッと唸りを立ててな。あわてるひまもないのじゃ。無我夢中に藪へ飛びこんだが、あとで先方はどうやら通りすぎたようなので、おそるおそる元の場所へ引返した。おまえ、先方はおッさんがいた所の、すぐさきから道をそれて左のほうへ抜けたらしい。田圃(たんぼ)に咲いているれんげの花がよ、(こう云って、おッさんは、やっと片手を湯から出して親指と人差指とで間隔を示した)ものの一寸ばかりきれいに切れているのよ。それが通って行った跡だね。さあて、幅は半間(まなか)はあったかな。ずっとひとすじに、れんげが切れているのよ。

灰屋さん、それは何なの、おばけかい?

と私はたずねた。

おばけよ。おばけもおばけも大おばけよ。

私はしかしふに落ちぬ。

ゆうれいだろう?

さよう、坊ん、ゆうれいだね。何しろ黒い形のかたまりよ。小屋くらいの大きさのものよ。それがおまえ、ひとすじ道をゴーッと唸りを立てて里のほうから、このおッさんめがけてやってきたのだ。これでわしはいろんな目に遭ってきたが、あんなに怖かったことは前後にないね。

――一度、おッさんの生れた村で、今夜こそ、どうしてもあれを封じなければならんとみんながいきをまいておった。(これも何のことだか判らない、灰屋のおッさんの話はだしぬけに何の前置もなしに始まるのが常であるからだ)

さあ、夕方になるにつれて大騒動よ。村は総出だ。坊ん、判るかね。あっちこっちにカガリ火が焚(た)かれて、山々に大勢がくり出された。大したさわぎ……そこで、とうとうワナに落ちたのが夜中すぎ、さよう、いまで云うなら二時頃かな。ところでおまえ、いや坊んよ、夜は魔のものとはよう云うたものじゃ。(おッさんはそこで湯から手を出して、こんどは三インチほどの間隔を示した) ずッと、おまえ、これくらいの長さの真白な毛が、そやつの全身に生えとる。

キッネか? と私はたずねた。

いやいやと、かれは首をよこに振った。

ではタヌキ?

むにゃむにゃ首はよこにふられた。

オーカミかい?

ちがう! とおッさんは云った。

何しろ、おまえ、魔のものじゃ、わしがこれを云うわけはな、おまえ、これくらいの (おッさんは、こんどは両手を出して輪を作ってみせた) ——これくらいの太さの丸たん棒で、五分のすきもないくらいの檻じゃ、それが用意してあった。そこへそやつを入れた。それから、名うての猟犬を、おまえ、二匹つけておいた。明がたになるとな、おまえ、魔のものじゃ、その檻の中から姿も影も消え去せておったワ……

第三話

灰屋のおッさんにきいた話はここに止めよう。鹿児島の大石兵六の狐退治がフィルムに取り入れられていた。私はさきの稲生平太郎の物語を、かの少年に可憐な許嫁の少女と、そしてひようきんな、正直な、臆病な、かずかずの友人知己をあしらって、脚色したらどうであろう？もっとも眼目のトリックには凝る必要がある。その折には及ばずながら、私乃至江戸川乱歩氏が相談役になる。きっと西洋人をよろこばせ得る芸術的怪談映画が出来ると信ずる。しかし、いくら技術家や芸術家がいても、かんじんの点は金であるから、二三年後それよりのちの話かも知れない。ではみなさん、今夜のあなたの夢はいつもとは少うし違うはずだ。

グッドナイト！

兵六夢物語

獅子文六

大石兵六夢物語（おおいしひょうろくゆめものがたり）

薩摩藩（鹿児島県）の武士・毛利正直が執筆した妖異譚。大石内蔵助の子孫・兵六が肝試しのあげく、吉野原に巣くう化け狐たちを退治におもむき、各種の妖怪や人間に化けた狐たちに散々な目に遭わされるが、最後に狐二匹を捕えて帰還する物語。

獅子文六（しし・ぶんろく）1893-1969

本名は岩田豊雄。神奈川県出身。小説家、演出家。著作に『悦ちゃん』『海軍』『大番』ほかがある。

一

僕が、鹿児島へ行った時に、駅を降りると、すぐ兵六餅（ひょうろくもち）という看板が眼についた。その後、市中を歩くと到るところで、その看板を見た。餅と書いてあるから、菓子にちがいないが、兵六という名が、なんだか、ヘンであった。東京で、ヒョーロクといえば、悪罵（あくば）の意味になる。〝なにを、このヒョーロクダマ〟という文句を、喧嘩（けんか）の時に、よく用いる人があった。

僕は、鹿児島の人に、訊（き）いてみた。

「兵六餅って、なんですか」

「名産の菓子ですよ。カルカンほど、うまくないですな」

「しかし、兵六という意味は……」

「ああ、それは大石兵六のことですよ。大石兵六夢物語という、古い本があるのです」

僕は、その本を、知りたくなった。そこで、古本屋歩きの時に、気をつけていると、やっと、埃（ほこり）だらけな一冊を、見出した。翻刻（ほんこく）の活字本であるが、石版の挿絵（さしえ）なぞ入っていて、なかなか美本だった。旅宿の徒然に、それを繙読しているうちに、僕は薩摩奇書と書いてある標題が、それほど人を欺かないのを知った。

編纂者の序文によると、作者は毛利正直、通称治右衛門といい、月知庵無橘散人と号し、宝暦十一年に、鹿児島加治屋町に生まれている。詳伝ではないそうだが、諸郷締方という役人を勤め、常に旅行していたので、徒然を慰めるために、筆硯に親しんだという。そういえば、素人文学ということになるが、恐ろしく達者で、絢爛な文章で、ちょいと平賀源内の戯作か、尾崎紅葉の擬古体文を読むような気がする。文と同じく、絵も能くし、原本の挿絵なぞを、自分で描いたそうだ。しかし、ただの風流人かというと、そうでなく、兵六夢物語を読んだだけでも、相当の慨世家なることがわかった。他の作品、煙草記、酒餅論、夫婦論聞書等も、どうやら、諷刺ユーモア文学らしい。薩藩の歴史的知識に乏しい僕には、兵六夢物語の諷刺の対象が、どういうところに置かれているか、ハッキリわからないが、作者の時代はちょうど島津重豪の世で、文運隆んだった代りに、士気弛んだ時代であったことは、他書で瞥見した。しかし、この書の主人公兵六、並びにその朋党は、柔弱派ではなく、反対に、硬派の錚々たるものである。硬派ではあるが、空威張りをしたり、血気に逸ったり案外臆病だったりするところが、作者の諷刺なのかも知れない。いつの時代でも、その種の硬派がいたものとみえる。

もう一つ、僕が興味深く思ったのは、どこの国でも南方文学というものがあるということである。南方文学の開祖は〝ドン・キホーテ〟であると、僕は見るが、どこの国の南方文学も、主人公の性行がドン・キホーテ型をとるのは、面白いことだ。フランスの南方文学、ドーデの

〝タルタラン〟連作が、それだが、わが国の南方文学兵六夢物語も揆を一つにするという発見が、博士論文のネタにならぬものかと、僕は考えている。

二

大右兵六は大石内蔵之助の末孫である——と、少くとも、当人は自称していた。これは名誉ある血統なのである。なぜといって、お国自慢にかけては、日本随一といっていい薩摩隼人も、曾我兄弟と赤穂義士の事跡には、絶大の尊敬を惜しまないのである。かの健児の社に於ても、夏は曾我ドンの傘焼き、冬は義士伝輪講の二大行事があって、今なお、風を絶たないのは、その証拠であろう。

それはさておき、頃は略応元年七月の末つ方、秋風身に沁む宵のことであったが、鹿児島城下の喫茶店ならぬ集会所に十数人の硬派不良が、顔を揃えていた。かの大石兵六を始めとし、大川隼人之助、曲淵杢郎治、大久保彦山坊その他——いずれも、筋骨逞しく、不敵な面魂の兵児二才共で、既に琵琶を弾ずることも、飽き果てた後に、あの町この郷中の稚児咄に耽っているところであった。

やがて、それも、話の種が尽きた頃、吉野の住人市助が申すには、

「時に、おはん等、近頃、吉野実方のあたりに、バケモンの出るちゅう噂が高いが、知っちょ

るか」

それを聞くと、一座は忽ち緊張。

「そげん噂を、身共も聞いた」

「おいも、聞きもした」

吉野ケ原は鹿児島から三里ほど離れた寂しいところで、藩の牧場になっていた。そこへ、近時、異形の化物が現われて、往来の人を誑かし、いつの間にか、髪を剃って、青坊主にしてしまうという話なのである。

一座騒然となってきたが、頭株の大川隼人之助は、咳払いをして、

「そもそも、妖怪の現わるるは、異端の学、世に蔓るの兆か、仁義の道廃るるの証でごあす。神は賽銭に溺れ、仏は供物を貪り、町人は両刀を帯し、医者は病気を恐れるの如き世相なれでごあしょう。こや、捨て置けんこつごあす。おい達一同打ち揃うて、そんバケモンな退治したらどげんごあすか」

と、緊急動議をしたので、血気に逸る面々は、われもわれもと、賛成した。その時、かの大石兵六、カンラカンラと打ち笑い、

「あいや、暫らく……徒党を組むは、天下の法度、先祖内蔵之助も、深くこれを戒めたり。対手は、たかが、バケモンじゃござはんか。何程のこつごあすか。それがし、一手に引き受け、明日とはいわず、今宵のうちに、夜討ちの掛けて見せもさん」

と、面憎きまでに、勇ましく、いい放った。

春田主左衛門、聞くより早く進み出で、
「こや、勇ましし、潔よし……。おはん、首尾よく妖怪な討って帰りなば、われらの腰の刀を引出物、取り持つ稚児は一番盃と致しもさん」
と、煽動したので、大石兵六、今は躊躇に由なく、身繕いもそこそこに、漆の如き夏の夜の闇へ、武者振いしながら、飛び出していった。

三

男なるかな兵六は、燕の荊軻が思いをなし、壮士一度去ってまた還らじと、草鞋の鼻緒シッカと締め、後見かえりも千地蔵、薄気味わるき左御門坂、風蕭々となまぐさき、鼓ケ原を打ち過ぎて――と、原文にあるように、三里の夜道を辿って、実方のあたりに、差し掛かったのである。

時すでに夜半で、空には星一つ見えず、鼻を抓まれてもわからぬ闇のなかを、サンチョ・パンザという供をも連れずに、ただ一人、歩んで行くのは、あまり、気持のいいものではなかった。しかも、遠雷の声さえ聴えて、どうやら、一雨きそうな、風の湿りだった。

――ハックショイ！

兵六は、大きな嚔をした。途端に、連続性の武者振いが、始まってきた。

その時に、まるで、イルミネーションが点ったように、周囲の山々が明るくなった。山といわず、野といわず、無数の鬼火が、錦繍を敷いたように、明滅するのである。キレイといえばキレイであるが、兵六にとって、肌寒き風景だった。それと同時に、牟礼の方の山々にあたって、ドッと、喊の声があがったが、その声、幾千とも数知れぬのに、闇に消え行く声音を聞けば、決して、人間のそれではなかった。

兵六は、意外にもおもい、また、迷惑にもおもった。彼は、バケモノと、一対一の勝負を挑むつもりで、出てきたのである。対手が、かくも多数であるとは、予期しなかった。これでは、非常に話がちがうと思ったのが、気怯れの第一歩で、武者振いは、またしても、小刻みになってゆくのである。

やがて磔物瀬戸の坂の下へ、さしかかった時だったが、夜目にも真っ黒な、松山の中から、一団の鬼火とともに、空中に舞い出でた異形の姿は、毛髪銅の針金のごとく、眼は百錬の鏡に朱を濺ぎ、唇は両耳の際まで裂け開き、二本の角を振りたてて、青き炎を吐きながら、

「やよ、兵六……われを誰かと思うらん。かの羅生門にて名を揚げし、茨木童子の亡念なり。右の腕は、渡辺ノ綱にもち去られたれど、左の腕は健在なり、汝等如き小冠者は、左手の指のさきにて、事足るべし」

と、兵六の襟首に、小指を引っ掛けたが、その力の恐ろしいこと、盤石を釣るごとく、身動きはおろかのこと、全身が痺れて、せっかく抜いた兵六の太刀も上げ下しができなかった。

ここに於てか、兵六も、観念したのである。対手が茨木童子とあっては、武道の大先輩、渡

辺ノ綱さえ、引分けの勝負をとった、稀代の鬼神である。到底、おのれ如きに、歯の立つ道理がない。つまり、対手が悪いのである。自分は、もっと、弱いバケモノが、身分相当である——と、殊勝な考えになって、

「こや、お見外れもして、済まんどん。わたや、綱なぞでござはん。綱は鋼でも、くされ綱ごあんで、どうか、ゆるいてたもんせ」

と、満身冷汗を流しながら、平伏した。

四

さても、大石兵六は、危き難を脱れつつ、帯迫のあたりまで、逃げ延びたが、道傍の地蔵尊の前にて、またしても、一ツ目の天狗の姿をした妖怪に出会して、散々に、飜弄された。

「それ、つらつら惟んみれば、唐芋の皮、外に赤白の色を表わすは、即ち阿吽の二字を象どり……」

大山伏の装束をつけた妖怪は、ひどく洒落気があって、世上の穿ちを取入れた経を読むばかりか、どうやら、兵六と同じく、竜陽の道を嗜むとみえて、怪しき言葉を囁くので、畏怖した兵六も、軽蔑の念を起し、咄嗟に、一刀を抜いて切りつけると、パッと、石地蔵から、火花が飛んで、妖怪の姿は、掻き消えた。

そこで、些か勇気を恢復した兵六が、なおも暗夜行路を続けると、今度は、吉野ケ原の腰掛茶屋の女中に化けた妖怪が、二人現われて、彼を誘惑するのである。兵六、決して女嫌いでなかったので、二女の薬籠中に落ちたが、途端に、女共の首が、マカロニの如く伸びた。即ちロクロ首であるが、薩摩では〝抜け首〟というらしい。

かくて、続々と現われる妖怪に、兵六が悩まされる経過は冗長になるから、いちいち叙述の労を執らない。ただ、その妖怪変化の性質が、多少、他国産と異る特色があるので、左に列記して、一端を紹介するに止める。

旧猿坊――三ツ目の白猿である。猿千年を経て狒々となり、狒々一万年を経て幸阿弥となる。御城坊主の頭目なりと書いてあるから、その辺の諷刺かも知れず。

小坊主――無数の裸体の小坊主。丘六を取囲み、屁なぞ仕掛ける。消去せし後には、小松茸のみ残る。

ヌッペラ坊――関東地方のノッペラボーのことらし。皮膚青く眼鼻の形朦朧たり。

牛わく丸――蟇の妖怪。

赤蟹――河の中から、巨大なハサミが現われ、兵六の脚をハサむ。この蟹、和歌を嗜む。兵六、返歌をして、漸く命助かる。歌に曰く、

かささぎの渡せる橋に住む蟹の赤きを見れば身ぞ冷えにける

山姥――醜貌の大年増にて、白粉をつけ紅を塗り、鹿の子の小袖を着ているが、臭気芬々たり。兵六にシナだれかかるので、一目散に逃げ出す。

父親——兵六の父兵部左衛門の姿となって、妖怪が懇々と意見する。

五

さても、大石兵六は、わが父親の姿が、忽然(こつねん)として現われて、妖怪退治の不心得なる所以(ゆえん)を訓(さと)すので、そこは、薩摩は孝の国であるから、平身低頭して詫(わ)びたところ、糞(くそ)でも食わんか食わんかと、嘲笑して、掻き消えたので、今度も妖怪であったかと、無念の歯を食い縛(しば)った。

かくして、再び、道を急いで行くと、またしても現われたのは、二人の美人であった。菊と桔梗(ききょう)の裾散らし、どちらが姉どちらが妹、いずれ劣らぬ二人づれ、旅のつかれの恥かしと、袖うちかつぐ有様は——というような情勢で、兵六の魂、天外に飛んだのである。しかし、反省してみると、父親に化けるくらいの妖怪であるから、絶世の美人なぞは、朝飯前であろうと気づいて、彼は、菊模様の方に跳びかかって、忽ち、これを縛り上げた。

「あれ、なにをなされます。妾(わらわ)は、吉野村のさる家の娘、菊と申して、決して、怪しき者にはござりませぬ」

娘は、悲しき声を張り上げて、弁解したが、兵六セセラ笑い、

「ないを、吠(ほ)たゆッか、バケモンが!」

と、対手にせずだった。

その隙に、侍女と覚しき桔梗模様の方は、裾を乱して、どこかへ注進に行ったようであった。

やがて、馬の蹄の音が聴えて、吉野村の庄屋駒右衛門以下の役人が、馳せつけて、兵六を押ッ取り囲み、

「やアやアその方、夜中猥りに娘をとらえ、心のままに押勘当……」

と、破廉恥罪の嫌疑をかけた。

兵六大いに狼狽して、さては、ホントの娘であったのかと、粗忽を詫びた。しかし、妖怪とまちがえて縛ったので、決して猥がましき犯意はなかったと、弁解これ努めたが、庄屋は一向耳に入れず、

「近頃、村が物騒なるは、汝の仕業と覚えたり……。それ、下役共、こやつを唐芋畑にふみ倒し、どんじ縮めに打ち縮めよ」

と、下知したので、今度は、兵六が、縄で縛られる番になった。しかも、刑は即決即行、夏見川原へ連れて行って、一刀宛、嬲殺しということになった。

あわれや兵六、武勇の身にありながら、痴漢の汚名を被せられて、刑場の露と消ゆるかと、無念の涙に暮れながら、縄に曳かれて行く途中、図らずも、通りかかったのは、禅宗心岳寺の和尚であった。

和尚は、事の仔細を庄屋から聴いて、サテモサテモと、嗟嘆して曰く、

「僅かの過ちを以て、人命を損するは、仁政のなさざるところ、貴殿、この村の頭役として甚だ不行届なり……。つらつら、昨今の時世を見るに、人皆不仁にして愛を知らず。人の非を見、

人の過ちを聞き出すを以て、己が智となせり。もし、理窟を以て穿鑿をなさば、恐らく、貴殿を始め、無事な者は一人もあるまい。じゃによって、この男の一命を愚僧に預けて貰いたい。南無阿弥陀仏」

と、兵六の命乞いをした。

庄屋も、法の権威を主張したが、和尚が兵六を引き取って、出家得脱せしめるというので、その条件下に放免することになった。

兵六は、和尚に従って、心岳寺に赴いたのであるが、命の恩人である和尚の情が、シミジミ、肝に銘じたばかりでなく、ふと、世界観の根柢が、動揺するのを、感じたのである。つまり、武勇の道の儚さを、覚えたのである。血気に逸って、妖怪退治なぞに出たが、大失敗を演じて、和尚に命を助けられた。してみると、わが剣の力より、宗教の力の方が偉大である。これよりは、暴虎馮河の勇を蔑み、仏門に入って、心月の浄き光りを仰ぐことにしようか。

兵六のこの懐疑思想を原作者は批評して曰く——世間の小人かくの如し。皆、心術の正しからぬ故なり。患難横逆に会うて、終に節操を失う。あさましかりけることどもなり。

六

さても、大石兵六は、和尚に従って、心岳寺に来てみれば、聞きしに優る大寺院で、道は松杉に入りて幽かに、後に高山そばたち、前に大海展けて桜島を泛べ、七堂の伽藍の荘厳さは、この世のものとも思われなかった。兵六の菩提心は、これを見て、いよいよ熾烈となったのである。

「ああ、人世一夢――夢じゃ、夢じゃ」

熊谷直実の如き古強者が、同じようなことをいった場合には、傾聴すべきであるけれど、大石兵六などは、ガラにないのである。彼は、まだ二十歳未満の弱輩であった。

だが、心岳寺の和尚は、兵六の一念発起を聞いて、欣ぶこと一方ならず、

「若きに似合わず、殊勝な心入れである。一念心頭に善根を生ぜば、万劫無辺の罪業忽ち消滅すべし。しからば、今宵のうちに、その方の得度を行い、仏性に見参せしめん」

ということになって、まず兵六の身を浄めるために、入浴させた。その湯は、奇怪な臭気を放ったが、法悦に咽ぶ兵六のもとより知るところでなかった。

やがて、本堂に導かれると、一山の僧侶、雲の如く集まって、兵六の得度式のために、読経が始まった。

次いで、和尚より、兵雲という法名を授けられ、偈を受けることになった。

「倩観汝之為人、入則不事父母、出則漫侮長者、不習文不講武……」

どうやら、兵六の悪口ばかり列べた文句であったが、彼の耳には入らなかった。

遂に、和尚自身の手で、剃刀を受けることになって、兵六自慢の大リハの二才髷が、黒々と、剃り落され、冬瓜のような青坊主となった途端に、本堂を揺がす笑声が起った。見れば和尚も、

数百の僧侶も、悉く狐の体と化して、クヮイクヮイと、啼き連れながら、いずくともなく消え失せたのである。後はと見れば、星明りに花もほの白き、一面の蕎麦畑——兵六が浴せる肥料槽も、そのあたりに、異臭を放っていた。

さては、今宵の怪異は、すべて狐の仕業であったかと、兵六は、呆然たること暫時であったが、彼も、薩摩兵児二才の一人であってみれば、畜類からこの侮りを受けて、勃然として、怒り心頭に発せざるを得なかった。

兵六、この時に於て、真に怒ったのである。凡夫といえども、人真に怒る時は、勇を発するのであるが、反対に狐の方は、すべての企画が大当りであったので、些か慢心した。

そこで、軽佻なる二疋の狐が二体の石地蔵に化けて、路傍に出現したのである。

もう、この時の兵六は、常の兵六ではなかった。直ちに、正体を看破ったが、勇あれば智も湧く道理で、少しもそれを色に見せず、路傍の花を手折って、石地蔵に参拝するフリをして、真近に寄ると、三尺八寸の一刀、抜く手も見せず、切りつけた。手応えあって、血煙りと共に、コンともいわず、狐の死骸が、前に転がった。

そこで、兵六は、二疋の狐の脚を結えて、棒に吊し、意気揚々と、鹿児島へ帰ることにした。吉野ケ原に住む狐は、幾千疋とも知れぬのだから、たった二疋を退治したのでは、自慢にもならぬわけだが、一疋も殺さないよりは、マシなのである。そこに、南方文学の特色ありといえるのである。

さて、城下近く帰ってくると、大川隼人之助、曲淵杢郎治以下、兵六の身を案じて、途中まで、出迎えにきていた。兵六も、経験を積んで、慎重になっていたから、この連中も、狐が化けたのではないかと、用心オサオサ怠りなかったが、その時既に、夜は白々と明け放れていた。一同は、兵六の頭を見て、彼も見事、青坊主にされたと、口々に、その醜態を罵(ののし)ったが、二疋の狐の死骸は、バケモノ退治の証拠物件に相違なかったので、覚(ほ)めてよいやら、貶(けな)してよいやら、大いに迷った。しかし、兵六すこしも臆せず、大石後裔(こうえい)の然るべき所以(ゆえん)を説いて、功名手柄を誇ったのは、彼の人物愛嬌に富むからである。その名、今日に伝わって、餅の商標となるのも、故(ゆえ)なしとしない。

化物の進化　寺田寅彦

鎌鼬（かまいたち）

窮奇、構太刀とも表記。旋風とともに襲来し、鋭い鎌のような前肢の先で、人間が気づかぬ間に、手足の肌を切り裂くとされる妖怪。

寺田寅彦（てらだ・とらひこ）1878-1935

筆名に吉村冬彦、寅日子、牛頓（ニュートン）、藪柑子（やぶこうじ）。東京都出身。物理学者、随筆家、俳人。著作に『海の物理学』『万華鏡』『藪柑子集』ほかがある。

人間文化の進歩の道程において発明され創作された色々の作品の中でも「化物（ばけもの）」などは最も優れた傑作と云わなければなるまい。化物もやはり人間と自然の接触から生れた正嫡子であって、その出入りする世界は一面には宗教の世界であり、また一面には科学の世界である。同時にまた芸術の世界ででもある。

　いかなる宗教でもその教典の中に「化物」の活躍しないものはあるまい。化物なしにはおそらく宗教なるものは成立しないであろう。もっとも時代の推移に応じて化物の表象は変化するであろうが、その心的内容においては永久に同一であるべきだと思われる。

　昔の人は多くの自然界の不可解な現象を化物の所業として説明した。やはり一種の作業仮説である。雷電の現象は虎の皮の褌（ふんどし）を着けた鬼の悪巫山戯（わるふざけ）として説明されたが、今日では空中電気と称する怪物の活動だと云われている。空中電気というと分ったような顔をする人は多いがしかし雨滴の生成分裂によっていかに電気の分離蓄積が起り、いかにして放電が起るかは専門家にもまだよくは分らない。今年のグラスゴーの科学者の大会でシンプソンとウィルソンと二人の学者が大議論をやったそうであるが、これは正にこの化物の正体に関する問題についてであった。結局はただ昔の化物が名前と姿を変えただけの事である。

自然界の不思議さは原始人類にとっても、二十世紀の科学者にとっても同じくらいに不思議である。その不思議を昔われらの先祖が化物へ帰納したのを、今の科学者は分子原子電子へ持って行くだけの事である。昔の人でもおそらく当時彼等の身辺の石器土器を「見る」と同じ意味で化物を見たものはあるまい。それと同じようにいかなる科学者でもまだ天秤(てんびん)や試験管を「見る」ように原子や電子を見た人はないのである。それで、もし昔の化物が実在でないとすれば今の電子や原子も実在ではなくて結局一種の化物であると云われる。原子電子の存在を仮定する事によって物理界の現象が遺憾なく説明し得られるからこれらが物理的実在であると主張するならば、雷神の存在を仮定する事によって雷電風雨の現象を説明するのとどこがちがうかという疑問が出るであろう。もっとも、これには明らかな相違の点がある事はここで改まって云うまでもないが、しかしまた共通なところもかなりにある事は争われない。ともかくもこの二つのものの比較はわれわれの科学なるものの本質に関する省察の一つの方面を示唆する。

雷電の怪物が分解して一半は科学の方へ入り一半は宗教の方へ走って行った。すべての怪異も同様である。前者は集積し凝縮し電子となりプロトーンとなり、後者は一つにかたまり合って全能の神様になり天地の大道となった。そうして両者共に人間の創作であり芸術である。流派がちがうだけである。

それ故に化物の歴史は人間文化の一面の歴史であり、時と場所との環境の変化がこれに如実に反映している。鎌倉時代の化物と江戸時代の化物を比較し、江戸の化物とロンドンの化物を比較してみればこの事はよく分る。

前年誰か八頭の大蛇とヒドラのお化けとを比較した人があった。近頃にはインドのヴィシヌとギリシアのポセイドンの関係を論じている学者もある。またガニミード神話の反映をガンダラのある彫刻に求めたある学者の考えでは、鷲がガルダに化けた事になっている。そして面白い事にはその彫刻に現わされたガルダの顔貌が、わが邦の天狗大和尚の顔によほど似たところがあり、また一方ではジャヴァのある魔神によく似ている。またわれわれの子供の時から御馴染の「赤鬼」の顔がジャヴァ、インド、東トルキスタンからギリシアへかけて、色々の名前と表情とをもって横行している。また大江山の酒顚童子の話とよく似た話が支那にもあるそうであるが、またこの話はユリシースのサイクロップス退治の話とよほど似たところがある、のみならずこのシュテンドウシがアラビアから来たマレイ語で「恐ろしき悪魔」という意味の言葉に似ており、もう一つ脱線すると源頼光の音読がヘラクレースとどこか似通ってたり、もちろん暗合として一笑に附すればそれまでであるが、さればと云って暗合であるという科学的証明も六かしいような事例はいくらでもある。ともかくも世界中の化物達の系図調べをする事によって古代民族間の交渉を探知する一つの手掛りとなり得る事はむしろ既知の事実である。そうして言語や文字や美術品を手掛りとするこれと同様な研究よりもいっそう有力であり得る見込がある。何故かと云えば各民族の化物にはその民族の宗教と科学と芸術とが綜合されているからである。

しかし不幸にして科学が進歩すると共に科学というものの真価が誤解され、買いかぶられた結果として、化物に対する世人の興味が不正当に稀薄になった、今時本気になって化物の研究でも始めようという人はかなり気が引けるであろうと思う時代の形勢である。

全くこの頃は化物どもがあまりに居なくなり過ぎた感がある。今の子供等が御伽噺の中の化物に対する感じはほとんどただ空想的な滑稽味あるいは怪奇味だけであって、われわれの子供時代に感じさせられたように頭の頂上から足の爪先まで突き抜けるような鋭い神秘の感じはなくなったらしく見える。これはいったいどちらが子供等にとって幸福であるか、どちらが子供等の教育上有利であるか、これも存外多くの学校の先生の信ずるごとくに簡単な問題ではないかもしれない。西洋の御伽噺に「ゾッとする」とはどんな事か知りたいという馬鹿者があってわざわざ化物屋敷へ探険に出かける話があるが、あの話を聞いてあの豪傑を羨ましいと感ずべきか、あるいは可哀相と感ずべきか、これも疑問である。ともかくも「ゾッとする事」を知らないような豪傑が、仮に科学者になったとしたら、先ずあまりたいした仕事は出来そうにも思われない。

仕合せな事にわれわれの少年時代の田舎にはまだまだ化物が沢山に生き残っていて、そしてそのおかげでわれわれは十分な「化物教育」を受ける事が出来たのである。郷里の家の長屋に重兵衛さんという老人が居て、毎晩晩酌の肴に近所の子供等を膳の向いに坐らせて、生のにんにくをぼりぼりかじりながらうまそうに熱い杯を嘗めては数限りもない化物の話をして聞かせた。想うにこの老人は一千一夜物語の著者のごとき創作的天才であったらしい。そうして伝説の化物新作の化物どもを随意に眼前に躍らせた。われわれの臆病なる小さな心臓は老人の意のままに高く鼓動した。夜更けて帰るおのおのの家路には樹の蔭、河の岸、路地の奥の到るところにさまざまな化物の幻影が待伏せて動いていた。化物は実際に当時のわれわれの世界にのびのびと生活していたのである。中学時代になってもまだわれわれと化物との交渉は続いていた。友人で禿のNというのが化物の創作家として衆に秀でていた。彼は近所のあらゆる曲り角や芝地や、橋の袂や、大樹の梢やに一つずつきわめて恰好な妖怪を創造して配置した。例えば「三角芝の足舐り」とか「T橋の袂の腕真砂」などという類である。前者は河沿のある芝地を空風の吹く夜中に通っていると、何者かが来て不意にべろりと足を嘗める、すると急に発熱して三日のうちに死ぬかもしれないという。後者は、城山の麓の橋の袂に人の腕が真砂のように一面に散布していて、通行人の裾を引き止め足をつかんで歩かせない、これに会うとたいていはその場で死ぬというのである。もちろんもう「中学教育」を受けているその頃のわれわれは誰もそれらの化物をわれわれの五官に触れ得べき物理的実在としては信じなかった。それにかかわらずこの創作家Nの芸術的に描き出した立派な妖怪の「詩」はわれわれのうら若い頭に何かしら神秘な雰囲気のようなものを吹き込んだ、あるいは神秘な存在、不可思議な世界への憧憬に似たものを鼓吹したように思われる。日常茶飯の世界の彼方に、常識では測り知り難い世界がありはしないかと思う事だけでも、その心は知らず知らず自然の表面の諸相の奥に隠れたある物への省察へ導かれるのである。

　このような化物教育は、少年時代のわれわれの科学知識に対する興味を阻害しなかったのみならず、かえってむしろますますそれを鼓舞したようにも思われる。これは一見奇妙なようではあるが、よく考えてみるとむしろ当然な事でもある。皮肉なようであるがわれわれに本当の科学教育を与えたものは、数々の立派な中等教科書よりは、むしろ長屋の重兵衛さんと友人のNであったかもしれない。これは必ずしも無用の変痴奇論ではない。

不幸にして科学の中等教科書は往々にしてそれ自身の本来の目的を裏切って被教育者の中に芽生えつつある科学者の胚芽を殺す場合がありはしないかと思われる。実は非常に不可思議で、誰にも本当には分らない事をきわめて分り切った平凡な事のようにあまりに簡単に説明して、それでそれ以上には何の疑問もないかのようにすっかり安心させてしまうような傾きがありはしないか。そういう科学教育が普遍となりすべての生徒がそれをそのまま素直に受け入れたとしたら、世界の科学はおそらくそれきり進歩を止めてしまうに相違ない。

通俗科学などと称するものがやはり同様である。「科学ファン」を喜ばすだけであって、本当の科学者を培養するものとしては、どれだけの効果が果してその弊害を償い得るか問題である。特にそれが科学者としての体験を有たない本当のジャーナリストの手によって行われる場合にはなおさらの考えものである。

こういう皮相的科学教育が普及した結果として、あらゆる化物どもは函嶺はもちろん日本の国境から追放された。あらゆる化物に関する貴重な「事実」をすべて迷信という言葉で抹殺する事がすなわち科学の目的であり手柄ででもあるかのような誤解を生ずるようになった。これこそ「科学に対する迷信」でなくて何であろう。科学の目的は実に化物を捜し出す事なのである。この世界がいかに多くの化物によって充たされているかを教える事である。

昔の化物は昔の人にはちゃんとした事実であったのである。一世紀以前の科学者に事実であった事柄が今では事実でなくなった例はいくらもある。例えば電気や光熱や物質に関するわれわれの考えでも昔と今とはまるで変ったと云ってもよい。しかし昔の学者の信じた事実は昔の学者にはやはり事実であったのである。神鳴りの正体を鬼だと思った先祖を笑う科学者が、百年後の科学者に同じように笑われないと誰が保証し得るであろう。

古人の書き残した多くの化物の記録は、昔の人に不思議と思われた事実の記録と見る事が出来る。今日の意味での科学的事実では到底有り得ない事はもちろんであるが、しかしそれらの記録の中から今日の科学的事実を掘り出し得る見込のある事はたしかである。

そのような化物の一例として私は前に「提馬風」のお化けの正体を論じた事がある。その後に私の問題となった他の例は「鎌鼬」と称する化物の事である。

鎌鼬の事は色々の書物にあるが、『伽婢子』という書物に拠ると、関東地方にこの現象が多いらしい、旋風が吹きおこって「通行人の身にものあらくあたれば股のあたり竪さまにさけて、剃刀にて切りたるごとく口ひらけ、しかも痛みははなはだしくもなし、また血は少しも出ず、云々」とあり、また名字正しき侍にはこの害なく卑賤の者は金持でもあてられるなどと書いてある。ここにも時代の反映が出ていて面白い。『雲萍雑誌』には「西国方に風鎌というものあり」としてある。この現象については先年わが邦のある学術雑誌で気象学上から論じた人があって、その所説によると旋風の中では気圧がはなはだしく低下するために皮膚が裂けるのであろうと説明してあったように記憶するが、この説は物理学者には少し腑に落ちない。たとえかなりな真空になってもゴム球か膀胱か何かのように脚部の破裂する事はありそうもない。これは明らかに強風のために途上の木竹片あるいは砂粒のごときものが高速度で衝突するために皮膚が截断（せつだん）されるのである。旋風内の最高風速はよくは分らないが毎秒七、八十メートルを超える事も珍しくはないらしい。弾丸の速度に比べれば問題にならぬが、玩具の弓で射た矢よりは速いかもしれない。数年前アメリカの気象学雑誌に出ていた一例によると、麦藁の茎が大旋風に吹きつけられて堅い板戸に突きささって、ちょうど矢の立ったようになったのが写真で示されていた。麦藁が板戸に穿入（せんにゅう）するくらいなら、竹片が人間の肉を破ってもたいして不都合はあるまいと思われる。下賤の者にこの災が多いというのは統計の結果でもないから問題にならないが、しかし下賤の者の総数が高貴な者の総数より多いとすれば、それだけでもこの事は当然である。その上にまた下賤のものが脚部を露出して歩く機会が多いとすればなおさらの事である。また関東に特別に旋風が多いかどうかはこれも十分な統計的資料がないから分らないが、小規模のいわゆる「塵旋風」は武蔵野のような平野に多いらしいから、この事も全く無根ではないかもしれない。

　怪異を科学的に説明する事に対して反感を懐（いだ）く人もあるようである。それはせっかくの神秘なものを浅薄なる唯物論者の土足に踏みにじられるといったような不快を感じるからであるらしい。しかしそれは僻見であり誤解である。いわゆる科学的説明が一通り出来たとしても実はその現象の神秘は少しも減じないばかりでなくむしろますます深刻になるだけの事である。例えば鎌鼬の現象が仮に前記のような事であるとすれば、本当の科学的研究は実はそこから始まるので、前に述べた事はただ問題の構成（フォーミュレーション）であって解決（ソリューション）ではない。またこの現象が多くの実験的数理的研究によって、いくらか詳しく分ったとしたところで、それからさきの問題は無限である。そうして何の何某が何日にどこでこれを遭遇するかを予言する事はいかなる科学者にも永久に不可能である。これをなし得るものは「神様」だけである。

「鸚鵡石（おうむいし）」という不思議な現象の記事を、『輶軒（ゆうけん）小録』、『提醒紀談（ていせいきだん）』、『笈埃（きゅうあい）随筆』等で散見する。これは山腹に露出した平滑な岩盤が適当な場所から発する音波を反響させるのだという事は今日では小学児童にでも分る事である。岩面に草木があっては音波を擾乱（じょうらん）するから反響が十分でなくなる事も多くの物理学生には明らかである。しかしこれらの記録中で面白いと思わるるのは、ある書では笛の音がよく反響しないとあり、他書には鉦（かね）鼓鈴のごときものがよく響かないとある事である。『笈埃随筆』では「この地は神跡だから仏具を忌むので、それで鉦や鈴は響かぬ」と云う説に対し、そんな馬鹿な事はないと抗弁し「それならば念仏や題目を唱えても反響しないはずだのに、反響するではないか」などという議論があり、結局五行説か何かへ持って行って無理に故事（こじつ）付けているところが面白い。五行説は物理学の卵子（たまご）であるとも云われる。これについて思い出すのは十余年前の夏大島三原火山を調べるために、あの火口原の一隅に数日間の天幕生活をした事がある。風のない穏やかなある日あの火口丘の頂に立って大きな声を立てると前面の火口壁から非常に明瞭な反響が聞えた。面白いので試みにアー、イー、ウー、エー、オーと五つの母音を交互に出してみると、ア、オなどは強く反響するのにイやエは弱く短くしか反響しない。これはたぶん後の母音は振動数の多い上音（オバートーン）に富むため、またそういう上音（オバートーン）はその波長の短いために吸収分散が多く結局全体としての反響の度が弱くなるからではないかと考えてみた事がある。ともかくもこの事と、鸚鵡石で鉦や鈴や調子の高い笛の音の反響しないという記事とは相照応する点がある。しかしこれも本式に研究してみなければよくは分らない。

近頃は海の深さを測定するために高周波の音波を船底から海水中に送り、それが海底で反響するのを利用する事が実行されるようになった。これを研究した学者達が、どの程度まで上記の問題に立入ったか私は知らない。しかしこの鸚鵡石で問題になった事はこの場合当面の問題となって再燃しなければならないのである。伊勢の鸚鵡石にしても今の物理学者が実地に出張して研究しようと思えばいくらでも研究する問題はある。そしてその結果は例えば大講堂や劇場の設計などに何かの有益な応用を見出すに相違ない。

余談ではあるが、二十年ほど前にアメリカの役者が来て、たしか歌舞伎座であったかと思うが、「リップ・ヴァン・ウィンクル」の芝居をした事がある。山の中でリップ・ヴァン・ウィンクルが元気よく自分の名を叫ぶと、反響が大勢の声として「リーッウ・ウァーン・ウィーンウール」と調子の低い空虚な気味の悪い声で嘲るように答えるのが、いかにも真に迫って面白かったのを記憶する。これは前述のような理由で音声の音色が変る事と、反射面に段階のあるために音が引延ばされまた幾人もの声になって聞える事と、この二つの要素がちゃんとつかまれていたからである。想うにこの役者は「木魂（こだま）」のお化けをかなりに深く研究したに相違ないのである。

『伽婢子』巻の十二に「大石相戦」と題して、上杉謙信の春日山の城で大石が二つ或る日の夕方しきりに躍り動いて相衝突し夜半過ぎまで喧嘩をして結局互いに砕けてしまった。それから間もなく謙信が病死したとある。これももちろんあまり当にならない話であるが、しかし作りごとにしてもなんらかの自然現象から暗示された作りごとであるかもしれない。私の調べたところでは、北陸道一帯にかけて昔も今も山崩れ地辷り（じすべり）の現象が特に著しい。これについては故神保博士その他の詳しい調査もあり、今でも時々新聞で報道される。地辷りの或るものでは地盤の運動は割合に緩徐で、辷っている地盤の上に建った家などぐらぐらしながらもそのままで運ばれて行く場合もある。従って岩などでもぐらぐら動き、また互いに衝突しながら全体として移動する事もありそうである。そういう実際の現象から「石と石が喧嘩する」というアイデアが生れたかもしれないと思われる。それで、もし、この謙新居城の地の地辷りに関する史料を捜索して何か獲物でも見付かれば少しは話が物になるが、今のところではただの空想に過ぎない。しかしこの話がともかくもそういう学問上の問題の導火線となり得る事だけは事実である。

地変に関係のある怪異では空中から毛の降る現象がある。これについては古来記録が少なくない。これは多くの場合にたぶん「火山毛」すなわち「ペレ女神の髪毛」と称するものに相違ない。江戸でも慶長寛永寛政文政の頃の記録がある。『耽奇漫録』（たんきまんろく）によると文政七年の秋降ったものは、長さの長いのは一尺七寸もあったとある。この前後伊豆大島火山が活動していた事が記録されているが、この時ちょうど江戸近くを通った颱風（たいふう）のために工合よく大島の空から江戸の空へ運ばれて来て落下したものだという事が分る。従ってそれから判断してその日の低気圧の進路のおおよその見当をつける事が可能になるのである。

気象に関係のありそうなのでは「狸の腹鼓」がある。この現象は現代の東京にもまだあるかもしれないが多分は他の二十世紀文化の物音に圧倒されているために誰も注意しなくなったのであろうと思う。ともかくも気温や風の特異な垂直分布による音響の異常伝播と関係のある怪異であろうと想像される。今では遠い停車場の機関車の出し入れの音が時として非常に間近く聞えるといったような現象と姿を変えて注意されるようになった。狸もだいぶモダーン化したのである。このような現象でも精細な記録を作って研究すれば気象学上に有益な貢献をする事も可能であろう。

「天狗」や「河童」の類となると物理学や気象学の範囲からはだいぶ遠ざかるようである。しかし「天狗様の御囃子」などというものはやはり前記の音響異常伝播の一例であるかもしれない。

天狗和尚とジュースの神の鷲との親族関係は前に述べたが、河童が海亀の親類である事は『善庵随筆』に載っている「写生図」と記事、また『筠庭雑録』にある絵や記載を見ても明らかである。河童の写生図は明らかに亀の主要な特徴を具備しており、その記載には現に「亀のごとく」という文句が四箇所もある。そうだとするとこれらの河童捕獲の記事はある年のある月にある沿岸で海亀が獲れた記録になり、場合によっては海洋学上の貴重な参考資料にならないとは限らない。

ついでながらインド辺の国語で海亀を「カチファ」という。「カッパ」と似ていて面白い。もっとも「河童」と称するものは、その実色々雑多な現象の綜合されたものであるらしいから、今日これを論ずる場合にはどうしてもいったんこれをその主要成分に分析して各成分を一々吟味した後に、これらがいかに組み合わされているか、また時代により地方によりその結合形式がいかに変化しているかを考究しなければならない。これはなかなか容易でないが、もし出来たらかなりに面白く有益であろうと思う。このような分析によって若干の化物の元素を析出すれば、他の化物はこれらの化物元素の異なる化合物として説明されないとも限らない。CとHとOだけの組合せで多数の有機物が出るようなものかもしれない。これも一つの空想である。

要するにあらゆる化物をいかなる程度まで科学で説明しても化物は決して退散も消滅もしない。ただ化物の顔貌がだんだんにちがったものとなって現われるだけである。人間が進化するにつれて、化物も進化しない訳には行かない。しかしいくら進化しても化物はやはり化物である。現在の世界中の科学者等は毎日各自の研究室に閉じ籠り懸命にこれらの化物と相撲を取りその正体を見破ろうとして努力している。しかし自然科学界の化物の数には限りがなくおのおのの化物の面相にも際限がない。正体と見たは枯柳であってみたり、枯柳と思ったのが化物であったりするのである。この化物と科学者の戦いはおそらく永遠に続くであろう。そうしてそうする事によって人間と化物とは永遠の進化の道程をたどって行くものと思われる。

化物がないと思うのはかえって本当の迷信である。宇宙は永久に怪異に充ちている。あらゆる科学の書物は百鬼夜行絵巻物である。それを繙いてその怪異に戦慄する心持がなくなれば、もう科学は死んでしまうのである。

私は時々密かに想う事がある、今の世に最も多く神秘の世界に出入りするものは世間からは物質科学者と呼ばるる科学研究者ではあるまいか。神秘なあらゆるものは宗教の領域を去っていつの間にか科学の国に移ってしまったのではあるまいか。

またこんな事を考える、科学教育はやはり昔の化物教育のごとくすべきものではないか。法律の条文を暗記させるように教え込むべきものではなくて、自然の不思議への憧憬を吹き込む事が第一義ではあるまいか。これには教育者自身が常にこの不思議を体験している事が必要である。既得の知識を繰返して受売りするだけでは不十分である。宗教的体験の少ない宗教家の説教で聴衆の中の宗教家を呼びさます事は稀であると同じようなものであるまいか。

こんな事を考えるのはあるいは自分の子供の時に受けた「化物教育」の薬が利き過ぎて、せっかく受けたオーソドックスの科学教育を自分の「お化鏡」の曲面に映して見ているためかもしれない。そうだとすればこの一篇は一つの懺悔録のようなものであるかもしれない。これは読者の判断に任せるほかはない。

伝聞するところによると現代物理学の第一人者であるデンマークのニエルス・ボーアは現代物理学の根本に横たわるある矛盾を論じた際に、この矛盾を解き得るまでにわれわれ人間の頭はまだ進んでいないだろうという意味の事を云ったそうである。この尊敬すべき大家の謙遜な言葉は今の科学で何事でも分るはずだと考えるような迷信者に対する箴言であると同時に、また私のいわゆる「化物」の存在を許す認容の言葉であるかとも思う。もしそうだとすると永い間封じ込められていた化物どももこれから公然と大手をふって歩ける事になるのであるが、これもしかし私の疑心暗鬼的の解釈かもしれない。識者の啓蒙を待つばかりである。

編者解説

東　雅夫

本書は、明治・大正・昭和の名だたる文豪たちが手がけた、妖怪変化をめぐる文芸作品のアンソロジーである。「文豪」も「妖怪」も昨今、一部では流行語と化した感があるけれど、いわゆる「おばけずき」をもって任じた文豪は、上田秋成や曲亭馬琴、山東京伝の昔から、決して少なくないのであった。

近代におけるその一点景として、たとえば明治二十九年（一八九六）という年に注目してみよう。明治三陸大津波により東北地方沿岸部の二万人余が犠牲となり、後に『遠野物語』（一九一〇）にも筆録される（同書の第九十九話参照）盆月夜の浜辺の怪談が生まれたこの年の二月、神戸在住の一英国人の帰化が認められ、彼は英名ラフカディオ・ハーン改め日本名・小泉八雲を名のることとなる。八雲はこれ以降、当時の開明的な日本人が棄てて顧みなかった古い日本の怪談奇聞を妻セツの助力を得て探究し、『In Ghostly Japan（霊の日本）』（一八九九）、『Shadowings（影）』（一九〇〇）、『Kottō（骨董）』（一九〇二）、『Kwaidan（怪談）』（一九〇四）と続く再話怪談の名著を、明治三十七年（一九〇四）に急逝する直前まで精力的に書き継いでゆく。

一方、東京両国の川開き（花火大会）に合わせた七月二十五日、歌舞伎新報社と玄鹿館（写真館）共催の百物語怪談会が盛大に開催され、森鷗外、依田学海、森田思軒らの文化人をはじめ百余名が参集した。後に鷗外は、このときの模様を短篇「百物語」（一九一一）で活写している。江戸期における妖怪趣味興隆のシンボルというべき百物語の復活を世間に印象づけるイベントとなった。

こうした時代の趨勢を敏感に察知したのだろうか、硯友社の総帥・尾崎紅葉門下で頭角を顕わしつつあった泉鏡花は、百物語イベント開催と時を同じくして、その名も「百物語」と題するエッセイを新聞・雑誌に寄稿、さらに十一月には神隠しの妖異を描いた初期の傑作短篇「龍潭譚」を発表、生来の「おばけずき」嗜好を文芸の世界で発揮してゆく。

折しもこの時期、鏡花は郷友の帝大生・吉田賢龍を介して、若き日の柳田國男と知り合う。両者はたちまち意気投合し、長屋住まいの鏡花のもとを柳田が親しく訪れたというのだが、その際の話題が妖怪談義であった可能性は、後の両者の著作――鏡花の「夜叉ケ池」（一九一三）や「山海評判記」（一九二九）、柳田の『木思石語』（一九四二）などから容易に推察されるところだ。

江戸ッ子の紅葉は、おばけ話の類など野暮の骨頂と思っていたらしいが、アラビアン・ナイトをはじめとする古今東西の説話には関心を寄せて、ときに自作の糧ともしていた。本書の巻頭に掲げた奇想横溢の絵物語「**鬼桃太郎**」も、その一例である。原著は、博文館から〈幼年文学〉叢書の第一弾として明治二十四年（一八九一）十月に出版された木版刷半紙本で、ご覧のとおり江戸期の黄表紙を思わせる体裁である。絵師は富岡永洗。硯友社の作家陣を起用した〈少年文学〉叢書の成功をうけて柳の下を狙った企画だったが売れ行きは芳しくなく、続刊は巖谷小波『猿蟹後日譚』（一八九二）のみに終わった。鬼征伐を地でゆくような富国強兵時代の幼童および父兄に、荒唐無稽なアンチ桃太郎譚が歓迎されなかったのは無理からぬところだろう。とはいえ、犬・猿・雉子に対して狼・狒・毒龍を配するビザールな趣向の妙といい、鬼ケ島を地球外（！）に設定したとおぼしきSF的着想といい、ナンセンスの極みというべき唐突な幕切れといい、これは百年後に真の理解者を得る類の作品だったといえようか。なお表紙見返し（本書では十三頁に掲げた）の謎めいた「おにが嶋の文字」について、大正期の雑誌「書物往来」で、判読を募る懸賞募集が行なわれ、実際に回答が寄せられたという（大正十三年七月号で発表）。

大正十一年（一九二二）八月、鏡花は談話「みなわ集の事など」で柳田國男の名前を挙げ、〈古今にわたった深い趣味の中の一つとして、山男、山女の生活に精しいのです。同氏が主幹だった、郷土研究に山人外伝志料と言うのがあって、明細に研究をされて居ますが〉云々と述べている。「郷土研究」は大正二年（一九一三）に柳田が、神話学者の高木敏雄と共同で創刊した研究誌で、後の民俗学雑誌の先駆となった。鏡花がこの雑誌を愛読していたらしいことは、右の談話のみならず、柳田の『山島民譚集』（一九一四）が同誌の発行元から刊行された際、購入を申し込む簡略な文面の書信を送っていることなどからも裏づけられる。その「郷土研究」大正五年（一九一六）一月号に掲載されたのが、柳田國男「**獅子舞考**」であり、それから一年余を経た大正六年（一九一七）――今からちょうど百年前の「新小説」九月号に発表されたのが、鏡花戯曲の代表作「**天守物語**」なのであった。天守夫人・富姫が「旦那様」と呼んでかしずく〈金色の眼、白銀の牙、色は藍のごとき獅子頭〉――「天守物語」の陰の主役ともいうべき青獅子の霊異が、「獅子舞考」の所説に啓発されて生まれた可能性は高いだろう。鏡花の故郷である金沢一円には「加賀獅子」と呼ばれる獅子舞の伝統があり、武器を手にした演者（棒振り）が巨大な獅子を退治する様が演じられる。そして町会ごとに豪奢な獅子頭が縁起物として祀られていた。各地に伝えられる獅子頭の妖異を嬉々として綴る柳田の論考によって鏡花自身の記憶が呼び覚まされ、五重の天守に君臨する青獅子像が形づくられたのでもあろうか。

そればかりではない。「天守物語」には亀姫および朱の盤坊と舌長姥という魅力的なバイプレイヤーが登場するが、これら妖怪主従の典拠は、近世会津の奇談集『老媼茶話』にあった（同書巻之三所収の「猪苗代の城化物」「舌長姥」「会津諏訪の朱の盤」）。そして鏡花が執筆に際して参照したのが、明治三十六年（一九〇三）に〈続帝国文庫〉の一冊として刊行された活字本『近世奇談全集』であることも確定されている（国書刊行会版『近世奇談集成・一』の高橋明彦による解題を参照）。しかも同書の編纂にあたったのは、誰あろう若き日の柳田その人だったのである（田山花袋と共編）。「天守物語」が、おばけずきの盟友たる鏡花と柳田の長年にわたる交流から誕生した一精華であることが、こうした次第からも浮かび上がってくるのではあるまいか。

ちなみに先述の「猪苗代の城化物」には〈姫路のおさかべ姫と猪苗代の亀姫を知らざるや〉という、いかにも読者の想像を掻きたててやまない一節が見出される。これこそ「天守物語」全篇の構想の起点であり、ヒロイン富姫の出自であろう。

会津福島からさらに北上した東北各地に伝わる妖怪「ザシキワラシ」の愛すべき姿を、説話調の語り口で活写した宮澤賢治の小品「ざしき童子のはなし」（初出は「月曜」一九二六年二月号）もまた、実は柳田および鏡花と微妙な縁を有する作品だった。冒頭、いささか唐突に〈ぼくらの方の〉と始まることにお気づきだろうか。これは岩手県遠野郷出身の作家で民話研究者・佐々木喜善が、大正九年（一九二〇）に上梓した『奥州のザシキワラシの話』（炉辺叢書第三篇）を念頭に置いていたものと考えられている。後に喜善は、これに応える形で次のように記している。

〈宮澤氏の話は詩でありまして、而してロマンチックなものでありましたが、此物の真相は斯くもあるものかと謂う位に真実なものでありました。これは私達のように民俗学らしい詮議でなく、もう一歩深く進み出た詩の領分のものであったと覚えて居ります〉（一九二八年発表の随筆「雨窓閑話」より）

この作品を契機に両者は文通を始め、昭和七年（一九三二）には、花巻の実家で病気療養中の賢治を喜善が幾度も見舞いに訪れるまでになる。そして翌年の九月――二十一日に賢治が、二十九日に喜善が、相次ぎ世を去るという奇縁に至るのだった。

周知のように、喜善は学生時代、柳田に『遠野物語』として後にまとめられる怪談奇聞を語り聞かせた人物であり、『奥州のザシキワラシの話』も、柳田の慫慂と指導のもとに刊行されたものであった。また若き日の喜善は、鏡花文学の熱烈な崇拝者でもあり、筆名を「鏡石」とするほどだった。そして、おばけずきの盟友・水野葉舟と共に明治末の文壇における怪談ブーム興隆に忘れがたい足跡を刻したのだった。なお、大正十一年（一九二二）頃の成立とされる賢治の童話「ペンネンネンネンネン・ネネムの伝記」にも、ザシキワラシがちらりと登場することを付言しておこう。

続いては、明治・大正・昭和の文豪による「ムジナ」小説の競演という趣向を用意してみた。小泉八雲の「ムジナ」（原題は「Mujina」）は、いわゆる「のっぺらぼう」の怪異を描いた小傑作として名著『怪談』所収の諸篇の中でも人口に膾炙した作品のひとつだろう。本書には、芥川賞作家・円城塔による斬新な訳文（初出は二〇一五年六月刊の「幽」第二十三号）を収録した。固有名詞をあえてカタカナで表記し、直訳調を採用した翻訳者の意図は、〈英語圏の読者へ向けたハーンの語りを聞くことはできないだろうか。海という距離を、あるいは百年の時を隔てた声として〉（二〇一四年一月刊の「幽」第二十号掲載「翻訳にあたって」より）にあった。行間に揺曳する異形のエキゾティック・ジャパンの芳香をお愉しみいただけたら幸いである。

ところで本篇の原話は、明治二十七年（一八九四）刊行の怪談本『百物語』（扶桑堂）の第三十三席である。話者は御山苔松とあるが経歴は未詳。そもそも同書は同年一月から二月にかけて「やまと新聞」に連載された読物記事を単行本化したもので、書名にもあるとおり、紙上百物語怪談会を意図した企画であったとおぼしい。面白いことに原話の女怪は、のっぺらぼうではなく〈顔の長さが二尺もあろうという化物〉で、怪異の正体も狢ならぬ獺とされている。二尺は約六十センチメートルだから、『三州奇談』に見える「長面妖女」のお仲間だろう。それをあえて「のっぺらぼう」に変更したのは、八雲自身が幼少期に遭遇した怪異体験に由来するともいう（八雲「私の守護天使」参照）。

扶桑堂版『百物語』は八雲の愛蔵書となり、現在も富山大学の「ヘルン文庫」に収蔵されているが、同書に刺戟を受けたのは八雲だけではなかった。デビュー二年目の新進作家・鏡花もまた、同書の出現に鼓舞されてか、この年、初の怪談小説「黒壁」を発表しているのである。同篇は、百物語の席で語られる話という設定を採っており、影響が歴然なのだ。そんな鏡花の作品に中学時代から親しんで〈その悉くを読んだ〉（「私の文壇に出るまで」）という芥川龍之介は、おそらくは鏡花の書評（一九一〇年発表の「遠野の奇聞」）経由で柳田の『遠野物語』を知り、これを取り寄せて一読、みずから『椒図志異』と銘打つ怪異蒐集ノートを作成するほど熱中する。はるか後に柳田は語っている。

〈購読者の中での珍らしい人は、まだ学生時代の芥川龍之介がいたことである。後に世間で芥川の名を見るようになった時、「どこかで会ったことのある名前だが」と思ったりしたが、実は甲寅叢書の熱心な読者の一人であった。ずっと後のことであるが、有名な「河童」という小説は、私の本を読んでから河童のことが書いてみたくなったので、他に種本はないということを彼自身いっていた。（中略）私にはもう一人「河童」のお弟子がある。それは泉鏡花君で、泉・芥川の両君は私のよい河童のお弟子だといっていつも笑うことであった〉（柳田國男『故郷

七十年』より）

河童愛で結ばれた三文豪の、おもしろうて、やがてかなしき交流については、ちくま文庫版『柳花叢書　河童のお弟子』解説に詳述したので、ここでは繰りかえさない。ただし芥川が、敬愛する鏡花作品に横溢する超自然性すなわち「おばけ趣味」を積極的に評価していることは強調しておきたい。大正十四年（一九二五）五月、春陽堂版『鏡花全集』発刊に際して「東京日日新聞」に掲げられた「鏡花全集に就いて」より引用する。

〈「深沙大王」の禿げ仏、「草迷宮」の悪左衛門等はいずれも神秘の薄明りの中にわれわれの善悪を裁いている。彼等の手にする罪業の秤は如何なる倫理学にも依るものではない。ただわれわれの心情に訴える詩的正義に依るばかりである。それにもかかわらず――というよりも寧ろその為に彼れ等は他に類を見ない、美しい威厳を具え出した。「天守物語」はこういう作品の最も完成した一つである。われわれの文学は「今昔物語」以来、超自然的存在に乏しい訳ではない。且また近世にも「雨月物語」等の佳作あることは事実である。けれども謡曲の後シテ以外に誰がこの美しい威厳を彼れ等の上に与えたであろうか？〉

今でこそ、三島由紀夫や澁澤龍彦が先導した戦後の鏡花文学リバイバルを経て、「天守物語」や「草迷宮」を鏡花の代表作とする見方は一般にも定着をみているが、作者の存命中に、それら幻想文学系作品のただならぬ重要性に着目した評家は稀であった。あまつさえ、そこに跳梁跋扈する「超自然的存在」に、詩的正義に依る倫理観を体現した一種の妖怪至上主義を看取するとは！　鏡花に優るとも劣らぬ「おばけずき」文豪であり、古今東西の怪談文芸に通暁していた芥川の真骨頂といってよかろう。

さて、そんな芥川の玲瓏たるたたずまいの小品「貉」（初出は「読売新聞」一九一七年三月十一日）と、彼が〈飛騨の国に産する手織木綿の如き、味のある文章〉（「瀧井君の作品に就いて」）と評した瀧井孝作の随筆「狢」（初出は「改造」一九二四年二月号）――これまた不思議な縁で結ばれた両作品は、たんに狢の怪のみにとどまらず、日本の村落共同体における「妖怪」の成り立ちに、それぞれの視点から文学的示唆を与えた好篇であると申せよう。

出世作となった昭和二年（芥川が自死した年だ）刊の長篇『無限抱擁』をはじめ、一見すると妖怪趣味とは無縁に思える瀧井に、意外の作があることを私に教えてくれたのは、小泉八雲作品の全訳者にして英米怪奇小説翻訳の名匠・平井呈一の談話「西洋ひゅーどろ三夜噺」（一九七五）に見える次の一節だった。

〈日本のもの？　そうね、近世のものは秋成一人でたくさん。あとは取るに足らぬ。明治になってからは、硯友社の人たちのものにも案外ないね。鏡花のものは肌が合わないから、わたしは読まない。現代では内田百閒だな。「冥途」以来、「旅順入城式」「青炎抄」「サラサーテの盤」どれをとっても妖気ではこの人が第一級だと思っている。そう、瀧井孝作さんに「阿呆由」という随筆がある。これは今のところ、日本で唯一のポルターガイストですよ〉

和製ポルターガイストかよ！　と色めきたって、同篇を収める随筆集『折柴随筆』（一九三五）を参看したところ、他に本篇や「狐つきの話」といった飛騨の妖怪譚があることを知って、欣喜雀躍したものだ。どうせなら芥川の「貉」とワンセットで載せたいものと長らく好機を窺っていたが、本書でようやく本懐を果たせた次第。
狢や獺にも増して、人を化かす獣には狐と狸の両雄がいる。「日本千一夜」の副題を有する短篇集『新カグヤ姫』（一九五六）から抜いた檀一雄「最後の狐狸」（初出は「文芸往来」一九四九年九月号）もまた、右のダブル狢譚と同じく、日本社会の仄暗い領域に棲息してきた怪しげでエロチックなモノたちの実態に迫る作品として、興味深い作例であろう。作中に語られる作者の見聞談は、いずれも外地と内地を股にかけた放浪生活中の実体験にもとづくとおぼしい。『火宅の人』や『檀流クッキング』の著者に、このような怪作／快作があることに驚かれる向きもあるに違いない。とはいえ、最後にラスボスよろしく登場する文壇の師・佐藤春夫や、親友の太宰治、坂口安吾が、いずれ劣らぬ「おばけずき」文豪だったことを思えば、檀にこの作があるのも故なしとしないだろう。

ところで、私自身の妖怪体験の原点は、母方の祖母が参加していた「三峯講」にある。まだ嬰児の頃から父親におぶわれ、秩父の三峯神社に参籠していたのだ。講中を先導する行者先生が、裂帛の気合いで深山に立ちこめる濃霧を払ったり、本殿の濡縁に、朝になるとお犬様（神使である狼）の足跡が点々とついていたり、御眷属箱に粗相をした老婆が、間を措かず絶命したり……といった不思議議話の数々を繰りかえし聞かされ、視えない世界への関心を掻きたてられたものだ。関東の山岳地帯には、三峯山以外にも御嶽山や宝登山など狼信仰に由来する神域が点在している。幻想ミステリーの名手として知られた日影丈吉の知られざる怪作「山姫」（初出は「問題小説増刊」一九八九年一月号）も、こうした信仰風土を背景にした作品で、「送り狼」の怪異談の回想から虚実さだかならぬ「青表紙の地誌」に記された奇聞へと筆がおよぶ悠揚迫らぬ語り口など、作者ならではの味わいである。そこから一転、語り手のなまなましい体験談へとエスカレートしてゆく展開も、一読なんとも薄気味悪い余韻を残す。

鏡花の故郷・金沢は、天狗信仰の盛んな土地柄で、その痕跡は平成の現在にも辛うじて面影を留めている。一例を挙げれば、郷土銘菓として知られる圓八のあんころ餅。JR金沢駅の売店などでも普通に売られている人気商品だが、これは神隠しに遭った男が、いったん帰宅して、天狗から伝授された製法を伝えたものだとされており、白山市にある本家の庭先には、天狗が降りた神木が今も祀られてある。その圓八のエピソードも文中で言及されている徳田秋聲「屋上の怪音」は、昭和七年（一九三二）五月二十五日発行の「アサヒグラフ」に掲載された談話記事だが、作家自身のなまなましい実見談として貴重なものといえよう。金沢三文豪の中では唯一、怪奇幻想方面とは縁の薄い自然主義文学の大家・秋聲の体験談である点が、かえって信憑性を高めているようにも感じられて面白い。

三文豪の残るひとり室生犀星にも、天狗もしくは「かまいたち」めく妖人の跳梁ぶりを描いて異彩を放つ傑作「天狗」（初出は「現代」一九二二年十二月号）がある。作中に登場する魔処・黒壁は、金沢郊外、野田山墓地の奥に実在する霊域で、天狗の羽団扇を寺紋とする古刹・黒壁山薬王寺の裏手、急峻な崖を降った渓流沿いにある奥の院は、今なお深秘幽邃の気を色濃く漂わせている。ちなみに先述した鏡花の怪談小説「黒壁」も、この地を舞台とする作品である。

椋鳩十といえば、『孤島の野犬』や『片耳の大鹿』に代表される動物児童文学の大家のイメージが一般的だろう。そんな作者が、かくもエロ・グロ・ナンセンスを極めた艶笑妖怪譚「一反木綿」（初出は「笑の泉」／掲載年月不明）を手がけていることに、一驚を喫する向きもあるに違いない。思わず快哉を叫ぶ、おばけずき読者もあろう。しかしながら鳩十は、すでに最初期の山窩小説集『鷲の唄』（一九三三）において、大自然に生きる山の民のおおらかなエロス、あるいは同朋や野獣との間に繰りひろげられる惨酷な死闘の様を、幾度となく描いていたのであった。水木しげるの妖怪漫画はさておき、小説のモチーフにされることが稀な妖怪である一反木綿が作中に登場するのは、作者にとって第二の故郷となった鹿児島の御当地妖怪だからではないかと思われる。

　平井呈一翁をして〈妖気ではこの人が第一級〉と讃嘆せしめた百鬼園先生には、妖怪譚の名品少なくないが、本書には近年、おばけずき学究の間でも人気の高い予言獣「クダン」をモチーフとする絶品「件」（初出は「新小説」一九二一年一月号／「冥途」の総題で六篇を掲載）を採録した。同篇について私は以前、次のように記したことがある。

〈寺社の祭礼などに際して小屋がけする見世物師の一行は、地元の人々、とりわけ子供たちにとっては、いずこからとも知れず到来する「異人」に他ならなかった。かれらが秘密めかして捧持する「件」の剥製は、たとえその現物がいかに稚拙な拵え物であったとしても、子供たちの眼には、妖しさを湛えた「異界からの来訪神」さながらに映じたことだろう。薄暗い見世物小屋の一隅に鎮座する、死せる「件」の姿を垣間見て、眠れぬ夜々を過ごした幼童も少なくなかったに違いない。

明治二十二年（一八八九）、岡山市の中心地に程近い古京町の造り酒屋に生まれた内田百閒は、少なくともTPOの点では、そんな慄えて眠る子供らのひとりであった可能性が高い。太平洋の向こうで巡回カーニバルの悪夢が、たとえばレイ・ブラッドベリをして『黒いカーニバル』所収の珠玉群を生ましめたように、見世物小屋の「件」の記憶が、百閒をして戦前では唯一の「件」小説たる短篇「件」を書かせたのだとしたら……ハーンの片々たる聞き書きは、そんな心愉しい夢想をすら誘って（いざな）やまないのである〉（同朋舎版『日本怪奇幻想紀行　一之巻　妖怪／百鬼巡り』所収「未来を予言する怪物、件を追う」より）

ハーンの聞き書きとは、八雲が明治二十五年（一八九二）、鳥取から隠岐島（おきのしま）に渡る船中で耳にしたクダンの噂を指す。旅回りの見世物師が携えていたクダンの剝製が、不浄を厭（いと）う土地神の怒りにふれて海が荒れたというのだった（『知られぬ日本の面影』所収の「伯耆（ほうき）から隠岐へ」より）。これは西日本一円で当時、剝製のクダンが見世物として巡回されていたことを裏書きする貴重な証言である。連れの女にせがまれて見世物小屋に入り、熊と黒牛の殺し合いを見物するうち恐ろしい目に遭う「蜥蜴（とかげ）」（『冥途』所収）、近所で捕獲された雷獣（らいじゅう）が、祭礼の見世物に出ていると聞いて見物に行く「狭筵（さむしろ）」（『旅順入城式』所収）など、見世物小屋にまつわる妖異と幻想を活写した態（てい）の作品を好んで筆にした百閒である。「件」もまた、そうした見世物小屋体験の所産である可能性は高く、事実、作中に見える〈人人は広い野原の真中に、私を遠巻きに取り巻いた。（中略）其中の何十人かが、私の前に出て、忙しそうに働き出した。材木を担ぎ出して来て、私のまわりに広い柵をめぐらした。それから、その後に足代を組んで、桟敷をこしらえた〉という描写など、まさに即席の見世物小屋構築シーンではなかろうか。そもそも、群衆の好奇の視線にさらされるクダンという作品の基本設定からして、それは見世物に特有のシチュエーションなのだといえないこともないのである。

「傘ばけ」とか「唐傘小僧」などと称される一つ目一本足の傘の怪は、人気キャラクターのわりに文芸作品に描かれることは滅多にない。「**からかさ神**」（初出は「文學界」一九五三年四月号に「メルヘン・からかさ神」の表題作として掲載）は、その源流ともいえそうな器怪変成譚として珍しい作例である。作者は、あの『死霊（しれい）』（埴谷雄高（はにやゆたか）著）と時に並び称される戦後文学きっての奇書『触手』（その異様な文体は、ある意味で究極の妖怪文学と呼んでも過言ではなかろう）によって文学史に名を遺す鬼才・小田仁二郎（おだじんじろう）。井原西鶴（いはらさいかく）の諸国奇談集『西鶴諸国咄（さいかくしょこくばなし）』巻一所収の「傘の御託宣」に拠りつつも、空中飛行シーンの原典にはない昂揚感など、器怪のおぼめく内面を活き活きと描きだしてみせるあたり、たんなる書き替えの域を超えた妖しさを感じさせる。ちなみに西鶴の原典によれば、舞台となる穴里は肥後国（ひごのくに）（現在の熊本県）の奥地だそうな。

日中戦争で従軍中に芥川賞を受賞し、戦時下のベストセラー『麦と兵隊』で一世を風靡（ふうび）した火野葦平（ひのあしへい）は、一方で若き日に内外の耽美幻想文学に傾倒、さらには郷里（北九州市若松区）に程近い高塔山（たかとうやま）に鎮座する「河童封じの地蔵尊」の伝説に取材した名作短篇「石と釘」（一九四〇）を皮切りに、戦中戦後にかけて憑かれたように河童を主人公とする物語を創作し、好んで河童図を描いた。それら河童小説を集大成したのが、佐藤春夫の序文に始まる大冊『河童曼陀羅（かっぱまんだら）』（五七）である。詩情ゆたかな幻想譚からミステリー、滑稽譚（こっけいたん）、ラヴ・ロマンス、さらには河童道の先達たる芥川龍之介作品のパロディに至るまで総数は四十篇を超え、近代ファンタジーもしくは妖怪文学史上の一奇観を成している。多彩な作品群の中から今回は、あまり再録の機会に恵まれない「邪恋」（初出は「小説公園」一九五五年一月号）を選んだ。妖艶にして凜々しい女河童と、木偶人形から生みだされた兵子部族の頭目との悲恋。安住の場所を求める侵略者と、故地を死守しようとする佐賀・松原川の河童族。龍神や鍋島藩の思惑。五つ巴の権謀術数の果てに……ドイツ・ロマン派のメルヘンを思わせるような昏き滅びの熱情に満ちた物語である。

「最後の狐狸」でも堂々の狸親爺っぷりを垣間見せていた文壇の大御所、いや、いっそ大妖怪（!?）ともいうべき佐藤春夫。世にいう「門弟三千人」の中には、檀一雄や平井呈一、稲垣足穂や龍膽寺雄や三島由紀夫ほか、おばけずき作家も数多参集した。また主宰する風雅な文芸誌「古東多万」には、盟友・谷崎潤一郎が「覚海上人天狗になる事」を、晩年の泉鏡花が「貝の穴に河童の居る事」を寄稿するなど、大正年間から昭和初期（一九一二～三五）の文壇における妖怪熱昂揚の中心に、あたかも「ぬらりひょん」のごとく春夫はいた。本人が手がけた妖怪譚としては、本書所収の稲垣足穂「荒譚」第一話にも言及されている「魔のもの」（両篇を読み較べるのも一興）や、怪談実話テイストの不思議話「私の父が狸と格闘をした話」など捨てがたいが、本書には作者の郷里・和歌山の大自然にさきわう魑魅魍魎たちを活写した晩年の傑作「山妖海異」（初出は「新潮」一九五六年三月号）を収録した。ちなみに「邪恋」の兵子部と本篇のカンカラコボシの相似には、たいそう興味深いものがあろう。

その春夫に師事し、渋谷道玄坂の化物屋敷に同居（タルホの「黒猫と女の子」、春夫の「化物屋敷」を参照）するなどしながら、やがて訣別した稲垣足穂。彼は備後三次の地に伝わる通称「稲生物怪録」の物語に関心を寄せ、「荒譚」（初出は「新芸トップ」一九四九年二月号）を皮切りに、「懐しの七月――余は山ン本五郎左衛門と名乗る」（一九五六）「山ン本五郎左衛門只今退散仕る」（六八）「稲生家＝化物コンクール」（七二）と都合四度も、この伝説を作品化している。三島由紀夫が文学的遺書となった「小説とは何か」（七二）の中で、「山ン本五郎左衛門只今退散仕る」を絶讃したのは、よく知られていよう。ちなみに稲生の妖怪譚はタルホのみならず、巌谷小波「平太郎化物日記」、泉鏡花「草迷宮」、折口信夫「稲生物怪録」ほか多くのおばけずき文豪を魅了し創作の霊泉となってきた。その詳細は、毎日新聞社版『稲生モノノケ大全』を御参照いただきたい。

広島に「稲生物怪録」あれば、鹿児島に「兵六夢物語」あり!?――「荒譚」第三話に「鹿児島の大石兵六の狐退治がフィルムに取り入れられていた」とあるが、これは昭和十八年（一九四三）公開の東宝映画「兵六夢物語」（青柳信雄演出、榎本健一主演。特技監督に円谷英二！）を指す。その原作となった同名の小説（初出は「オール読物」一九四二年一月号）を手がけたのは、近年再評価の機運が高まっている往年の流行作家・獅子文六であった。薩摩の文人・毛利正直の『大石兵六夢物語』は、実在の土地を舞台に、いわゆるキャラの立った妖怪変化が大挙登場する点、物語と絵巻の両様で伝えられた点など、稲生物怪録と共通するところが多い、近世妖怪譚の雄篇。その現代語訳である、ぺりかん社版『大石兵六夢物語』（西郷晋次訳）に寄せられた海音寺潮五郎の序文より引用する。
〈獅子文六氏は、この大戦のはじまる少し前あたりから、薩摩に取材して、「南の風」をはじめとして、一連の作品を書きましたので、古い薩摩文化に触れる機会が多かったのでしょう、この作品に注目しまして、大戦がすんで間もなくのことだったと記憶していますが、この作品を材料にして、「兵六夢物語」という作品を書き、それが映画化されて、その頃大へん評判になりました〉

兵六妖怪譚については「幽」第十五号の特集「ゴーストハンター」で現地取材を試みたことがあるので、御関心をお持ちの向きは御参照いただきたい。

文豪と妖怪をめぐるアンソロジーの締めくくりには、夏目漱石の盟友でもあった文人科学者・寺田寅彦に登場してもらおう。〈宇宙は永久に怪異に充ちている。あらゆる科学の書物は百鬼夜行絵巻物である〉という稀代の名文句で知られる「**化物の進化**」は、近代文学史における妖怪ブームが頂点を迎えようとしていた昭和四年（一九二九）一月、当時のオピニオン・マガジン「改造」に掲載された記念碑的エッセイである。なお、寅彦のおばけ関連エッセイを集大成した『怪異考／化物の進化　寺田寅彦随筆選集』（千葉俊二・細川光洋共編）という酔狂にして愉快なアンソロジーが、中公文庫から刊行されていることを申し添えておく。

末筆ながら、妖しくも愉しげなサキバケたちの大行進で本書を彩ってくださった型染作家の北村紗希さん、ともすれば遅延しがちな編纂作業を支えてくださった東京創元社編集部の小林甘奈さんのお二人に、御礼を申しあげます。

二〇一七年六月

小泉八雲の生誕日に記す

「件」内田百閒　『冥途（内田百閒集成3）』ちくま文庫（2002）
「からかさ神」小田仁二郎　『秘戯図』小壺天書房（1959）
「邪恋」火野葦平　『小説公園』6巻10号 六興出版社（1955）
「山妖海異」佐藤春夫　『佐藤春夫全集　第8巻』講談社（1968）
「荒譚」稲垣足穂　『稲垣足穂全集　第13巻』筑摩書房（2001）
「兵六夢物語」獅子文六　『獅子文六全集　第12巻』朝日新聞社（1969）
「化物の進化」寺田寅彦　『寺田寅彦セレクション1』講談社文芸文庫（2016）

底本一覧

「鬼桃太郎」尾崎紅葉　『名著復刻　日本児童文学館１』ほるぷ出版（1974）

「天守物語」泉鏡花　『泉鏡花集成７』ちくま文庫（1995）

「獅子舞考」柳田國男　『柳田國男全集　第25巻』筑摩書房（2000）

「ざしき童子のはなし」宮沢賢治　『宮沢賢治コレクション２』筑摩書房（2001）

「ムジナ」小泉八雲／円城塔訳　『幽 vol. 23』KADOKAWA（2015）

「貉」芥川龍之介　『芥川龍之介妖怪文学館』学研M文庫（2002）

「狢」瀧井孝作　『折柴随筆』野田書房（1935）

「最後の狐狸」檀一雄　『新選現代日本文学全集　第26（檀一雄集）』筑摩書房（1960）

「山姫」日影丈吉　『新編・日本幻想文学集成１』国書刊行会（2016）

「屋上の怪音」徳田秋聲　『アサヒグラフ』18巻22号（1933）

「天狗」室生犀星　『室生犀星未刊行作品集　第一巻』三弥井書房（1986）

「一反木綿」椋鳩十　『椋鳩十の本　第34巻』理論社（1989）

一部の例外を除いて、表記は現代仮名遣いに、常用漢字は新字体に改めました。

収録作品のなかに、現在からすれば穏当を欠く表現がありますが、古典として評価すべき作品であることに鑑み、原文のまま掲載しました。

（編集部）

検印
廃止

編者紹介　1958年神奈川県生まれ。早稲田大学卒。文芸評論家，アンソロジスト。怪談専門誌『幽』編集顧問。著書に『遠野物語と怪談の時代』（日本推理作家協会賞受賞），『百物語の怪談史』，編纂書に『日本怪奇小説傑作集』（共編），『文豪怪談傑作選』ほか多数。

文豪妖怪名作選

2017年8月10日　初版

編　者　東（ひがし）　雅（まさ）　夫（お）

発行所　（株）東京創元社
代表者　長谷川晋一

162-0814/東京都新宿区新小川町1-5
電　話　03・3268・8231-営業部
　　　　03・3268・8204-編集部
URL　http://www.tsogen.co.jp
振　替　00160−9−1565
精　興　社・本　間　製　本

乱丁・落丁本は，ご面倒ですが小社までご送付ください。送料小社負担にてお取替えいたします。

ISBN978-4-488-56404-9　C0193